Carmen Capiti
Die Aventüren der Bonnie Bahookie

Carmen Capiti veröffentlicht seit 2014 Romane und Kurzgeschichten in allen Genres der Phantastik. Die Schweizerin liebt die Berge und die Natur und war Gründungsmitglied sowie für fünf Jahre Präsidentin des Vereins Schweizer Phantastikautor:innen.

Carmen Capiti

Die Aventüren der Bonnie Bahookie

PIPER

Mehr über unsere Autoren und Bücher:
www.piper.de

Wenn Ihnen dieser Roman gefallen hat, schreiben Sie uns unter Nennung des Titels »Die Aventüren der Bonnie Bahookie« an empfehlungen@piper.de, und wir empfehlen Ihnen gerne vergleichbare Bücher.

Wir produzieren nachhaltig
www.piper.de

ISBN 978-3-492-50605-2

Redaktion: Paulina Schaeffer
Satz auf Grundlage eines CSS-Layouts
von digital publishing competence (München)
mit abavo vlow (Buchloe)
Covergestaltung: Giessel Design
Covermotiv: Bilder unter Lizenzierung von Shutterstock.com genutzt
Printed in Germany

Für alle Menschen auf der Suche
nach ihren eigenen Aventüren

Alte Schachteln

Glenna öffnete die Tür gekonnt mit ihrem Ellenbogen und trat in das Esszimmer. Der kleine Raum beherbergte sechs Tische, allesamt lieblich dekoriert mit Stickdeckchen und künstlichen Blumen, und gut die Hälfte davon war besetzt.

Glenna setzte die Teller mit Eiern, Speck, gebackenen Bohnen, Black Pudding und was sonst zu einem vollwertigen irischen Frühstück gehörte vor dem norwegischen Pärchen ab.

»Bitte sehr, ihr Lieben. Braucht ihr noch etwas?«, fragte sie und legte mütterlich die Hand auf die Schulter der jungen Frau.

Diese erwiderte die Geste mit einem strahlenden Lächeln.

»Vielen Dank, Frau Alexander. Alles perfekt.«

»1975«, erklang eine etwas raue Frauenstimme vom Nebentisch. »Da haben wir das Stewart-Haus eröffnet, mein Mann und ich. Es war schon immer Edwards Traum gewesen. Ein eigenes Bed and Breakfast – Gott hab ihn selig. Also haben wir es einfach gemacht.«

Glenna drehte sich schmunzelnd um. Die Gäste am runden Tisch hingen an den Lippen der älteren Frau, die unter ihnen saß. Ein junger Mann schien etwas sagen zu wollen, aber sie ließ es nicht so weit kommen.

»So waren wir damals. Eine Idee im Kopf und zack! – waren wir Besitzer dieses kleinen Häuschens.«

Zack von wegen, dachte sich Glenna.

Edward musste erst eine Krebsdiagnose kriegen, bevor sie sich ihren Traum endlich erfüllt hatten.

»1991 ist mein liebster Edward dann von uns gegangen. Genau in dem Jahr ist Glenna in unser schönes Dorf gezogen und glücklicherweise wusste sie, wie man den Kochlöffel schwingt. Ganz im Gegensatz zu mir. Eins führte zum anderen. Seither führen also wir beiden alten Schachteln das Stewart-Haus.«

»He«, warf Glenna ein und stemmte die Hände in die Hüften. »Sprich von dir selbst. Ich bin gerade mal knackige achtzig.«

Die Gäste lachten, und Glenna zwinkerte ihnen zu. Ein warmer Fleck rührte sich auf ihrem Rücken und bewegte sich langsam von der Mitte hin in Richtung ihrer rechten Schulter.

»Untersteh dich«, zischte sie, ohne ihr Lächeln zu unterbrechen.

Sie nahm einen der Teekrüge auf dem Tisch, wog ihn in den Händen und nahm ihn an sich.

»Ich bringe euch mal frischen Tee«, sagte sie und ging damit zurück in die Küche.

Während sie den Kessel mit Wasser füllte, bewegte sich der warme Fleck weiter über ihre Schulter, sodass er auf ihrer Brust zu liegen kam.

Sie stellte den Kessel auf den Herd und schob ihr grünes Seidenfoulard etwas zur Seite, sodass sie sich selbst in das faltenreiche Dekolleté blicken konnte. Quer darüber prangte in schwarzer Farbe die Tätowierung eines thailändischen Drachen. Wer ganz genau hinsah, mochte das leichte Hin- und Herzucken seiner Barthaare erkennen.

»Willst du etwas sagen, Jamie?«, fragte sie spitz.

›Käme mir nicht in den Sinn, Bonnie.‹

Das lange Maul bewegte sich passend, und die Worte waren physikalisch hörbar, aber über eine Mimik verfügte der Drache nicht wirklich. Trotzdem spürte Glenna sein Schmunzeln förmlich.

»Die Achtzig ist nicht so weit weg von der Wahrheit, wie du tust.«

›Ich tue gar nichts‹, protestierte er. ›Achtzig, hundertsiebzehn ... Die Menschen machen immer so ein Brimborium um diese paar läppischen Jährchen. Ich sehe da keinen Unterschied.‹

Sie drapierte das Halstuch wieder über ihrem Ausschnitt, sodass niemand die wandernde Tätowierung sehen konnte.

»Na also«, sagte sie und nahm das kochende Wasser vom Herd.

›Ich zweifle nicht an der Achtzig, Bonnie‹, fuhr Jamie fort. ›Das tut hier niemand, immerhin siehst du danach aus. Wovon ich nicht ganz überzeugt bin, ist das knackig.‹

»Elender Charmeur«, brummte Glenna zynisch – konnte ein Schmunzeln ihrerseits aber nicht unterdrücken – und füllte das Wasser in die Teekanne.

Eine Stunde später hatten die Gäste das Haus für ihre Tagesausflüge verlassen oder ausgecheckt, und Glenna kümmerte sich um die Küche, als Dorothy eintrat.

Ihre kleine eingefallene Gestalt war fest eingepackt in mehrere Lagen, und obendrüber trug sie eine hässliche knallgelbe Daunenjacke, dazu ein kariertes Tuch, das sie sich um den Kopf gebunden hatte, und Handschuhe.

»Haben wir September in Irland oder Hochwinter im tiefen Sibirien?«, fragte Glenna und wischte sich die nassen Hände an der Schürze ab.

»Sei froh, dass du noch ein paar Fettreserven hast, Glenna.« Das Halstuch bewegte sich über Dorothys Lippen, und ihre Brille beschlug an den Rändern vom Wasserdampf der Geschirrspülmaschine. »Wenn du mal so alt bist wie ich, bist du dankbar für jedes Gramm Isolation.«

Glenna öffnete das Schränkchen, wo sie den Stoffbeutel mit dem alten Brot verstaut hatte.

»Grüß die Schwäne von mir«, sagte sie und reichte ihn Dorothy.

»Sie sind schon richtig groß. Vor wenigen Wochen waren sie acht pelzige Flauschbällchen, jetzt haben sie ganz lange Hälse.«

Dorothy redete weiter, hatte die Küche aber bereits verlassen, und die Tür fiel hinter ihr ins Schloss.

Glenna schüttelte lächelnd den Kopf.

Dorothy war alles, was man sich für eine Witwe in dem Alter erhoffen konnte. Für eine normalsterbliche Witwe in dem Alter zumindest.

Eine wohlige Wärme breitete sich in Glennas Brust aus. Seit fünfundzwanzig Jahren hatte es keinen Tag gegeben, an dem sie die Energie, die dem dünnen, zerbrechlichen Körper innewohnte, nicht bewunderte.

Glenna betrachtete die langen knochigen Finger ihrer Hand, die durch den Abwasch noch runzliger aussahen als sonst. Dann schnalzte sie mit der Zunge und beeilte sich, den Rest der Arbeit zügig hinter sich zu bringen. Sie hängte die Schürze an ihre Stelle zum Trocknen und verließ die Küche auf der anderen Seite in Richtung Treppenhaus.

Im Dachgeschoss holte sie den Schlüsselbund hervor, den sie an einer Kette um ihren Hals trug, und öffnete mit dem größten der drei Schlüssel die Tür zu ihrer eigenen kleinen Wohnung.

Die nächsten Stunden gehörten ganz ihr.

Zuerst nahm sie sich Zeit, in ihrer kleinen Küche die perfekte Tasse Tee zu kochen. Loser Assam, drei Minuten lang gezogen mit einem Fingerbreit Milch in der Tasse, ohne Zucker oder Honig.

Während sie beobachtete, wie das Wasser langsam die Farbe der Teeblätter annahm, löste sich die Anspannung in ihren Schultern, und Ruhe breitete sich in ihr aus. Sie füllte den Tee in die vorbereitete Tasse, legte zwei selbst gebackene Biskuits auf ein Tellerchen und trug beides auf einem Serviertablett in einen kleinen fensterlosen Raum.

Sie stellte das Tablett auf das Beistelltischchen in der Mitte des Raumes und wandte sich dann nochmals um, um die Tür hinter sich zu schließen. Automatisch berührte sie kurz das ausgeblichene Plakat der rothaarigen Schönheit an der Innenseite der Tür, dann trat sie an das Bücherregal mit den Dutzenden in Leder gebundenen Büchern. Jedes davon trug eine Jahresprägung, angefangen im Jahr 1923 bis hin zum aktuellen Jahr 2017.

Sie fuhr mit ihren Fingern über die Buchrücken und zog aus einem reinen Bauchgefühl das Buch mit der Beschriftung 1928 aus dem Regal.

Damit setzte sie sich in den Sessel, dessen lederne Armlehnen bereits rissig waren, und schlug es irgendwo in der Mitte auf.

»Oh«, sagte sie, als sie den ersten Eintrag sah, und ihr Herz machte einen kleinen Hüpfer.

›Was? Was ist? In welchem Jahr sind wir?‹, fragte Jamie.

Sie legte die Finger auf ihre Lippen und kicherte leise.

»1928. Der ›Bal des Quat'z'Arts‹ in Paris.«

›Ah, davon habe ich gehört. Muss ganz schön hoch hergegangen sein auf diesen Bällen.‹

»Kann man so sagen«, sagte Glenna und legte den manikürten Nagel ihres Zeigefingers auf das Datum vom 29. Juni 1928.

›Du warst da? Wie das? Ich dachte, der Ball sei nur für die Studenten der vier Künste?‹

»Ach, Jamie«, sagte Glenna etwas tadelnd. »Fragst du mich das wirklich? Die unwiderstehliche magische Bonnie Bahookie?«

Sie lehnte sich im Sessel zurück und begann vorzulesen.

»Der morgendliche Umzug nach dem Ball hat sein Ende vor der Oper genommen, und wir sind zu Gabriel nach Hause gegangen. Er und Létoile schlafen bereits tief und fest, während ich diesen Eintrag verfasse.«

Es brauchte nicht mehr als das, da war die Erinnerung aufgefrischt. Glenna konnte den Jazz hören, spürte förmlich ihre schmerzenden Füße, und das Salz des Schweißes der Tanzenden kitzelte in ihrer Nase. Nicht auf die eklige Art, auf die aufregende, aphrodisierende Art, die auch heute noch ein Prickeln durch ihren ganzen Körper ziehen ließ.

Sie schloss die Augen, während sie aus ihrer Erinnerung heraus weitererzählte.

~~~

»Bonnie!«, rief Létoile lachend. »Nicht so schnell!«

Bonnie verlangsamte ihren Schritt und streckte die Hand nach Létoile aus.

»Es ist erst elf Uhr, Bonnie«, sagte Gabriel, der an Létoiles anderer Hand hing. »Der Ball dauert noch Stunden, kein Grund zur Eile.«

Sie hatten ja recht. Létoile hängte sich bei ihrem Arm ein und zwang sie dazu, langsamer zu gehen.
~~~

Gabriel und Bonnie trugen beide dünne Ledersandalen, Létoile hingegen ging barfuß. Um ihre Knöchel schlangen sich dünne Ketten und Lederbänder, auf die sie ab und zu trat. Diese würden schon bald abreißen, keine Frage. Der Rest ihres Kostüms jedoch war atemberaubend, und Glenna konnte nicht anders, als immer wieder auf den stählernen Spitz-BH zu starren, der direkt auf ihrer nackten blassweißen Haut lag. Dazu trug Létoile einen passenden nietenbesetzten Keuschheitsgürtel. Beides hatte sie sich beim profilierten Lingerie-Hersteller Yva Richard machen lassen für eine ihrer Bühnennummern. Um ihren braunen Bob, der bis zu den Ohren reichte, lag eine Kette mit falschen antiken Münzen, die bei jeder Bewegung klimperten. Dazu trug sie ein Holzschwert bei sich, das sie ebenfalls dem Fundus des Cabarets entwendet hatte.

Das Kostüm war perfekt.

Glenna selbst hatte sich bei dem Thema voll auf Felle gestützt. Diese bedeckten bei ihr aber auch nicht viel mehr, nur untenrum trug sie zusätzlich einen Rock aus Leder, der ihr bis zur Mitte der Oberschenkel reichte. Ihre roten wellenden Haare verpassten dem Bild die unbändige Note, die es brauchte.

Gabriel hingegen hatte sich damit zufriedengegeben, sich ein Stück Leinenstoff um die Hüfte und zwischen die Beine zu wickeln, und hatte sich mit zahlreichen Ketten mit Anhängern aus Glas und falschem Gold behängt, die auf seiner braun gebrannten nackten Brust baumelten. Die schwarzen Krausen hatte er ausnahmsweise nicht geglättet, und sie standen unfrisiert in alle Richtungen ab.

Wenn sie so nicht dem Thema entsprechend aussahen, wusste Bonnie auch nicht weiter.

Sie erreichten den hell beleuchteten Eingang. Glühbirnenbuchstaben auf geschwungenen Tafeln bewarben den *Salle Wagram*. Das schmiedeeiserne Tor unter dem ausladenden Vordach im Art-déco-Stil war geöffnet, und Leute drängelten sich dahinter auf dem Teppich, vermutlich um sich die heiß gewordenen Köpfe zu kühlen.

Vor dem Tor stand ein in Ziegenfelle gekleideter Mann, und auf seiner Brust prangte die schwere Plakette, die ihn als Angehörigen des Organisationskomitees auswies. In diesem Jahr zeigte sie einen grimmig dreinsehenden Mann mit einem langen dünnen Schnurrbart und eine kopfüber unter ihm liegende Frau. Dabei wurde rein gar nichts der Fantasie überlassen.

Der Wächter fasste die drei sofort in den Blick, als sie sich näherten.

»Bonnie«, flüsterte Létoile und zog an ihrem Arm. »Wie sollen wir da reinkommen?«

Bonnie strich ihren Arm ab und lächelte.

»Lass mich nur machen.«

Leichtfüßig tänzelte sie zu dem Türsteher hinüber und zückte in einer Hand das gefaltete Blatt Papier, in der anderen einen Flachmann, wie sie ihn immer bei sich trug.

Der Blick des jungen Mannes wanderte zuerst zum einen, dann zum anderen, und Bonnie strahlte ihn an.

»Was möchtest du dir zuerst ansehen?«

Er lachte und deutete auf das Papier. »Ich muss die Einladung sehen, Mademoiselle.«

»Natürlich«, sagte Bonnie, drehte aber den Verschluss des Flachmanns auf, ohne ihm das Papier zu zeigen. »Zuerst aber einen Schluck. Für den Mann, mit dem undankbarsten Auftrag des ganzen Abends.«

Sie streckte ihm den Flachmann entgegen, und sein glänzender Blick verriet ihr, dass sie bereits gewonnen hatte.

»Ich werde bald abgelöst«, sagte er, aber seufzte schon fast theatralisch.

Bonnie legte ihm den Arm um seine Hüfte und hielt ihm die Flasche vor die Nase. Er erwiderte die Geste sofort, mit der freien Hand nahm er den Flachmann entgegen und setzte ihn an.

Bonnie schloss die Augen und genoss die Sensation, die sie immer verspürte, wenn jemand von ihrem magischen Whisky trank. Für sie fühlte es sich stets an wie Minuten oder länger, während warme Wogen durch sie hindurchfuhren, begleitet von dem feinen Kribbeln in den Gliedern und den Bildern der Erinnerung, die sie in dem Moment noch ein letztes Mal durchlebte. In Wahrheit war es innerhalb einer Sekunde vorbei.

Der Mann hustete und presste sich den Arm auf den Mund, bevor er ihr den Flachmann zurückreichte.

»Was ist das für ein Gesöff?«, fragte er und lachte und hustete gleichzeitig.

»Whisky«, sagte Bonnie und löste sich aus der Umarmung.

Stattdessen hielt sie ihm das Blatt Papier hin.

Er faltete es auseinander und begutachtete es. Dann reichte er es ihr zurück.

»Viel Spaß beim Ball, Mademoiselle.«

Sie warf ihm eine Kusshand zu, dann winkte sie Létoile und Gabriel heran.

Arm in Arm traten sie unter den überdachten Gang und hielten direkt auf die geöffneten Türen des Gebäudes zu.

»Wie hast du das gemacht?«, fragte Létoile und nahm ihr das gefaltete Papier aus den Händen. »Das ist ein leeres Blatt. Wie konnte er das übersehen?«

Bonnie rollte kokett mit ihrer bloßen Schulter.

»Mein Charme, schönste Létoile. Nur mein Charme.«

Gabriel verpasste ihr einen feuchten Kuss auf die Wange und klatschte dann in die Hände, als sie im Eingangsbereich des Salle Wagram ankamen. Bonnie erhaschte einen Blick auf Marmor und weite Spiegel an den Wänden, dann ließen sie sich von der Masse treiben, bis sie den Ballsaal erreichten.

Bonnie verschlug es für einen Moment den Atem, und sie legte die Hand auf ihre Brust. Die Tanzfläche war gefüllt mit Hunderten von Tanzenden. Sie alle waren kostümiert, wenn auch einige von ihnen sich bereits einiger Lagen entledigt hatten. Vielleicht waren sie aber auch direkt barbusig hergekommen. Bonnie reckte den Hals, konnte die Band aber nicht sehen, welche für die schnellen Takte verantwortlich war. Stattdessen blieb ihr Blick an dem prachtvollen, Stuckatur verzierten Trapezgewölbe hängen, von welchem mehrere protzige Kristallkronleuchter hingen. Die Decke wurde von barocken Säulen getragen und samtrote Ziermarkisen hingen zwischen ihnen.

Für einen langen Moment stand Bonnie wie angewurzelt und ließ die Eindrücke über sich hinwegwallen.

Dann packte Létoile sie am rechten Arm, beinahe gleichzeitig mit Gabriel, der seine Hand auf ihre linke Schulter legte.

»Sie spielen den Charleston!«, rief Létoile aufgeregt.

»Das Buffet«, rief Gabriel und deutete in eine Richtung aus dem Ballsaal hinaus.

Bonnie lachte und legte ihren Arm um Létoiles Hüfte.

»Schlag dir den Bauch voll, Monsieur. Die Damen gehen tanzen.«

~~~

›Dafür hast du deine Magie damals eingesetzt?‹, fragte Jamie und klang beinahe etwas empört. ›Um dir Zutritt zu einer Party zu verschaffen?‹

Glenna blinzelte, als sie aus ihrer Erinnerung gerissen wurde.

»Das war nicht irgendeine Party«, verteidigte sie sich. »Es gab kein berüchtigteres Fest als den Ball der Hochschule der Künste.«

›Kein skandalöseres, meinst du wohl.‹

Ein Lächeln umspielte ihre Lippen.

»Auch das.«

Jamie hatte sie später noch in ihrer wilden Zeit erlebt, aber nichts war jemals wieder an die Leichtherzigkeit und Freizügigkeit von Paris in den Zwanzigern herangekommen. Nie hatte sie sich freier und unbekümmerter in ihrem weiblichen Körper gefühlt als zu dieser Zeit.

Zugegeben, gerade wenn sie an den Bal des Quat'z'Arts zurückdachte, schauderte sie nicht nur aus wohliger Erregung. Bei der jährlichen Wahl eines Mottos und der Umsetzung desselben waren fehlender Respekt gegenüber fernen und teilweise vergangenen Kulturen und die unangemessene Aneignung derselben nie kritisch hinterfragt worden. Weder beim Organisationskomitee noch bei den Gästen, wie sich Glenna selber reumütig eingestehen musste.

Kopfschüttelnd benetzte Glenna Zeigefinger und Daumen und blätterte um. Sie überflog den Bericht zum Ball, lächelte hie und da und runzelte plötzlich die Stirn.

»Hm«, machte sie überrascht.

›Was ist?‹
~~~

»Nichts«, murmelte sie und las ein paar Zeilen weiter. »Gabriel hat sich während des Umzugs in den Morgenstunden das Handgelenk gebrochen.«

›Und?‹

Glenna schloss das Buch und blickte gedankenverloren auf den ledernen Einband.

»Das hatte ich vergessen. Es hat sogar eine kleine Narbe hinterlassen.«

Jamie schwieg, und Glenna war ihm dankbar.

Ihr Erinnerungsvermögen war gut. Die Fähigkeit, nur ein, zwei Zeilen eines Tagebucheintrags lesen zu müssen, um sofort wieder an Ort und Stelle zurückversetzt zu werden, hatte sie sich vor langer Zeit angeeignet.

Trotzdem gab es Details, die ihr ab und zu entfielen.

In letzter Zeit immer öfter.

Dorothy vergaß ständig Dinge. Das gehörte zum Älterwerden dazu, sagte sie immer. Nur dass Glenna dieses Älterwerden nicht gewohnt war. Auch mit hundertsiebzehn Jahren nicht.

›Ich glaube, das Telefon klingelt, Bonnie.‹

Glenna runzelte die Stirn. Es war unmöglich, dass Jamie das Telefon von der Rezeption im Erdgeschoss bis hier hoch hören konnte.

Doch sie stutzte, als sie es selber ebenfalls hörte.

Sie legte das Tagebuch auf den Beistelltisch und stemmte sich aus dem Sessel.

»Das kann doch nicht sein«, murmelte sie und öffnete die Tür der Bibliothek.

Erst da realisierte sie, dass das Klingeln nicht vom Telefon des Stewart-Hauses stammte, sondern von ihrem Mobiltelefon.

Sie hastete in ihre kleine Küche und zog sämtliche Schubladen auf, bis sie das Gerät fand.

Sie kannte die Nummer auf dem Display nicht, aber das wunderte sie nicht. Sie hatte nicht viele Kontakte gespeichert. Und nicht viele Leute hatten überhaupt ihre Nummer.

Perplex starrte sie auf das vibrierende Gerät in ihren Händen, bevor sie die Überraschung endlich abstreifte und den Anruf entgegennahm.

Schlechte Nachrichten

»Stewart-Haus, Southbridge. Hallo?«, sagte Glenna automatisch, obschon sie nicht an der Rezeption saß, sondern den Anruf auf ihrem Mobiltelefon entgegengenommen hatte.

»Frau Glenna Alexander?«

»Ja. Wie kann ich Ihnen helfen?«, fragte sie und runzelte die Stirn.

Sie versuchte, die Stimme zuzuordnen, glaubte aber nicht, dass sie sie kannte.

»Frau Alexander. Hier sprich Dr. Boyle. Ich fürchte, ich habe schlechte Nachrichten.«

Glennas Schultern verspannten sich sofort.

»Oh«, sagte sie bloß, weil sie nicht wusste, wie man standesgemäß auf so eine Ankündigung reagieren sollte.

»Es ist Frau Dorothy Stewart. Sie ist vor gut einer Stunde verstorben. Mein herzliches Beileid.«

Glenna blinzelte.

Sie wiederholte die Worte des Arztes in ihrem Kopf, aber ihre Bedeutung drang nur träge zu ihr vor, als müsste sie sich zuerst durch tiefes Dickicht kämpfen.

Sie wusste nicht, wie viel Zeit vergangen war, aber irgendwann fragte der Mann am anderen Ende der Leitung: »Frau Alexander, sind Sie noch da?«

Sie legte die Hand auf ihre Brust und räusperte sich.

»Ja, natürlich. Verzeihen Sie.«

»Nicht nötig, Frau Alexander. Frau Stewart ist friedlich entschwunden. Eine Spaziergängerin hat sie auf einer Bank am Ufer gefunden. Sie sagte, dass sie oft dort gewesen sei, um die Enten zu füttern.«

Ein dicker Pfropfen wuchs in Glennas Hals, und es fiel ihr schwer zu atmen.

Natürlich hatte Dorothy am Shannon River gesessen. Sie hatten sich ja erst gerade verabschiedet und sich über die jungen Schwäne unterhalten.

Glenna blickte auf die Uhr an der Wand. Drei Stunden war das bereits her? Hatte sie dermaßen in Erinnerungen geschwelgt, dass sie nicht einmal bemerkt hatte, dass Dorothy gar nicht zurückgekommen war für ihr Mittagsnickerchen?

»Danke«, krächzte sie in den Telefonhörer und räusperte sich abermals. »Danke für die Nachricht.«

»Frau Alexander, wie es scheint, hat Frau Stewart keine nahestehenden lebenden Verwandten mehr, und sie sind hier bei uns als Kontaktperson eingetragen. Ich fürchte, ich muss sie herbitten, um mit uns einige Dokumente durchzugehen.«

Glenna nickte, schalt sich dann aber für die nutzlose Geste.

»In Ordnung, Dr. Boyle. Ich komme sofort.«

Sie legte das Telefon vor sich auf die Küchenablage und beobachtete, wie das grüne Hörersymbol rot wurde. Erst als die Luft ihre Augen austrocknete und das Bild vor ihr zu verschwimmen begann, blinzelte sie und sog scharf Luft ein.

Sie legte die freie Hand auf ihre Brust, als könnte sie das schmerzhafte Ziehen darin dadurch lindern.

»Oh, oh«, flüsterte sie.

›Bonnie, wer war das? Was ist passiert?‹, fragte Jamie alarmiert.

Versteckt unter ihren Kleidern kriegte Jamie meistens nur im Ansatz mit, was um sie herum geschah. Aber ihre Gemütsregungen erkannte er immer sofort.

Sie wollte ihm antworten, die Worte wollten ihre Kehle aber nicht verlassen.

Dorothy war tot.

Der Klumpen in ihrem Hals wuchs, und ein unmenschliches Geräusch drang aus ihrer Kehle, sodass sie die Hand vor den Mund schlug, um es zu ersticken.

Tot.

Sie hatte gewusst, dass dieser Tag kommen würde. Aber doch nicht heute. Nicht einfach so, ohne Vorwarnung.

›Bonnie, sprich mit mir.‹

Sie benetzte ihre trockenen Lippen und schmeckte salzige Tränen.

»Es ist Dorothy«, sagte sie stockend. »Sie ist gestorben.«

›Oh, Bonnie.‹

Glenna starrte weiterhin auf das Telefon, als erwarte sie, dass ein Anruf reinkam, der ein Missverständnis aufdeckte.

Aber er kam nicht.

Sie schluckte schwer, und es schmerzte ihr in der Kehle.

»Meine Tochter ist tot, Jamie.«

Der warme Fleck wanderte von ihrem Rücken hoch und legte sich wie ein wärmendes Kissen um ihren Nacken.

›Es tut mir sehr leid.‹

Glenna nickte und schaffte es, sich von dem Telefon zu lösen. Sie setzte sich an den kleinen Tisch, faltete die Hände vor ihrem Mund und blickte nach draußen.

All diejenigen, die in einen frühen Mittag gingen, wanderten bereits durch die Straßen, und niemand von ihnen war sich bewusst, dass heute Morgen das Lebenslicht von Dorothy Stewart ausgegangen war.

›Was nun?‹, fragte Jamie sanft.

Glenna räusperte das Kratzen in ihrem Hals weg und legte die Hände auf den Tisch.

»Der Arzt will, dass ich vorbeikomme, damit ich mich um den Papierkram kümmere.«

›Du? Warum? Niemand weiß, dass ihr verwandt seid.‹

»Nein, aber ich bin die Einzige, die sie noch hat. Hatte. Edward ist tot, und sie hatten keine Kinder.«

Glenna hatte sich nie erkundigt, weshalb, hatte sich aber ab und zu gefragt, ob es an ihren Genen lag, dass sich weder sie selbst noch ihre biologische Tochter zum Muttersein berufen gefühlt hatten.

Plötzlich kam ihr ein Gedanke, und das Herz sackte ihr in den Magen. Sie warf einen Blick auf den Kalender, der an der Wand hing.

»Samhain ist in sieben Tagen.«

›Das ist weit genug weg, Bonnie. Ihre Seele hat unsere Welt bis dahin längst verlassen.‹

Glenna nickte und hoffte, dass er recht hatte.

Das keltische Totenfest war die Zeit, in der sich alle möglichen Wesen der Anderswelt in die Welt der Menschen verirrten und ihren Schabernack trieben. Neben den üblichen Kobolden und dem Feenvolk gab es darunter auch den einen oder anderen Seelensammler.

Ausgerechnet um diese Zeit herum zu sterben, erhöhte die Chancen, einem dieser Elenden in die Hände zu fallen. Aber Glenna würde nicht zulassen, dass dies mit Dorothys Seele geschah.

Sie erhob sich träge und machte einen kurzen Abstecher ins Badezimmer, um sich zu versichern, dass sie ansehnlicher aussah, als sie sich fühlte. Dann machte sie sich auf den Weg zu Dr. Boyles Praxis.

Bonnie Bahookie

~~~

Die Stimme drang nur gedämpft durch den schweren Samtvorhang an Bonnies Ohren.

»Und nun meine Damen und Herren, zum Höhepunkt dieses Abends!«

Bonnie konnte nicht anders. Sie teilte den Vorhang mit ihren Fingern, gerade so weit, um einen Blick auf das Publikum erhaschen zu können. Die Whiskyflaschen hatten die erste Reihe Tische hinter sich gelassen und zirkulierten in den hinteren Rängen.

»Das Temperament der Highlands!«

Ein Schatten stellte sich zwischen sie und das Publikum. Jean-Luc wirbelte mit seinem Gehstock, und der Frack flatterte mit seinen hektisch-eleganten Bewegungen.

Sie ließ den Vorhang zufallen und atmete mehrere Male tief durch.

»Der Star, weswegen Sie heute Abend hier sind. Insbesondere Sie, wenn ich mir Ihre heraushängende Zunge so ansehe, der Herr. Aber keine falsche Scheu!«

Es kribbelte in ihrem ganzen Körper, als immer mehr Leute aus den Whiskyflaschen tranken.

»Heute Abend dürfen Sie gaffen, so viel Sie alle wollen. Deswegen sind Sie hier!«
~~~

Sie drehte sich mit dem Rücken zum Publikum, stützte eine behandschuhte Hand an ihrer Taille ab, die andere hob sie elegant in die Luft.

Die heutige Farbe war Rot. Rot wie ihr Haar, rot wie ihr Kostüm, aber insbesondere rot wie das Feuer.

Und das würde sie das Publikum heute spüren lassen.

»Nun habe ich Sie lange genug auf die Folter gespannt. Sie sind nicht meinetwegen hier. Auch wenn ich Ihnen sagen kann, dass mein Hinterteil sich ebenfalls sehen lassen kann.«

Das Kreischen der Frauen drang durch den Vorhang.

Sie schmunzelte und sah Jean-Luc vor sich, wie er dem Publikum den Rücken zudrehte, den Frack anhob und die Hüfte kreisen ließ.

»Aber nichts geht über das, was Sie jetzt gleich zu sehen kriegen werden. Ihr Name bedeutet nicht umsonst ›jolie cul‹ – schöner Hintern. Denn nichts ist vergleichbar mit dem Hüftschwung der unvergleichlichen, der umwerfenden ...«

Sie straffte den Rücken. Noch wenige Sekunden, bis der Vorhang gezogen würde.

»Der magischen ...«

Sie schmunzelte.

Magischer, als sich jeder da draußen bewusst ist.

»Boooooonnie Bahookie!«

Applaus, Pfiffe, Jubel.

Die Band spielte den ersten Schlag, der Vorhang wurde gezogen, und Licht, das von den Tausenden Pailletten auf ihrem Kleid zurückgeworfen wurde, flutete die Bühne.

Die anfeuernden Rufe wurden lauter, dann schwollen sie ab, als die Musik zu den nächsten, langsamen Takten ausholte.

Bonnie wippte im Takt mit den Hüften, was anzügliche Pfiffe mit sich zog.

Jedes Mal dasselbe. Am Anfang brauchte es nicht viel, um das Publikum in Fahrt zu bringen. Dabei wussten sie noch gar nicht, was sie sich heute für sie überlegt hatte.

Sie ließ die rot-orange Federboa anzüglich von ihren Schultern gleiten, nur ein bisschen, bevor sie ihre nackte Haut wieder darunter verbarg. Die Musik gewann an Fahrt, und auf den nächsten Schlag vollführte sie eine Drehung. Das hochgeschlitzte Kleid flatterte und ermöglichte einen ersten Blick auf das gefiederte Strumpfband, das sie trug.

Die Menge tobte, und sie bedankte sich bei jedem von ihnen mit einem innigen Blick. Sie tanzte nicht für die Meute. Sie tanzte für jeden und jede von ihnen ganz allein.

Jede frivole Bewegung, jeder Wimpernaufschlag, jedes Schulterrollen fühlte sich für die Gäste an, als wäre es eine ganz persönliche Geste. Das war das Geheimnis einer guten Show. Das bannte das Publikum an dem Auftritt einer Tänzerin. Das war Cabaret.

Und doch. Heute Abend saß ein Gentleman in der ersten Reihe, dessen Augen besonders hell strahlten. Eine einzelne unbändige blonde Locke fiel ihm über die Stirn, und das aufgeknöpfte Hemd entblößte seine scharfen Schulterknochen.

Er war ihr bereits durch den Vorhang aufgefallen.

In ihrem Kopf tanzte sie heute insbesondere für ihn.

Sie freute sich auf den Moment, wenn das rote Seidenkleid vor seinen Augen und der Augen aller in Flammen aufging und sich im scheinbaren Nichts verlor. Sie alle würden von den Stühlen fallen. Und dann ginge die Show richtig los.

~~~
~~~

Die Tänzerin vor Glennas innerem Auge drehte sich in ihrem flammenden Kleid, bis es sich komplett aufgelöst hatte, dann verlangsamten sich ihre Bewegungen, und sie kam gänzlich zum Stillstand. Die Tänzerin befand sich nicht mehr auf der Bühne des kleinen Cabarets von Paris. Sie schmiegte sich lasziv an eine übergroße Flasche Whisky auf dem Plakat an der Zimmertür. Große Lettern verkündeten *Ein Abend mit der magischen* und auf der Etikette der Flasche stand ihr Bühnenname *Bonnie Bahookie.*

Aber Glenna tanzte nicht mehr in Paris während der Années folles – der goldenen Zwanziger. Sie saß in ihrem Häuschen in einem kleinen Kaff namens Southbridge am Shannon River. Und der Auftritt war einundneunzig Jahre her.

Einundneunzig. Das wusste sie ganz genau, weil sie das Jahr in das geöffnete Dokument auf ihrem Laptop geschrieben hatte, der in der Ecke der Bibliothek auf dem antiken Sekretär stand.

Todesanzeige: Dorothy (geborene Murphy) Stewart, 13.09.1926–24.10.2017

Glennas knochiger Finger zeigte auf die Stelle im Tagebuch, an der sie mit dem Lesen aufgehört hatte. Der Eintrag war datiert auf den ersten Januar 1926. Es war das erste Mal gewesen, dass sie mit Feuer experimentiert hatte. Der Grundstein für eine ganze Soloshow basierend auf den vier Elementen. Natürlich hatten sich ihre Kleider nicht wirklich in Rauch und Asche aufgelöst. Es hatte genügt, es die Leute glauben zu lassen. Die Leute, die ihren Whisky getrunken hatten zumindest. Alle anderen fanden ihre Show zwar ebenfalls ganz gut, waren aber weit von dem Erlebnis entfernt, wie es die Trinkenden erlebten.

Glennas Mundwinkel zuckten leicht, als sie ihren Blick weiter über die Seiten schweifen ließ. Dieser Abend war nicht nur die Geburt ihres Solo-Acts gewesen, sondern auch der Abend, an dem sie den galanten und unverfänglichen jungen Nordländer kennengelernt hatte, mit dem sie sich nur ein einziges Mal die Nacht versüßen sollte.

Während diesem einem Mal war Dorothy entstanden, keine geborene Murphy, sondern eine geborene Alexander. Aber das hatte Dorothy selbst nie erfahren.

Einundneunzig Jahre war all das her.

Glenna stemmte sich aus dem Sessel hoch und trug das Buch zum Bücherregal, wo sie es am richtigen Ort einreihte.

›Wie fühlst du dich?‹, fragte Jamie sanft.

Sie stellte sich vor den Laptop und starrte auf die erste Zeile der Todesanzeige, die sie schreiben sollte.

»Alt«, gestand sie.

›Du bist nicht alt, Bonnie.‹

Sie schnaubte aus, aber es lag keine Energie hinter der Geste.

»Ich bin hundertsiebzehn Jahre alt, Jamie.«

Sie wandte den Kopf in Richtung Tür, wo das Poster hing, und ihr Herz zog sich krampfhaft zusammen. Es war nur eine Zeichnung, aber genau so straff war ihre Haut damals gewesen, genau so leuchtend ihre Augen und so voll ihre Lippen. Sie mochte bei Weitem nicht so schnell altern wie ein normaler Mensch, trotzdem ging die Zeit nicht spurlos an ihr vorüber.

Automatisch berührte sie ihr hochgestecktes, noch immer rotes Haar, um zu sehen, ob alles saß. Immerhin daran hatte sich nichts geändert.

›Du bist nach wie vor wunderschön, Bonnie‹, raunte die Stimme des Tattoos beinahe unhörbar, und Glenna verharrte in ihrer Bewegung.

»Wie bitte?«

Jamie schwieg.

Er verstand es nicht. Es war nicht Eitelkeit oder Sehnsucht nach ihrem jüngeren Selbst.

Es war das Vermissen der alten Zeit.

Das Vermissen vergangener Menschen. Von Létoile. Auch Gabriel, der heißblütige Spanier musste inzwischen tot sein, wohin ihn sein Weg nach ihrer Trennung auch immer geführt haben mochte.

Sie schloss die Augen und schluckte den aufwallenden Frust hinunter.

»Es ist nicht richtig, dass eine Mutter ihre Tochter beerdigen muss.«

Kaum hatte sie die Worte gesagt, fuhr ein Stich durch ihre Brust, als hätte jemand eine Lanze aus Eis hindurchgestoßen. Sie fasste sich ans Herz und presste die Augen zusammen. Tränen sammelten sich in ihren Augenwinkeln, und sie stöhnte leise auf.

Der warme Fleck fuhr direkt an die Stelle unter ihrer Hand, und der Schmerz ließ etwas nach.

Diese Worte. Ihre eigenen Worte. Sie hatte sie schon einmal gehört. Vor langer Zeit. Nicht genau so, aber so ähnlich.

Es ist nicht richtig, dass ein Vater seinen Sohn beerdigen muss.

Es war die Stimme ihres Vaters. Vor Glennas geschlossenen Augen tauchte das Bild auf, wie er am Grab stand. Es war der Moment, von dem an eine düstere Wolke über Glennas Leben zu schweben begonnen hatte. Der Moment, an dem ihr Vater innerlich zerbrach und erst Jahre später einen neuen Sinn im Leben fand. Der Sinn eines Soldaten, der in einem fremden Land sein Leben für sein Vaterland ließ.

Ein Gewicht legte sich auf Glennas Schultern. Wie hatte sie es vor zwei Tagen noch so einfach geschafft, die Einkäufe nach Hause zu tragen? Im Moment wäre sie mit einem Pack Mehl überfordert.

Das Rascheln von Gefieder ließ Glennas ganzen Körper auf einen Schlag steif werden.

»Nein«, stöhnte sie. »Nicht du.«

Sie gab sich eine halbe Minute, um ihren Puls zu beruhigen, dann drehte sie sich um.

Memento mori

Auf dem Sekretär über dem Laptop saß eine Saatkrähe, wie sie sie früher als Kind ständig auf den Feldern in Schottland aufgescheucht hatte, nur war diese hier vielmehr so groß wie ein Adler.

Ihre Knopfaugen folgten jeder von Glennas Bewegungen aufmerksam, und ihr grauweißer Schnabel war halb geöffnet.

Die Bibliothek hatte kein Fenster, und Glenna musste nicht überprüfen, ob sie die Tür offen gelassen hatte. Das tat sie nie.

»War ja klar, dass du auftauchen würdest«, sagte Glenna bitter.

Der warme Fleck verschob sich von ihrem Rücken zu ihrer Schulter und auf ihre Brust.

›Ist es die Krähe?‹, flüsterte Jamie, als hätte er Angst davor, das Tier aufzuscheuchen, obschon er es selbst nicht würde sehen können, auch wenn ihr Halstuch seinen Blick nicht verdecken würde.

Der Vogel plusterte sein metallisch glänzendes Gefieder auf und präsentierte die artentypische kahle Stelle an seiner Kehle.

»Ja«, sagte Glenna und ließ das Tier nicht aus den Augen, während sie einen Schritt zurück machte und sich am Sessel abstützte.

Täuschte sie sich, oder war die Krähe noch größer, als sie sie in Erinnerung gehabt hatte?

›Ignorier sie einfach‹, riet Jamie.

Glenna hielt dem eindringlichen Blick des Vogels für eine Weile stand, dann wandte sie sich mit geballten Fäusten ab.

»Du weißt, dass ich das nicht kann«, sagte sie mit fester Stimme.

Alle sterben. Du lebst, hallte es in ihrem Kopf, und Glenna konnte nicht sagen, ob es nach ihrer eigenen Stimme klang oder nach der der nicht existierenden Krähe auf dem Pult.

Früher hatte sie die Krähe ihr persönliches Memento mori genannt. Eine Mahnung an die Vergänglichkeit der Menschen.

Eine heiße Hand umfasste ihr Herz, und Wut wallte in ihr auf.

Ein Memento mori vielleicht. Aber nicht ihres eigenen Todes.

Alle sterben. Du lebst.

Sie presste die Augen zusammen. Verscheuchte die Bilder, die nach und nach in ihr aufwallten. Menschen in schwarzen Kleidern an regnerischen Tagen. Dunkle Schleier, die tränenreiche Augen verbargen. Protzige Steine, schlichte Kreuze, alle verziert mit Namen und Daten.

Und immer war da die Krähe. Gaffend. Verachtend. Verhöhnend.

Die Namen und Daten verschwanden, und das wärmste Lächeln der Welt nahm ihren Platz ein, doch nur kurz, dann wurde es zu eiskaltem Stein und verblasste langsam im Jenseits.

Seit Létoiles Tod besuchte der verdammte Vogel Glenna immer wieder und brannte die Bilder ihrer vergangenen Liebsten auf ihre Netzhaut.

»Als ob ich eine Erinnerung daran bräuchte«, spie sie verbittert aus.

›Bonnie‹, sagte Jamie eindringlich. ›Damit erreichst du nichts.‹

Wie auf Kommando erschallte das helle Kreischen des Vogels im Raum und ließ Glenna vor Schreck herumfahren. Wie aus dem Nichts schnellte das Tier vor, die Flügel schlugen Glenna ins Gesicht, und sie japste auf. Sie hob die Hände, doch da hatte sich die Krähe bereits in Luft aufgelöst.

›Bonnie!‹, rief Jamie, und der warme Fleck bewegte sich schneller als gewohnt hin zu ihrem Nacken.

Mit zittrigen Fingern fuhr Glenna zu ihrem Gesicht, da, wo sie sich sicher war, dass Federn und Krallen sie gestreift hatten. Aber sie spürte nichts als ihre trockene angespannte Haut.

›Meine Güte, Bonnie. So hat sie dich noch nie aus der Fassung gebracht. Ist alles in Ordnung?‹

Eine lächerliche Frage.

Sie räusperte sich und betastete ihre Haare, rückte hie und da eine Strähne zurecht, die sich aus ihrem Dutt gelöst hatte.

›Bonnie, sprich mit mir.‹

Sie straffte die Schultern und ging zurück in die Küche.

»Es ist alles in Ordnung, Jamie.«

›Alles in Ordnung? Die Krähe kommt zurück, oder etwa nicht?‹

Sie öffnete den Kühlschrank und studierte dessen Innenleben.

»Nicht wenn ich mich abzulenken weiß«, sagte sie im Wissen, dass auch das nur eine Übergangslösung sein würde.

›Verstehe. Du backst.‹

Glenna griff nach der Butter.

»Ich backe.«

Als sie alle Zutaten zusammengemixt hatte und den Teig knetete, fragte Jamie auf einmal: ›Bereust du es?‹

»Was soll ich bereuen?«

›Dass du damals das Reisen aufgegeben hast, um nach Irland zurückzukehren.‹

Nur einen kurzen Moment hielt sie in ihrer Bewegung inne.

»Wie kommst du darauf?«, murrte sie und fügte dem Teig ein klein wenig mehr Zucker hinzu.

›Du weißt, dass ich dich durchschaue, Bonnie. Wir kleben seit siebzig Jahren aneinander.‹

Sie schnaubte. »Schon so lange halte ich es mir dir aus? Kein Wunder, dass ich mich so alt fühle.«

Es sollte ein Scherz sein, aber es fühlte sich nicht so an.

›Bereust du, Dorothy ausfindig gemacht zu haben damals? Überhaupt involviert zu werden in ihr Leben?‹

»Ich bereue gar nichts, Jamie«, schnauzte sie und wünschte, das Tattoo hätte ein richtiges Maul, dass sie ihm zubinden konnte.

›Du lügst.‹

»Nur weil du seit siebzig Jahren über meinen Körper schleichst, heißt das nicht, dass du mich in- und auswendig kennst.«

Sie öffnete das Schränkchen über dem Abwaschbecken und reckte sich nach einer Dose Tee.

›Ich glaube, du bräuchtest mal wieder Sex.‹

Ihre Fingerspitzen hatten die Dose gerade erreicht, als sie zurückzuckte. Die Dose fiel mit ihr, landete auf dem Rand des Abwaschbeckens, und der Deckel löste sich mit einem Plopp. Grünteepulver verteilte sich auf Glennas weißer Bluse, aber sie zollte der Sauerei keine Beachtung.

»Wie bitte?«, fragte sie empört.

›Du hast mich schon richtig verstanden.‹

»Ich bin hundertsiebzehn Jahre alt, Jamie!«

Sie nahm einen frischen Abwaschlappen und versuchte, sich von dem Pulver zu befreien.

›Ich bitte dich, Bonnie. Als hätten dich irgendwelche Konventionen schon jemals abgehalten.‹

Sie wollte etwas erwidern, schloss den Mund aber mit einem schweren Seufzer und presste ihre Finger auf die Augen.

Mit ihm zu diskutieren, hatte keinen Sinn.

Als sie das Tattoo damals hatte stechen lassen, hätte diesem die Seele des Drachen eingehaucht werden sollen, weise und mächtig. Stattdessen hatte sie die unsterblichen Überreste irgendeines Lümmels abgekriegt.

›So ein feuriger Liebhaber wird bestimmt deine Lebensgeister erwecken.‹

»Kein feuriger Liebhaber interessiert sich für eine hundertsiebzehn Jahre alte Dame. Und selbst wenn …«, fügte sie schnell hinzu. »Meine Lebensgeister brauchen keine Erweckung.«

›Was wird aus dem B&B? Holst du dir Hilfe hinzu?‹

Sie stützte sich auf dem Tresen ab und atmete einmal tief durch. Sie wusste, dass Jamie ihr nur helfen wollte, indem er ihre Gedanken auf Trab hielt, aber im Moment fühlte sich ihr Hirn an wie in Watte gepackt.

»Lass gut sein«, sagte sie leise.

Die Tätowierung schwieg von da an, aber es gelang Glenna nicht, seine letzten Worte aus ihren Gedanken zu vertreiben.

Ja, was würde aus dem Stewart-Haus? Wenn die Beerdigung vorüber war und aller Papierkram erledigt wäre, was dann?

Dann wäre sie immer noch hier.

Alleine.

Gute Absichten

»Glenna?«

Glenna schreckte hoch. Es brauchte einige weitere Sekunden, bis sie realisierte, dass sie in ihrem Ohrensessel eingenickt war.

»Glenna, bist du hier?« Die Stimme klang besorgt.

Glenna räusperte sich, strich sich einmal über die frisierten Haare und drapierte das lose gebundene Foulard wieder sauber um den Nacken.

»Ich bin hier, Liebes«, rief sie, bevor sie realisierte, wo genau sie sich befand.

Sie stemmte sich aus dem Sessel und eilte zur Tür der Bibliothek, als diese bereits aufgeschoben wurde.

Glenna umfasste den inneren Türknauf und trat vor den geöffneten Spalt.

Janet hatte die Stirn hochgezogen und versuchte, neben ihr hindurchzuspähen.

»Tut mir leid«, sagte Glenna mit einem Lächeln und schob ihre Freundin sanft, aber bestimmt zurück in den Gang. »Ich bin wohl eingenickt.«

Die Neugierde wich aus Janets Gesicht, und Sorge kehrte zurück.

»Ist alles in Ordnung bei dir?«

»Aber natürlich, Liebes«, sagte Glenna und schloss die Tür hinter sich. »Sind die anderen schon da?«

Die Frau Anfang vierzig nickte und wandte sich zu der Treppe, die nach unten führte.

Im Erdgeschoss huschte Glenna in die Küche, wo sie das Wasser aufsetzte. Aus dem Speisesaal drangen bekannte Stimmen.

Sie stützte sich an der Ablage ab, schloss die Augen und atmete mehrere Male tief durch. Sie hatte mit dem Gedanken gespielt, den Nachmittag abzusagen. Aber es war fraglich, ob das geholfen hätte, sie hätte sich ja so oder so mit der Beerdigung rumgeschlagen.

Sie sah das schwarze aufgeplusterte Gefieder auf dem Küchentisch aus ihren Augenwinkeln, spürte die bohrenden Augen der Krähe auf sich, aber es gelang ihr, sie weitgehend zu ignorieren.

Mit durchgestrecktem Rücken holte sie den Teller mit den am Vortag gebackenen Keksen aus dem Schrank und trat durch die Tür.

»Tut mir schrecklich leid«, sagte sie zu den versammelten Damen. »Ich bin tatsächlich eingenickt.«

Für einen kurzen Moment verstummten die vier Frauen und musterten sie mit viel zu offenen, mitleidigen Blicken.

Die älteste von ihnen – eine vierundachtzigjährige Rentnerin in einem karierten Hosenanzug und mit einer wuchtigen Hornbrille – machte einen großen Schritt auf Glenna zu und umfasste ihre freie Hand.

»Es tut uns allen so leid, Liebes«, sagte sie, und ihre Augen waren wässrig. »Wir wussten nicht, ob du uns heute wirklich hier haben wolltest, aber Janet sagte, du bestehst darauf.«

Glenna zog ihre Hand aus dem sanften Griff und drückte Priscilla stattdessen die Kekse in die Finger.

»Aber natürlich will ich euch hier haben«, sagte Glenna und merkte, dass sie es wirklich meinte. »Dorothy hätte auf jeden Fall etwas dagegen gehabt, wenn wir ihretwegen die Kartenrunde hätten ausfallen lassen.«

Sie führte Priscilla an den einzigen runden Tisch in der Mitte des Speiseraums, wo sie sich alle setzten. Ein Stuhl blieb leer, doch bevor jemand etwas sagen konnte, schob Glenna den Teller in die Mitte.

Janet griff nach einem der grünen Kekse und roch daran.

»Matcha Butterkekse«, erklärte Glenna. »Mit Grüntee aus Japan.«

»Deine Experimente sind ja häufig außergewöhnlich«, sagte Janet und biss eine kleine Ecke ab. »Aber immer lecker.«

»Nicht ganz immer«, warf Lisbeth ein, die den Teller nur skeptisch beäugte.

Glenna ignorierte den Kommentar und verteilte die bereitgestellten Tassen an die Frauen.

»Ich habe ein zusätzliches Blech gemacht«, sagte sie an Janet gewandt. »Du kannst Aidan gerne welche mitbringen.«

Janet bedachte sie mit einem dankbaren Lächeln.

Das Deck wurde verteilt, Milch und Tee in Tassen gefüllt und die Karten reihum gespielt. Es dauerte aber nicht lange, bis die konzentrierte Stille durchbrochen wurde.

»Es ist nie dasselbe, nicht wahr?«, fragte Eileen. »Wenn jemand geht, ist es immer ein wenig anders.«

Es war nicht der erste Todesfall in ihrer Kartenspielrunde. Seit gut zehn Jahren trafen sie sich jeden Donnerstagnachmittag, und die Gruppe veränderte sich immer mal wieder. Janet war erst seit einem Jahr dabei, dafür waren zwei ihrer ältesten Mitglieder bereits verstorben.

Eileen erntete zustimmendes Gemurmel.

»Wann findet die Totenwache statt?«, fragte Priscilla. »Ich möchte die Nachtwache übernehmen.«

»Du?«, fragte Lisbeth schrill, die nur wenige Jahre jünger war als Priscilla. »In deinem Alter kannst du dir doch nicht mehr die Nächte um die Ohren schlagen.«

»Ach nein?«, fragte Priscilla schnippisch. »Es gehört sich für die Freunde der Verstorbenen, also werd ich das ja wohl noch tun können für unsere Dorothy.«

»Ich weiß noch nicht, ob es eine Nachtwache geben wird«, schlichtete Glenna. »Aber die Totenwache ist am Freitag, da reisen die meisten meiner Gäste ab, und die neuen kommen erst am Sonntag.«

»Willst du das Hotel nicht bis zur Beisetzung schließen?«, fragte Lisbeth. »Eine Totenwache mit Gästen hier. Das ist doch nicht angemessen.«

»Ich kann es nicht schließen«, sagte Glenna bestimmt. »Nächste Woche ist das Samhain-Fest, da ist alles ausgebucht. Dorothy hätte auf keinen Fall gewollt, dass man den Gästen absagt.«

Eileen seufzte. »Da ist ein Mal etwas los in diesem Dorf, und dann muss genau so etwas passieren.«

Sie tätschelte Janets Arm. Diese wandte sich an Glenna.

»Und die Beisetzung? Wann wird die sein?«

Glenna legte eine Karte, konzentrierte sich aber nicht sonderlich auf das Spiel. Ihre Aufmerksamkeit zog es immer wieder zu einer der Vitrinen und der Krähe, die sich dort niedergelassen hatte. »Nach den Feierlichkeiten. Nach der Totenwache wird man sie beim Bestatter aufbahren, bis Samhain vorüber ist.«

Janet schien erleichtert, und Glenna konnte es ihr nicht verübeln. Sie war zum ersten Mal Kopf des Organisationskomitees, das das lokale Samhain-Fest jedes Jahr veranstaltete, und hatte bestimmt alle Hände voll zu tun.

»Apropos Samhain«, sagte Janet.

Priscilla schnaubte hörbar, sagte aber nichts, und Glenna sah, wie Lisbeth ihr unter dem Tisch einen Klaps gegen das Knie verpasste.

Janet warf ihr nur kurz einen vorwurfsvollen Blick zu, dann wandte sie sich an Glenna.

»Ich befürchte, ich habe etwas Wichtiges bei der ganzen Planung vergessen«, gestand Janet und verzog das Gesicht zu einer beschämten Grimasse.

Priscilla spielte eine Karte, ohne Janet anzusehen. »Wirklich? Das sieht dir nicht ähnlich.«

Wieder fing sie sich einen Klaps von Lisbeth ein.

Wie jemand ausgerechnet die schusselige Janet als Kopf des Organisationskomitees hatte wählen können, war auch Glenna ein Rätsel.

»Ich habe niemanden, der Fotos macht und ein bisschen was zusammenträgt für einen offiziellen Pressebericht. Ich dachte, unsere Marketingverantwortliche würde sich darum kümmern, aber sie ist während des Fests gar nicht hier«, erklärte Janet, und ihre Augen glänzten wie die eines kleinen Hündchens.

Glenna spielte eine Karte und sagte nichts.

Sie verließ ihr Haus während der Tage um Samhain wohlwissentlich so selten wie möglich. Das genügte zwar nicht, um sich das ganze Feenvolk vom Halse zu halten, das sich dann in ihre Welt verirrte, aber sie musste sich immerhin nicht in aller Öffentlichkeit mit ihnen herumschlagen.

»Ich selbst werde an dem Tag alle Hände voll zu tun haben«, fügte Janet hinzu.

Wieder die Hundeaugen, und sie waren direkt auf Glenna gerichtet.

Bei dem Blick regte sich etwas in Glennas Brust. Auch mit ihren hundertsiebzehn Jahren hatte sie nicht gelernt,

Nein zu sagen, wenn jemand sie um Hilfe bat. Und Janet wusste das genau.

Trotzdem presste Glenna die Lippen aufeinander. Jetzt nur keine falschen Zusagen machen.

Der Großteil des Feenvolks war nicht an und für sich bösartig. Viele von ihnen – insbesondere jene, die sich an Samhain über die Grenze zur Menschenwelt wagten – waren einfach heimtückisch und genossen es, die Menschen hereinzulegen. Vor allem Mischwesen wie Glenna, die das Feenvolk ohne Schwierigkeiten wahrnehmen konnten. Die normalen Menschen konnten sich glücklich schätzen, dass sie die Biester meistens gar nicht bemerkten. Natürlich gab es Ausnahmen. Gewisse Leute konnten sie sehen. Menschen mit einer Gabe, ohne dass sie selbst Mischkreaturen waren wie Glenna. Und es gab Kobolde und andere Wesen, die sich den Menschen absichtlich zeigten.

Wie sich der Púca damals Glenna gezeigt hatte.

»Glenna?«, fragte Janet nun direkt.

Glenna seufzte. »Ich weiß nicht, ob ich die richtige Person dafür bin.«

»Aber sicher«, sagte Janet. »Du kannst so wunderbar mit Worten und Menschen umgehen. Wenn du darüber berichtest, werden die Leute begeistert sein. Und du hast ein wunderbares Auge für Fotos.«

Priscilla zuckte mit den Schultern. »Da hat sie recht.«

Glenna legte die Karten vor sich ab und erhob sich von ihrem Stuhl.

»Ich überleg es mir«, sagte sie und trat in die Küche. Als sie an der Vitrine vorbeikam, machte sie eine unwirsche Handbewegung in Richtung der Krähe, die davon jedoch unbeeindruckt blieb.

Sie musste eine Ausrede finden für diese Angelegenheit. Sie könnte sagen, dass die Beerdigung zu viel Zeit in Anspruch nahm, aber es verpasste ihr ein flaues Gefühl im Magen, Dorothy als Ausrede zu benutzen.

Sie warf einen Blick auf die Uhr und beschloss, dass drei Uhr spät genug am Tag war.

Sie öffnete das Schlösschen, das an einem der Küchenschränke hing, mit einem der Schlüssel um ihren Hals und holte eine Whiskyflasche heraus. Das rote Label besagte *Loch Lomond*, aber das spielte nicht wirklich eine Rolle. Glennas eigene Destillate schmeckten ganz einfach nach jener Marke, die sie sich während des Destillierens vorstellte. Meistens brachte sie es jedoch nicht über sich, ihren magischen Whisky in unpassende Flaschen zu füllen.

Sie wollte den Single Malt bereits entkorken, als ihr ein Whisky ins Auge stach, der weiter hinten im Schrank stand. Sorgfältig stellte sie den Loch Lomond auf die Küchenablage und griff nach der bauchigen grünen Flasche.

Ein Lächeln umspielte ihre Lippen, als sie mit dem Daumen über das schwarze Etikett fuhr. Dann las sie das Datum, das sie fein säuberlich in die Ecke geschrieben hatte.

15. April 1926.

Glennas Mundwinkel zuckten.

Sie wusste, welche Erinnerung dies war. Sie war stark. Vermutlich stärker als nötig für das, was sie vorhatte.

Sie schloss für einen Moment die Augen, rief sich das Bild von Dorothy in Erinnerung, wie sie zuverlässig jeden Abend mit genau so einer Flasche im Speisesaal saß und in Gedanken versunken an ihrem Schlummertrunk nippte.

Glenna atmete tief durch, dann zog sie den Zapfen mit einem Plopp aus dem Hals. Sie atmete tief ein, als der altbekannte Duft sie umhüllte und ein Schleier der destillierten Erinnerung sich um sie legte. Das Kribbeln in ihrem Bauch gab ihr einen kleinen Vorgeschmack auf das, was sie durchleben würde, wenn die Damen davon tranken.

Ein kleiner Schluck würde genügen, um sie für den Moment von dem Thema Samhain abzulenken.

Sie stellte fünf Gläser auf ein Tablett und balancierte es mit einer Hand, während sie mit der anderen nach der Flasche griff.

Sie lehnte mit der Schulter gegen die Tür zum Speiseraum und verharrte, als sie ihren Namen hörte.

»... fragst du Glenna, Janet?«, erklang Lisbeths tadelnde Stimme. »Sie hat doch bei Gott genug zu tun mit der Beerdigung.«

»Darum geht es ja«, verteidigte sich Janet. »Ich will, dass sie etwas aus dem Haus kommt. Sie verkriecht sich während des Festes immer hier drin, und dieses Jahr wäre sie ganz alleine. Das ist doch nicht richtig. Gerade jetzt, wo sie sicher nur düstere Gedanken hegt.«

»Du willst sie also einfach beschäftigen?«, fragte Priscilla, und so etwas wie Anerkennung schwang in ihrer Stimme mit.

»Das ist eine so gute Idee, Schätzchen«, ereiferte sich Eileen. »Ich bin mir sicher, das tut ihr gut.«

Glenna unterdrückte einen Fluch. So viel zur Ausrede. Sie trat durch die Tür und setzte ein Lächeln auf.

»Wer hat Durst?«

»Ah«, sagte Priscilla. »Und ich dachte schon, du rückst gar nicht mehr damit raus.«

Eileen lachte, als sie die Gläser verteilte. »Als ob uns Glenna auch nur ein Mal hätte hängen lassen.«

Sie präsentierte die Flasche, und das Lächeln auf den Lippen der anderen zeigte ihr, dass sie verstanden.

»Ardbeg. Dorothys Lieblingswhisky«, sagte Lisbeth versonnen. »Das hast du dir schön ausgedacht, Glenna.«

Glenna nickte nur stumm und schenkte allen zwei Fingerbreit ein.

»Auf Dorothy«, sagte Eileen als Erste und hob ihr Glas.

»Dorothy«, erwiderten alle anderen, und sie ließen die Gläser klirren.

Glenna setzte das Glas zwar an, wartete aber mit geschlossenen Augen, bis die anderen zuerst getrunken hatten. Sie wusste, was kommen würde, trotzdem traf es sie immer etwas unvorbereitet. Kaum benetzte der erste Tropfen Whisky die Zunge einer der Damen, spürte Glenna einen starken Sog, und vor ihren Augen tanzten für einen Moment farbige Lichter.

Als sie die Lider aufriss, befand sie sich nicht mehr im Stewart-Haus am Tisch mit ihren Kartenspielkameradinnen.

Tanzende Sterne

~~~

Bonnie lauschte an der Tür, die von den Garderoben zum öffentlichen Bereich des Cabarets führte. Um diese Zeit sollte er entweder leer sein, oder es wurde darin geübt.

Beides traf nicht zu, denn Bonnie hörte definitiv Tanzschritte auf dem Parkett, aber gleichzeitig blieben die bellenden Befehle von Madame La Grande aus.

Es dämmerte Bonnie, als die Tanzschritte für einen Moment ausblieben und sie gedämpfte Stimmen hörte.

Sie hatte von den anderen Tänzerinnen gehört, dass Grande Madame nach neuen Talenten suchte. Heute war also Vortanzen angesagt.

Sie erinnerte sich gut daran, wie nervös sie selbst bei ihrem ersten Vortanzen gewesen war, trotzdem konnte sie es nicht lassen, einen Blick zu riskieren. Sie öffnete die Tür und huschte aus der Garderobe. Dann zwängte sie sich zwischen der Wand und dem zur Seite gezogenen Samtvorhang hindurch. Der Saal war nicht abgedunkelt wie bei ihren Shows, deshalb war es auch kein Wunder, dass das Erste, was Bonnie sah, Grande Madames tadelnder Blick war. Bonnie zuckte kokett mit den Schultern und setzte sich auf einen freien Stuhl, dann widmete sie sich der Bühne.

Die Tänzerin wirkte etwas verkrampft, aber ihr burgundfarbenes Lächeln saß perfekt.
~~~

»Encore une fois«, meinte Grande Madame und klatschte in die Hände.

Der Blick der Tänzerin huschte kurz zu Bonnie, und diese schenkte ihr ein aufmunterndes Lächeln.

Bevor sie sich in Pose warf, schüttelte das Mädchen – was war sie? Knapp zwanzig? – ihre braunen von den Schultern bis zu den Ohren gewellten Haare. Ihre Augen waren markant geschminkt, was ihr ein dramatisches Aussehen verlieh, trotz des sonst weichen, rundlichen Gesichtes.

Sie war süß.

Gespannt stützte Bonnie ihr Kinn auf ihre gefalteten Hände und beobachtete den musiklosen Auftritt.

Gewagte Ideen hatte die Tänzerin ja. Sie spielte mit dem kontinuierlichen Übergang der peinlich Berührten zur Kokettierenden, Schamlosen und wechselte zärtliche Streicheleinheiten über ihre Arme und Beine ab mit zackigen wilden Tanzschritten und freizügigen Posen. Auch wenn sie ihre Alltagskleidung anbehielt, so jagte es eine Welle der Aufregung durch Bonnies Körper, wenn sie sich die Tänzerin in einer richtigen Show vorstellte. Bonnie war versucht, sie mit Rufen und Pfiffen anzufeuern, denn es gab nichts Unangenehmeres, als ohne Musik und vor einem stummen Publikum zu tanzen. Aber sie wollte nicht riskieren, dass Grande Madame sie rauswarf.

Soeben hatte die Tänzerin ihnen den Rücken zugekehrt und ging mit geschlossenen Beinen in die Hocke. Ihre Hände strichen über ihre Knöchel und Beine, während sie sich langsam hochstemmte. Sie kostete die Bewegung aus, und Bonnie spürte ein Kitzeln, als würde die Tänzerin Bonnies Hintern streicheln und nicht ihren eigenen.

Als sie aufrecht stand, verpasste sie sich selbst einen heftigen Klaps auf die Oberschenkel, überkreuzte die Beine und vollführte eineinhalb Drehungen. Sie spreizte die Beine und legte zum Abschluss einen so überraschenden Spagat hin, dass Bonnie und Grande Madame gleichermaßen ein erschrockenes Hissen entwich.

Die Tänzerin strahlte in die Ränge, und Bonnie konnte nicht anders, als zu applaudieren.

»Merci beaucoup«, sagte Grande Madame laut. »Das war sehr interessant. Ich melde mich.«

Die junge Tänzerin erhob sich und bedankte sich so leise, dass Bonnie es fast nicht hören konnte. Als sie von der Bühne huschte und den Raum verließ, setzte sich Bonnie zu Grande Madame an den Cocktailtisch.

»Was denkst du?«, fragte Madame geradeheraus.

»Sie könnte frischen Wind hineinbringen.«

Ihre Chefin nickte. »Ihre Abläufe sind nicht ganz sauber. Kannst du dir Zeit nehmen, ihr den einen oder anderen Kniff zu zeigen?«

Bonnie konnte ein Lächeln nicht unterdrücken.

»Sie wollen sie einstellen?«

Grande Madame sah sie streng an.

Sie blickte immer streng, und Bonnie wusste, dass ihre äußere Härte oftmals aufgesetzt war. Nicht so jedoch während der Proben oder wenn es um das Einstellen neuer Leute ging.

Das Cabaret *Lys Rouge* war klein und hatte nur durch Bonnies unfassbare Auftritte an Bekanntheit gewonnen – die Leute nannten es magisch, auch wenn sie keine Ahnung hatten, wie nah sie damit an der Wahrheit lagen. Dennoch, das Cabaret musste sich durchsetzen gegen die frequentierten Nachtklubs wie das Tabarin oder das Folies-Bergère.

Und das konnte es nur mit den talentiertesten Tänzerinnen und Tänzern.

»Falls sie schnell dazulernt«, erklärte Grande Madame. »Sie kann nächste Woche in Canelles Show mittanzen. Wenn sie mich überzeugt, kann sie bleiben.«

Bonnie nickte. Das war auf jeden Fall zu schaffen.

»Und wenn sie die Locken loswird. Sie hat ein Gesicht, das man schnell vergisst. Sie braucht eine Frisur, die ...« Madame machte eine undeutliche Handbewegung. »Du weißt schon.«

Ein seliges Lächeln schlich auf Bonnies Lippen. Was auch immer Madame damit sagen wollte, Bonnie würde das Gesicht der Tänzerin garantiert nicht so schnell vergessen.

Als Madame sich erhob, fragte Bonnie: »Wie heißt sie?«

Madame warf einen Blick auf das Notizblatt in ihrer Hand.

»Ihr Bühnenname ist Ciel d'Étoiles.«

»Ciel d'Étoiles«, wiederholte Bonnie, und ein aufgeregtes Kribbeln fuhr durch ihren Körper.

~~~

Glenna öffnete die Augen, gerade als Priscilla nach ihrem ersten Schluck das Glas abstellte. Die Erinnerungen überkamen sie immer intensiv, aber sie dauerten in Wahrheit nie länger als ein paar Sekunden an. Und dann waren sie fort. Für immer.

Wärme erfüllte Glennas Brust, begleitet von einem aufregenden Kribbeln, das ihren ganzen Körper überzog.

Bevor sie etwas unternehmen konnte, war Janet von ihrem Stuhl aufgestanden und warf ihr ein entschuldigendes Lächeln zu.
~~~

»Es tut mir leid, aber ich muss leider los. Aidans Babysitter muss heute früher weg.«

Sie packte ihre Jacke und die Handtasche, dann drückte sie noch einmal Glennas Arm.

»Wenn du etwas brauchst, melde dich einfach, ja?«

Glenna war etwas überrumpelt von dem raschen Abschied, konnte aber nichts anderes tun, als ihn hinzunehmen.

Was für eine Verschwendung von magischem Whisky, aber sie hatte ja noch die anderen Damen da, die sehen würden, was sie ihnen zeigen wollte.

»Mach ich, Liebes«, sagte sie.

Als Janet gegangen war, nahm Glenna nun ebenfalls einen Schluck von ihrem Glas, dann schloss sie erneut die Augen und ließ den Whisky mit ihren Geschmacksnerven spielen.

Sie malte sich ein Bild vor dem inneren Auge. Sie zeichnete zarte Flügel, schwarze Knopfaugen und ein liebliches Trällern. Sie gab dem Bild einen Auftrag und einen Sinn und ließ es entweichen.

»O nein!«, hörte sie Eileen sagen, und Glenna riss die Augen auf.

Doch durch das offene Fenster war nur ein kleiner Vogel hereingeflattert mit grünem Bauch und bläulichen Flügeln. Er setzte sich auf die Lehne von Dorothys Stammplatz und legte das Köpfchen leicht schräg.

»Der Arme«, sagte Eileen und legte die Hand vor ihren Mund.

»Er sieht nicht aus, als wäre er verängstigt«, meinte Priscilla.

Der Vogel hüpfte etwas nach links und dann wieder nach rechts und trällerte vor sich hin.

»Ein Grünfink«, half Glenna den Damen auf die Sprünge und atmete erleichtert aus.

»Tatsächlich«, hauchte Lisbeth. »Wie der Kleine, den Dorothy damals von Hand aufgepäppelt hat, wisst ihr noch?«

Priscilla nickte, und ein leises Lächeln stahl sich auf die Gesichter der Frauen.

Natürlich erinnerten sie sich. Dorothy war aus dem Häuschen gewesen und hatte jede Minute für den kleinen Fratz geopfert.

»Vielleicht ist es derselbe?«, meinte Eileen. »Vielleicht will er Auf Wiedersehen sagen.«

Sie nickten alle andächtig, und Glenna konnte sich sogar vorstellen, dass sie das wirklich glaubten.

Natürlich war es nicht derselbe Vogel. Dieser Vogel hier existierte nur in der Vorstellung der vier versammelten Frauen. Aber es genügte, um die Runde von Dorothy Abschied nehmen zu lassen.

Federn raschelten, und ein Krächzen übertönte das Lied des Finken. Glenna fasste die Krähe in den Blick, die nach wie vor auf der Vitrine saß.

Ignorier sie, herrschte sie sich an. *Lass sie das hier jetzt nicht vermiesen.*

Wieder krächzte der Vogel und beugte sich vor, die Flügel gespreizt, als wollte er ihr beweisen, dass sie keine Macht über ihn hatte.

Glenna presste die Zähne aufeinander und zwang sich, wieder den Finken anzuschauen und im Guten an Dorothy zu denken, wie es die anderen Frauen taten.

Da stieß sich die Krähe von der Vitrine ab und schoss auf den kleinen Vogel zu. Dieser machte einen Satz in die Luft und flüchtete aus dem Fenster, durch das er gekommen war, die Krähe dicht hinter ihm.

»Oh, etwas hat ihn erschreckt. Tschüss, kleiner Vogel«, sagte Eileen bedrückt und wischte sich eine Träne aus dem Augenwinkel.

Verdammte Krähe.

Glenna ließ sich in ihrem Stuhl zurücksinken und blickte wehmütig auf die Whiskyflasche mit dem Datum. Das Datum gab ihr eine Vermutung, was für eine Erinnerung sie soeben für den kleinen Vogel geopfert hatte. Im April dieses Jahres war etwas geschehen, das ihr Leben verändert hatte, und sie konnte sich beim besten Willen nicht daran erinnern, wie genau dieses Ereignis vonstattengegangen war.

Ein Band legte sich um ihren Hals.

Es war immer dasselbe. Wenn sie ihre Magie wirken wollte, so musste sie starke Erinnerungen destillieren. Je stärker, desto besser. Etwas Belangloses genügte nicht dafür.

Glenna wurde aus ihren Gedanken gezerrt, als das Telefon an der Rezeption klingelte.

Mit einem Seufzen erhob sie sich aus dem Stuhl.

»Ihr entschuldigt mich, meine Lieben.«

Drei Regeln

Glenna hatte erst gerade Luft geholt, da drang bereits die fordernde Stimme eines Mannes durch den Hörer: *»Ist das das Stewart-Haus? In Southbridge?«*

Glenna rümpfte die Nase, setzte dann aber ein höfliches Lächeln auf, auch wenn ihr Gesprächspartner das nicht sehen konnte.

»Guten Tag, werter Herr. Ja, Sie sprechen mit dem Stewart Bed and Breakfast in Southbridge. Glenna Alexander. Wie kann ich Ihnen helfen?«

Am anderen Ende blieb es still.

»Hallo?«, fragte Glenna sicherheitshalber und erntete dafür ein Räuspern.

»Ja. Danke, Frau Alexander«, kam es etwas zögerlich. *»Ich bräuchte ein Zimmer. Ab dem kommenden Sonntag.«*

Glenna runzelte die Stirn bei dem plötzlichen Stimmungswechsel des Mannes, öffnete dann aber das dicke Buch auf ihrem Rezeptionstisch.

Etwas schwermütig ließ sie ihre Finger über die Seiten gleiten.

Dorothy hatte darauf bestanden, dass sie ein richtiges Buch benutzten für die Gästeplanung, da sie sich geweigert hatte, sich mit einem Laptop herumzuschlagen, und Glenna hatte sich gefügt.

Sie schluckte einmal schwer bei dem Gedanken, dass sie das Buch jetzt theoretisch ersetzen konnte.

»Ist da noch was frei?«, fragte der Mann ungeduldig.

Glenna versuchte, den Akzent zu erraten, scheiterte aber dabei. Er war weder Ire noch Schotte, so viel konnte sie feststellen. Trotzdem glaubte sie, irgendetwas in seiner Stimme wiederzuerkennen.

»Ein Zimmer gibt es noch«, sagte sie, nachdem sie die Spalten geprüft hatte. »Sie haben Glück, gestern kam eine Absage rein.«

»Gut. Ich werde erst spät eintreffen.«

Glenna griff nach dem Stift.

»Das ist kein Problem. Ich lege Ihnen den Schlüssel bereit. Wie viele Nächte möchten Sie bleiben?«

»Das weiß ich noch nicht.«

»In dem Fall kommen Sie nicht nur zu der Samhain-Feier hierher, was?«, sagte Glenna, am anderen Ende der Leitung blieb es aber still.

»Wie lautet der Name?«, gab sie sich geschlagen.

»Judge. William Judge«, kam es wiederum zögerlich durch die Leitung.

»In Ordnung, Herr Judge. Die Kosten für das ...«

Das Besetzt-Zeichen erklang.

Für einen Moment starrte Glenna ungläubig auf den Hörer, dann hängte sie ihn in die Gabel.

Seltsamer Kauz. Aber von denen gab es einige. Hauptsache, er bezahlte die Rechnung am Schluss.

Irgendwann schaffte es Glenna, die drei Damen zu verscheuchen, auch wenn diese gerne länger geblieben wären, um sich über den letzten Klatsch und Tratsch zu unterhalten. Immerhin war das dieses Mal etwas zu kurz gekommen. Aber der nächste Kartennachmittag würde bald folgen, und es würde gewohnheitsgemäß in der Zwischenzeit nicht wahnsinnig viel passieren.

Als Glenna die Gläser wegräumte, merkte sie, dass eines davon zwei Fingerbreit mit Wasser gefüllt war.

Nicht einfach nur Wasser, das wusste Glenna. Es war dasselbe Wasser, wie es nun auch in der Flasche Ardbeg zu finden war. Wasser, das einst ihr magischer Whisky gewesen war, der seine Kraft aber verloren hatte, nachdem sie ihre Magie damit gewirkt hatte.

Das Glas konnte eigentlich nur Janet gehören, alle Anwesenden hatten den Finken gesehen.

Glenna runzelte die Stirn. Janet war einer der Menschen, die ein Gläschen nur dann ablehnten, wenn sie etwas Schweres bedrückte, sodass sie davon Magenkrämpfe bekam. Den ganzen Nachmittag hindurch hatte sie keine Andeutung in die Richtung gemacht.

Glenna presste eine Hand gegen ihre Wange, und ihre Brust zog sich zusammen. Wie hatte ihr entgehen können, dass es Janet offensichtlich nicht gut ging? Sie war diejenige, der solche Dinge eigentlich immer auffielen.

Ein ungutes Gefühl regte sich in ihrem Magen. Janet hatte sich die Mühe gemacht, sich eine nutzlose Aufgabe für sie auszudenken, damit sie sich gebraucht fühlte. Und Glenna hatte sie ziemlich plump abblitzen lassen.

Sie leerte das Wasser in die Spüle und schüttelte über sich selbst den Kopf.

Sie hoffte, dass es sich bei Janets Sorgen vornehmlich um das Fest handelte und dass sie nichts mit ihrem Jungen Aidan zu tun hatten.

›Pressearbeit, hm?‹

Glenna öffnete den Schrank, um die restlichen Kekse wegzustellen, und bemerkte, dass sie Janet das zusätzliche Blech gar nicht mitgegeben hatte, wie sie versprochen hatte.

»Ja«, sagte sie langsam.

›Pressearbeit ist doch wie gemacht für dich.‹

Glenna seufzte und schloss die Schranktür wieder.

»Aber nicht an Samhain.«

›Du machst dir zu viele Sorgen. Du bist seit vierundneunzig Jahren Teil der Anderswelt. So langsam sollte dir das Feenvolk keine Angst mehr machen.‹

»Ich bin kein Teil der Anderswelt.« Sie machte eine vage Handbewegung. »Das Feenpack nennt mich eine Mischkreatur.«

›Du hast ihre magischen Kräfte, also bist du auch Teil davon, Bonnie.‹

Sie seufzte erneut. »Du machst es dir zu einfach, Jamie. Außerdem habe ich keine Angst. Das ist nicht das Problem.«

›Sondern?‹

»Das weißt du genau«, flüsterte sie und löschte das Licht in der Küche.

Sie hatte noch ein, zwei Stunden, bis das junge Norwegerpaar auscheckte.

Jamie schwieg. So eigenwillig er auch immer sein konnte, es gab Dinge, die er respektierte. Und ihre Achtsamkeit gegenüber den drei Regeln der Anderswelt gehörte dazu.

Nach dem ersten Treppenabsatz hörte sie seine Stimme nahe ihrem Ohr murmeln.

›Eine Mischkreatur darf keinem Sterblichen von ihren Fähigkeiten und ihrem Verbund mit der Anderswelt erzählen.‹

Nach dem zweiten Treppenabsatz sagte er: ›Mischkreaturen dürfen ihre Fähigkeiten auf kein echtes Wesen der Anderswelt wirken.‹

Sie öffnete ihre Wohnung und trat an die Tür der Bibliothek. Bevor Jamie fortfahren konnte, ergänzte sie die dritte und wichtigste Regel: »Mischkreaturen dürfen die Anderswelt nicht betreten.«

Sie öffnete die Tür mit dem Schlüssel um ihren Hals.

›Es ist gut, dass du die Regeln nicht vergisst, Bonnie‹, sagte Jamie sanft. ›Aber lass sie dir nicht zum Käfig werden.‹

Sie ignorierte ihn, zog die Tür hinter sich zu und trat an die Bücherregale heran.

Kein Käfig, dachte sie. *Eine reine Vorsichtsmaßnahme.*

In all den Jahren seit dem verhängnisvollen Tag in London hatte sie keine der Regeln gebrochen. Und sie würde nicht jetzt damit anfangen.

Sie legte ihre Finger auf den Einband des Tagebuches, welches mit dem Jahr 1923 bezeichnet war. Das älteste aller Bücher.

»Das sind die drei Regeln, Bonnie«, hatte der Púca damals vor vierundneunzig Jahren zu ihr gesagt. »Wenn ich dir deinen Wunsch erfülle, wirst du zum Mischwesen. Du wirst an diese drei Regeln gebunden sein. Verstehst du mich?«

Glennas Herz begann, wild zu schlagen, wie damals, als sie den Púca erwartungsvoll angesehen hatte.

»Ich werde mit den Sinnen der Menschen spielen können«, hatte sie gesagt. »Sie werden sehen, hören und spüren, was ich will?«

Der Blick des Púcas war ernst, und der warme Atem, der aus seinen Nüstern drang, ließ Bonnie unangenehm heiß im Gesicht werden. Gleichzeitig fuhr eine Welle der Erregung durch ihren Körper.

»Die Regeln, Bonnie«, wiederholte er. »Wenn du eine von ihnen brichst, wird das Hohe Gericht früher oder später davon erfahren. Und es wird dich verurteilen.«

Bonnie reckte das Kinn. So einfach machte er ihr keine Angst. »Und was wäre meine Strafe?«

Ein Grollen erklang aus der Kehle des Púcas. »Der ewige Kerker.«

Etwas in seiner Stimme ließ Bonnie schaudern, und ihre Erregung flaute auf einen Schlag ab. Stattdessen umfasste sie eine unnatürliche Kälte.

»Ein Gefängnis?«, fragte sie zögerlich.

»Ein unsterbliches Leben als Gefangene der Anderswelt. Wobei dies mit ›Leben‹ nur im Entferntesten zu tun hat.« Er machte einen bedrohlichen Schritt auf Bonnie zu. Sie wich nicht zurück, aber ihr Herz schlug noch schneller, und sie ballte die Fäuste, um das Zittern ihrer Hände zu überspielen.

»Bis in alle Ewigkeit wirst du durch das Labyrinth jagen auf der Suche nach einem Ausgang, den du zwar immer wieder siehst, aber nie erreichst. Du rennst, solange du kannst, bis die Erschöpfung dich übermannt. Bleibst du stehen, holen sie dich ein. Also rennst du weiter und weiter und weiter, bis der Schmerz zu viel wird.«

»Wer holt mich ein?«, fragte Bonnie leise.

»Die Bestien. Angst. Verzweiflung. Schuld. Was immer du in deinem sterblichen Leben erduldet hast, wird über dich herfallen. Jeder Schlund eine schmerzhafte Erinnerung, jede Klaue ein peinigendes Was-wäre-Wenn. Die Bestien lassen erst von dir ab, wenn du dich hochstemmst und weiterläufst. Immer und immer wieder.«

Bonnies Kehle war trocken, und sie atmete stockend durch die Nase ein und aus.

Der Púca stand nun direkt vor ihr. Sie konnte die Haare seines Fells auf ihrem Gesicht fühlen, und ihre Lunge brannte, als würde sie jetzt gerade um ihr Leben rennen.

»Hast du die Regeln verstanden, Bonnie?«

Glenna schauderte bei der Erinnerung.

Der Púca hatte ihr vielleicht nicht immer, aber das Grauen, das sich in seinen Augen gespiegelt hatte, als er vom Kerker sprach, ließ Bonnie den Worten Glauben schenken.

Glenna schob die Erinnerung von sich.

Nein. Sie würde Samhain hier in ihren vier Wänden verbringen, wie jedes Jahr. Janet würde schon jemanden finden, der ihr aushelfen konnte.

Sie holte ein Heft heraus, das zwischen zwei der Bücher eingeklemmt war, und schlug es auf der letzten Seite auf. Mehrere Kolonnen mit verschiedenen Daten waren dort aufgeschrieben, zusammen mit kurzen Notizen, und Glenna notierte den 15. April 1926 an letzter Stelle. Sie ließ kurz den Blick über all die Daten und die Notizen schweifen. Alles Erinnerungen, die sie in ihrem Leben geopfert hatte für ihre Magie. Hunderte davon.

Dann schloss sie das Heft mit einem tiefen Seufzer und holte das entsprechende Tagebuch mit der Prägung 1926 hervor.

Alte Opfer

Glenna setzte sich mit dem Tagebuch von 1926 in den Sessel und schlug es am 15. April auf.

Das Buch hielt sie in letzter Zeit öfter in den Händen, fiel ihr auf. Es war das Jahr, in dem sie mit Dorothy schwanger gewesen war.

Aber nicht nur das, es war auch das Jahr, in dem sie Létoile zum ersten Mal getroffen hatte.

Ohne die Unterstützung von Létoile hätte Glenna die Schwangerschaft und alles, was sie mit sich gebracht hatte, nicht durchgestanden. Sie hatten sich gerade mal ein paar Wochen gekannt, und Létoile war mehr oder weniger bei ihr eingezogen und hatte sich um wirklich alles gekümmert. Selbst als es darum ging, eine Adoptivfamilie für Dorothy zu finden, hatte sie keine Mühen gescheut und schlussendlich sogar ein irischstämmiges Paar gefunden, aus reiner Sentimentalität.

Glenna war in Schottland aufgewachsen. Nach dem Tod ihres Vaters in den Schützengräben an der Somme und der fast gleichzeitigen Ausrufung der Unabhängigkeit in Irland hatte ihre Mutter jedoch in einer Kurzschlussentscheidung die Koffer gepackt und war mit Glenna zurück an ihren Geburtsort Cork gezogen.

Kurz vor dem Irischen Bürgerkrieg 1922 war Glenna wiederum nach London gereist, mit dem Ziel, als Tänzerin groß herauszukommen.

Ihr Herz wurde schwer bei dem Gedanken. Trotz ihres britischen Passes war ihr Irland über all die Zeit immer eine zweite Heimat gewesen, allein durch die Geschichten und Lieder ihrer Mutter.

Sie versuchte, nicht daran zu denken, sondern las die ersten paar Zeilen des Tagebucheintrags.

Sie erinnerte sich genau an das Cabaret, die Umkleidekabinen, den schweren Vorhang und die Bühne. Sie erinnerte sich vage an das Vortanzen, das dort regelmäßig stattgefunden hatte, und natürlich an Grande Madame, die nie so richtig zufriedenzustellen gewesen war.

Aber die Worte, die sie nun las, waren ihr fremd.

Sie war bei Lètoiles Vortanzen dabei gewesen?

Sie lachte kurz freudlos auf, als sie aus ihren eigenen Aufzeichnungen herauslesen konnte, dass Létoile es ihr schon in diesem Moment angetan hatte. Natürlich hatte sie auf Grande Madams Nachfrage nichts Schlechtes über sie gesagt.

»Locken«, flüsterte sie, als sie den zusammengefassten Dialog zwischen sich und der Madame las.

Welche Locken? Glenna legte die Stirn in Falten und dachte angestrengt nach. Sie erinnerte sich zurück an das erste Mal, als sie Létoile gesehen hatte. Das erste Mal, an das sie sich jetzt noch erinnerte zumindest. Sie war zu einer Probe erschienen, um sich für Canelles Show vorzubereiten. Glenna hatte sie empfangen und ihr die Umkleiden gezeigt. Sie erinnerte sich daran, dass Létoiles Blick wissend auf Glennas noch fast unsichtbaren Bauch gefallen war, nur eine kurze Sekunde lang. Glenna erinnerte sich daran, als wäre es gestern gewesen.

Létoile hatte die Haare kurz getragen, in einem scharfen Bob. Es hatte ihr unglaublich gut gestanden, und sie hatte die Frisur immer beibehalten. Weshalb sprach

Grande Madame in ihrem Tagebuch über Létoiles Locken?

Glennas Hände zitterten, und die Worte verschwammen vor ihren Augen. Ihr Herz schlug wild, als sie noch einmal die Beschreibung der scheuen Létoile las. Glennas eigene Worte, jedoch völlig entrückt und unbekannt. Und nichts stand da über Létoiles Haar.

›Bonnie, ist alles in Ordnung?‹

Ein Beben fuhr durch ihren Körper.

Sie versuchte, die Erinnerungsfetzen zu greifen, die ihr sagten, was ihre Gedanken, was ihre Gefühle gewesen waren, als sie Létoile zum ersten Mal gesehen hatte. Weitere Dinge, die sie nicht aufgeschrieben hatte, aber die irgendwo tief in ihr schlummern mussten. Aber es gab nichts zu greifen. Genau wie das Bild von Létoile, wie sie damals bei ihrem Vortanzen ausgesehen hatte, blieben auch ihre Empfindungen unerreichbar und würden es für immer bleiben. Alles, was blieb, waren die schnöden Worte auf billigem Papier, und irgendwann würden auch diese verblassen.

Glennas Finger verloren auf einmal all ihre Kraft, und das Tagebuch glitt von ihrem Schoß. Sie wollte danach greifen, aber ihre Bewegungen waren langsam, wie verzögert.

»Sie ist weg«, sagte sie dumpf.

›Wer ist weg?‹

»Die Erinnerung.«

Es dauerte einen Moment, bis Jamie antwortete.

›Das ist nichts Neues, Bonnie. Das passiert immer. Du wusstest das.‹

Sie nickte, aber mehr als Automatismus. Ihr Blick fiel auf das Heft mit den Einträgen, das sie auf den Beistelltisch gelegt hatte. Sie fasste danach und schrieb mit zittrigen Händen neben das soeben eingetragene Datum:

Vortanzen Létoile (geopfert für Abschied von Dorothy)

Mit feuchten Augen ließ sie den Blick über die älteren Einträge gleiten, ohne sie zu lesen.

Unzählige Erinnerungen handelten von Létoile. Und von einer ganzen Menge Erinnerungen in den letzten Dutzend Bänden war Dorothy ein wichtiger Teil. Von keiner von beiden würden neue Erinnerungen dazukommen. Nur mehr würden sie schwinden, so lange, bis keine mehr da waren.

Sie vergrub ihr Gesicht in ihren Händen.

›Bonnie, was ist los?‹

Sie rieb ihre Stirn und atmete schwer aus.

»Ich weiß nicht, Jamie. Ich fühle mich müde.«

›Du bist heute Morgen schon eingenickt.‹

»Nicht so. Ich bin müde von alledem.«

Sie machte eine vage Handbewegung in Richtung des Bücherregals hinter sich.

›Du weißt, dass ich nichts sehen kann, solange du das Halstuch trägst‹, sagte Jamie nüchtern, und der warme Fleck verschob sich über ihre Schulter zur Brust.

Sie ließ das Tuch, wo es war, und stemmte sich aus dem Sessel. Sie bückte sich nach dem Tagebuch und stellte es zurück in das Regal. Ihre Finger verharrten auf der Jahresprägung.

»Die Erinnerungen, Jamie. Sie werden immer weniger.«

›Weil du keine Neuen schaffst, Bonnie.‹

Ihr Blick fuhr zum untersten Regal, wo die Bücher standen, deren Jahreszahl mit einer zwanzig begannen. Sie wurden dünner und dünner. Die letzten paar Bände teilten sich mehrere Jahre zusammen. Es war bestimmt zwei Monate her, seit sie den letzten Eintrag geschrieben hatte, und das, obschon gerade in den letzten Tagen so viel passiert war.

Sie hatte einiges um die Ohren, aber das hatte sie früher nie davon abgehalten, akribisch Tagebuch zu führen.

»In meinem Alter macht man nicht mehr viele neue Erinnerungen, Jamie.«

›Menschenskind‹, stieß Jamie aus, und Glenna hob die Augenbrauen, überrascht von der heftigen Reaktion. ›Hör doch endlich auf mit dem Schwachsinn. Du bist nicht so alt, wie du tust.‹

Sie schloss die Augen, verdrehte sie aber innerlich.

»Wie alt warst du, als du gestorben bist, Jamie?«

›Was spielt das für eine Rolle? Ich bin danach Jahrzehnte in der Zwischenwelt zwischen Leben und Tod herumgeeiert, bis ich in dein Tattoo verfrachtet wurde. Mein Tod war nichts weiter als der Übergang in einen neuen Lebensabschnitt. Und das macht mich älter, als du es bist, Bonnie.‹

Sie wandte sich vom Regal ab und wollte die Bibliothek bereits verlassen, als ihr das Heft wieder ins Auge stach.

Sie nahm es in die Hände und starrte es an, als wolle es ihr etwas Böses.

Plötzlich tauchten Létoiles rote Lippen und neckisches Lächeln vor ihrem inneren Auge auf. Sie zwinkerte Glenna über eine hochgezogene Schulter zu und begann, herzhaft zu lachen.

War es ein fiktives Bild, das Glennas Unterbewusstsein kreierte? Oder war es Teil einer echten Erinnerung, die sie irgendwann einmal geopfert hatte?

»Es reicht«, sagte Glenna müde und schlug das Heft auf der letzten beschriebenen Seite auf.

›Was reicht?‹

Sie hielt die eine Hälfte des Hefts fest und umfasste mit den anderen Fingern die restlichen, noch unbeschriebenen Seiten. Sie musste sich anstrengen, aber schlussendlich gelang es ihr, die Seiten herauszureißen, ohne den Rest zu beschädigen.

›Bonnie?‹ Jamie klang nervös, und er bewegte sich unter ihrem Foulard hin und her. ›Bonnie, was tust du?‹

»Keine neuen Einträge mehr«, sagte sie und stellte das Heft ebenfalls zurück ins Bücherregal.

›Bonnie, komm schon. Überstürzt du es nicht etwas?‹

Sie verließ die Bibliothek mit festem Schritt und machte sich auf den Weg in die Küche im Erdgeschoss.

›Ich hasse es, wenn du mich ignorierst.‹

Sie wartete, bis sie die Küche betreten hatte und sichergehen konnte, dass niemand in der Nähe war, der ihnen zuhörte.

»Ich überstürze gar nichts.« Sie öffnete das Schloss am Küchenschrank und begann damit, die Flaschen mit ihrem destillierten Whisky auszuräumen.

›Ach ja? Und was genau tust du gerade?‹

Unwirsch öffnete sie den Knopf ihres Halstuchs und legte es auf die Küchenablage neben die Whiskyflaschen.

Jamie saß bereits auf ihrer Brust, und Glenna ließ ihm Zeit, die Situation zu begutachten, bevor sie die letzte Flasche ausräumte.

›Wie bitte?‹, fragte er. ›Das ist nicht dein Ernst, Bonnie.‹

»Doch«, sagte sie und zog den Korken aus der ersten Flasche.

Flüssiges Gold

Die goldbraune Flüssigkeit lief aus dem Flaschenhals in das Abwaschbecken, und eine Duftwelle erreichte Glennas Nase. Sofort umgab sie wieder der Hauch der destillierten Erinnerung, und sie atmete tief ein. Ausnahmsweise wäre es aber nicht das letzte Mal, dass sie die Erinnerung spürte. Sie waren zwar destilliert worden, aber niemand würde den Whisky je trinken, also würde ihr die Erinnerung auch nicht genommen werden.

So viele Erinnerungen, die sie auf Reserve destilliert hatte. Der Prozess war anstrengend und nicht sehr angenehm, aber sie hatte immer genug Whisky zur Hand haben wollen, falls sie ihn brauchte. Ihre Anstrengungen konnte sie nicht zurücknehmen, aber die Erinnerungen würde sie retten.

›Bonnie, wirklich.‹ Jamie klang tadelnd. ›Heute schüttest du den Whisky weg, morgen destillierst du dir neuen. Was versuchst du, damit zu bezwecken?‹

Sie nahm die zweite Flasche zur Hand.

Sie wusste, dass das, was sie hier tat, nicht mehr als ein Alibi war. Ein feierlicher Akt. Alles, was sie für frischen Whisky bräuchte, wäre etwas Zeit und eine Erinnerung. Aber die würde sie sich ganz einfach nicht nehmen. Punkt.

»Ich werde nie wieder Magie wirken, Jamie. Ganz egal, was passiert.«

Ein Kribbeln erwachte in ihrer Bauchgegend. Die Erinnerungen, die sie noch hatte, würde sie bewahren. Die guten, die schlechten und alle dazwischen.

›Das ist doch bescheuert‹, sagte Jamie. ›Du kannst so viel Gutes tun mit deiner Magie und wirfst sie weg?‹

Glenna schüttelte den Kopf.

»Früher vielleicht. Was tu ich denn noch mit meiner Magie, Jamie? Ich mache mir damit vor allem das Leben einfacher, mehr nicht.«

Er seufzte laut und entnervt.

›Dann geh fort. Irgendwohin.‹

Inzwischen war nur noch eine Flasche übrig, und Glenna entkorkte sie schon fast zeremoniell langsam, während sie auf das Laphroaig-Etikett starrte. Ihre eigene Lieblingsdestillerie.

»Ich werde nicht mehr verreisen, Jamie.«

Die Worte waren keine Überraschung, trotzdem versetzten sie ihr einen unerwarteten Stich.

In den ersten Jahren hatte es sich hier in Southbank wie ein Zwischenstopp angefühlt. Eine weitere Station auf ihrer Reise um die Welt. Dann hatte sie sich an das Häusliche gewöhnt. Daran, immer dieselben Leute zu sehen und zu wissen, was in dem Kaff so lief. Sie hatte die Menschen ins Herz geschlossen.

Trotzdem war für sie viele Jahre lang klar gewesen, dass sie irgendwann wieder weggehen würde. Bis sie sich vor einiger Zeit eingestanden hatte, dass sie sich damit selbst belog.

Sie leerte die Flasche Laphroaig in den Abfluss.

›Warum nicht? Du klagst, dass dir die Erinnerungen ausgehen. Geh raus in die Welt und schaffe neue!‹

»Jamie.«

›Du benutzt deine Magie für nichts Gutes? Geh raus in die Welt und – Himmel, Arsch und Wolkenbruch – tu etwas Gutes!‹

Ihr Herz verkrampfte sich. Jamie sprach nicht oft so mit ihr.

Sie presste die Lippen aufeinander und stellte die leere Flasche mit einem lauten Klong auf den Tresen.

Dann verließ sie die Küche und holte einen Stapel Bettlaken aus dem dafür vorgesehenen Vorratsschrank.

Sie musste sich beschäftigen.

Sie betrat das kleine Zimmer, wo Dorothy in den letzten Jahren geschlafen hatte. Es war das Zimmer im Erdgeschoss, in dem Glenna ursprünglich gelebt hatte. Als Dorothy immer schlechter zu Fuß war, hatte sie Glenna angeboten, die Wohnung im obersten Stock zu übernehmen und stattdessen in das Zimmer zu ziehen.

Sie deponierte die Laken auf dem Bett und öffnete das Fenster. Auch wenn Dorothys Körper erst am nächsten Tag hergebracht würde und ihre Seele bis dahin hoffentlich schon von der Welt gegangen war, wollte Glenna sich an die üblichen Bräuche zur Totenwache halten. Traditionen, die für die meisten heutzutage auf Aberglauben fußten, aber Glenna war das egal. Teilweise wusste sie es besser, teilweise wollte sie schlichtweg das Risiko nicht eingehen.

Dazu gehörte das geöffnete Fenster, damit die Seele nach dem Abschied seiner Liebsten entschwinden konnte.

Noch waren es fünf Tage bis zu Samhain, aber Glenna spürte, wie die Grenze zwischen den Welten dünner wurde. Die Luft roch süßlicher, die Farben der Natur waren intensiver, und die Härchen auf ihren Armen stellten sich auf, als wüssten sie von etwas, das allen anderen verborgen blieb. Glücklicherweise hatte sie noch kein Feenvolk gesehen, das hieß aber nicht, dass sich nicht schon die Ersten über die Grenze schlichen und ihr Unheil trieben.

›Bonnie.‹ Jamies Stimme klang wieder ruhiger, aber Glenna wollte nichts hören.

»Es ist meine Entscheidung, und es bleibt dabei.«

›Natürlich ist es das. Aber glaubst du nicht, dass du vielleicht überreagierst? Die Trauer …‹

»Es ist nicht die Trauer«, sagte sie bestimmt, nahm die Batterien aus der Wanduhr und stellte sie auf die Zeit ein, wo Dorothy nach Aussagen des Arztes dahingeschieden war. »Ich habe ganz einfach alles getan und alles gesehen, was es da draußen für mich gibt.«

Glennas eigene Uhr lief seit 1923 nicht mehr richtig. Ab und zu ging sie schneller, ab und zu langsamer.

Während der zehn Jahre in Paris hatte sie keine Falte bekommen, kein graues Haar hatte ihre rote Mähne getrübt. Auch die Dekade später nicht, als sie Paris verlassen und begonnen hatte, die Welt zu bereisen, gemeinsam mit Létoile und Gabriel.

Die Magie war dafür verantwortlich, das wusste sie.

Sie riss den Blick von der Uhr los und entfaltete die Laken.

Die Magie war dafür verantwortlich, dass Glenna nicht wusste, wann ihre Uhr stehen bleiben würde.

»Denkst du, ich bin unsterblich, Jamie?«, fragte sie, als sie das erste Tuch über den Spiegel an der Wand hängte.

›Du weißt, dass ich dir das nicht beantworten kann.‹

Niemand konnte es ihr beantworten. Sie hatte jeden gefragt, der ihr auf ihren Reisen begegnet war. Jede Mischkreatur, jeden Kobold, Schamanen, Hellseher und jede Hexe.

Es gab nur einen, der ihr die Frage möglicherweise beantworten konnte. Der Púca, der sie zu dem gemacht hatte, was sie war.

Als die Tücher über allen spiegelnden Flächen hingen, trat Glenna wieder ans Fenster.

Für eine Weile beobachtete sie die Menschen, die gerade in ihren Feierabend entlassen worden waren. Einige von ihnen grüßten sie, und Glenna erwiderte die Geste mit einem Nicken.

Sie alle würden morgen Abend früher oder später hier aufkreuzen, um sich zu betrinken und sich Geschichten über Dorothy zu erzählen. Einige würden wehklagen, andere würden lachen und tanzen.

Was würde man sich für Geschichten erzählen an der Totenwache von Glenna? Niemand hier kannte sie wirklich. Ihre Vergangenheit, die so viel weiter zurückreichte, als sie sich denken konnten, war ein Geheimnis, über das sie noch niemand ausgefragt hatte. In ihrer Todesanzeige würde stehen Glenna Alexander, 5. September 1900 – wannauchimmer, und die Leute würden sich über das Geburtsdatum wundern. Vielleicht würde sich aber auch niemand die Mühe machen, nach Glennas offiziellen Dokumenten zu suchen, und sie würden 1938 schreiben. Das Datum, welches sie hier immer angab, wenn es um ihren Geburtstag ging. In all den Jahren, während sie hier lebte, hatte sie noch nie jemand nach ihrem Ausweis gefragt. Zugegeben hatten ihre Fähigkeiten da eventuell mitgespielt.

Sie wandte sich vom Fenster ab, um die restlichen Laken wieder zusammenzulegen.

»Ich glaube, ich möchte sterben«, sagte sie ohne viel Pathos.

›Schwachsinn‹, sagte Jamie, aber seine Stimme schwankte.

»Nein«, sagte sie. »Alle, die ich jemals liebte, sind tot, Jamie. Ich bin es müde, immer zu überleben.«

Sie erschrak schon gar nicht mehr, als sie das Flattern von Flügeln hörte.

›Dann höre auf zu überleben und beginne wieder damit zu leben, Bonnie. Wie früher.‹ Jamie klang beinahe flehend.

Glenna schüttelte den Kopf und drehte sich zur Krähe um. Nicht nur eine saß auf dem Fensterbrett, sondern drei. Sie alle starrten sie aus tiefschwarzen Augen an.

»Es werden immer mehr, Jamie. Die Krähen meine ich. Irgendwann werden sie mich immerwährend überschatten, und auf das habe ich keine Lust.«

›Was willst du damit sagen?‹

Glenna reckte die Schultern und machte einen festen Schritt auf die Vögel zu, die sie nicht aus den Augen ließen.

»Alte Menschen können Einfluss darauf nehmen, wann sie sterben. Das sagt man doch so, oder?«

›Bonnie...‹

»Vielleicht kann ich einfach einschlafen, und weg bin ich.«

›Bonnie, du machst mir Angst.‹

Sie fasste nach einem Kissen, das sie auf einen der Stühle gelegt hatte, und schwenkte es in Richtung der Krähen.

»Kusch«, sagte sie bestimmt, und die Vögel tänzelten etwas zur Seite, klackerten aber bedrohlich mit den Schnäbeln.

»Ich werde mir schon nichts antun, Jamie«, sagte sie.

Die Krähen plusterten ihr Gefieder, doch Bonnie wich nicht von ihnen zurück.

›Das ist also dein Plan? Die Entscheidung fassen, dass du sterben willst?‹

Sie schwenkte das Kissen erneut in Richtung der Krähen, und sie stoben tatsächlich davon.

»Die Magie sorgt dafür, dass ich so lange lebe«, sagte sie, während sie den Vögeln nachblickte. »Vielleicht genügt es, dass ich sie nicht mehr verwende. Vielleicht altere ich dann wie eine Normalsterbliche.«

Jamie seufzte, erwiderte aber nichts mehr. Und wie immer sagte er damit mehr, als er es mit Worten könnte.

Schlechtes Gewissen

»Wenn Sie irgendetwas brauchen, melden Sie sich bitte.«

Das ältere Ehepaar nickte lächelnd, nahm die beiden Koffer zu Hand und trat auf die Treppe in den oberen Stock.

Glenna widmete sich dem Buch mit den Reservierungen, um den Check-in zu vermerken, als die Tür mit etwas zu viel Energie aufgestoßen wurde.

»Glenna!«

Im Eingang stand Janet, elegant gekleidet in einem Zweiteiler, aber alles wirkte etwas schief. Der Blazer war versetzt zugeknöpft, aus ihrer Frisur hatten sich bereits unzählige Strähnen gelöst, und die Handtasche hing nur an einem Riemen über ihrer Schulter.

An der Hand hielt sie ihren Sohn Aidan, und der sah nicht sonderlich glücklich aus.

»Ist etwas passiert?«, fragte Glenna alarmiert und trat um die Rezeption herum.

Janet schüttelte den Kopf, dann nickte sie aber.

»Aidans Babysitter ist ausgefallen. Ausgerechnet heute, am ersten Tag des Fests.«

»Mum«, murrte Aidan. »Ich bin kein Baby.«

Sie ignorierte ihn und blickte stattdessen Glenna flehend an. In Glennas Kopf schrillten die Alarmglocken.

»Oh«, brachte sie nur hervor.

»Ich weiß, du bist heute schon ausgelastet mit der ganzen Pressesache, aber ich wüsste wirklich nicht, auf wen ich sonst zugehen sollte. All die anderen Damen sind ebenfalls eingespannt, und du weißt doch, wie Aidan ist. Ich kann ihn nicht den ganzen Tag neben sie setzen am Kuchenstand.«

»Die Pressesache ...«, begann Glenna tonlos.

»Mum«, sagte Aidan nochmals intensiver. »Ich bin zehn. Ich kann auf mich selbst aufpassen.«

»Wann du alt genug bist, bestimme immer noch ich, junger Mann.« Sie wandte sich wieder an Glenna. »Bitte, Glenna, kannst du ihn mitnehmen? Es ist bestimmt spannender, mit dir für die Presse unterwegs zu sein.«

»Janet, ich ...« Glenna brach ab, als ihr nichts in den Sinn kam.

Sie hatte Janet an der Totenwache eigentlich sagen wollen, dass sie die Arbeit nicht machen würde. Jedoch hatten Priscillas Geschichten über Dorothys kulinarische Fehlschläge in der Küche kein Ende nehmen wollen. Nach jeder Anekdote hatte Eileen es sich wiederum zur Aufgabe gemacht, von Dorothys Humor und Gastfreundschaft zu schwärmen, und der Abend war ein einziges Wechselspiel gewesen aus herzlichem Gelächter und zustimmendem Murmeln, alles gepaart mit der seligen Nostalgie der Erinnerung an einen geliebten Menschen.

Und als später am Abend der junge O'Sullivan von nebenan seine Gitarre angestimmt hatte, war Glenna mit dem Servieren von Gebäck, Tee und Whisky fast nicht mehr hinterhergekommen. Und der Stress hatte in den Tagen seither auch nicht nachgelassen mit den neuen Gästen und ohne Dorothys Hilfe.

Außerdem hatte Janet auch nicht nochmals nachgefragt, ob Glenna den Job wirklich übernehmen wollte. Beabsichtigterweise vielleicht?

Selbst das etwas zu großzügig aufgetragene Make-up konnte Janets Augenringe nicht gänzlich überdecken. Sie hatte sie schon länger, aber heute schienen sie dicker als sonst.

Glenna dachte an das nicht angetastete Whiskyglas zurück und seufzte.

»Natürlich, Liebes. Wir beide schaukeln das schon.«

Sie streckte die Hand in Richtung Aidan aus.

»Gott sei Dank«, sagte Janet erleichtert und war mit wenigen Schritten bei ihr.

Sie drückte ihr Aidans Hand in die Finger, als wäre er ein Drache, der sofort wegwehen würde, wenn man ihn nur einen Moment losließ.

»Mum«, protestierte er weiter, aber Janet gab ihm einen Kuss auf die Wange und hob dann belehrend einen Zeigefinger.

»Du benimmst dich heute und morgen, verstanden? Wenn alles gut geht und du keinen Ärger machst, können wir darüber reden, ob wir den Babysitter noch länger brauchen, ja?«

Aidans Gesicht erhellte sich, und er nickte euphorisch.

»Vielen lieben Dank, Glenna. Du hast wirklich etwas gut bei mir.« Sie hastete zurück zum Eingang des B&Bs, drehte sich aber noch einmal um. »Viel Spaß euch beiden!«

Die Türe fiel hinter ihr ins Schloss, und das ungleiche Paar war alleine.

Glenna blickte auf den Jungen hinunter, der als Erstes seine Hand aus ihrem Griff entwand und ein Mobiltelefon aus der Tasche zog.

»Du hast so eins?«, fragte Glenna überrascht, und Aidan blickte sie schräg von unten her an.

»Klar. Sie nicht?«

Schlagfertig war der Kleine ja.

»Ich hab eins«, antwortete sie, musste aber eingestehen, dass sie keine Ahnung hatte, wo es war.

Es war ebenfalls so ein modernes Smartphone, und zu Beginn war sie begeistert von den Möglichkeiten gewesen. Irgendwann hatte sie aber eingesehen, dass das kleine Ding auch nicht mehr konnte als ihr Laptop. Und ihre TripAdvisor-Bewertungen für das B&B musste sie nun wirklich nicht von überallher einsehen können.

Der Knirps hatte irgendein Spiel gestartet und setzte sich auf einen freien Stuhl im Essbereich.

»Ich bin gleich so weit«, erklärte Glenna und zögerte, ob sie ihn alleine hier unten lassen sollte.

Es gab nicht viel, was er anstellen konnte. Dennoch, sicher war sicher. Sie legte ein paar ihrer selbst gebackenen Kekse aus dem Keramikbehälter an der Rezeption auf einen Teller und stellte sie vor Aidan auf den Tisch. Dessen Augen leuchteten kurz auf, dann griff er sofort nach einem und steckte ihn komplett in den Mund.

»Danke, Frau Alexander«, sagte er mit vollem Mund und einem entschuldigenden Blick, der Glenna ein Schmunzeln entlockte. »Ihre Kekse sind immer die besten.«

Vielleicht war es doch gar nicht mal so schwer, auf einen Zehnjährigen aufzupassen.

»Weißt du, was?«, sagte Glenna. »Du kannst ruhig Glenna zu mir sagen. Ich nenn dich ja auch Aidan.«

Der Junge hatte schon einen neuen Keks nachgeschoben und strahlte nun übers ganze Gesicht.

Bestechung durch Essen und Behandeln wie ein Großer waren also der Schlüssel. Das sollte sie hinkriegen.

Sie ging zurück hinter die Rezeption und nahm den Stift in die Hand. Sie starrte auf das Papier vor sich und runzelte die Stirn. Was hatte sie gerade noch markieren wollen? Es brauchte einen Moment, dann erinnerte sie sich an das Ehepaar, das soeben angekommen war. Ihre Namen wollten ihr aber nicht wieder einfallen. Hatte sie überhaupt danach gefragt? Bestimmt, sonst hätte sie ihnen ja nicht den Zimmerschlüssel ausgehändigt.

Glenna schnaubte durch die Nase aus. Es gab einen Grund, warum normalerweise Dorothy all die Dinge machte, die mit den Gästen zu tun hatten, und Glenna sich insbesondere um die Zimmer und die Küche kümmerte.

Dorothy hatte sich jeden Abend und jeden Morgen Zeit dafür genommen, die Listen mit den an- und abreisenden Gästen des Tages durchzusehen und sich ihre Namen zu merken. Ihr Alter hatte sie nie davon abgehalten, den besten Service zu liefern. Sie hatte sich einfach etwas mehr dafür anstrengen müssen als früher, und die Gäste hatten sie dafür geliebt.

Glenna schluckte schwer und ignorierte das Rascheln von Federn zu ihrer Linken. Stattdessen wandte sie sich zum Schlüsselbrett um. Schlussendlich schaffte sie es, eins und eins zusammenzuzählen, und machte einen Haken hinter dem Namen *Walsh* und der Zimmernummer zwei.

Seufzend klappte sie das Buch zu und schaute rasch nach Aidan im Essraum. Dann stieg sie nach oben in ihre Wohnung. Im ersten Stock verharrte sie kurz, als sie gerade noch sah, wie die Tür zu einem der Gästezimmer ins Schloss fiel.

Es war das Zimmer von diesem Herrn Judge, der am Sonntag erst spät eingecheckt hatte. Sie hatte ihn bisher noch nicht zu Gesicht bekommen, da er das Frühstück ausließ und sich ihre Tagesplanung offenbar auch sonst nicht deckte.

Glenna überlegte, kurz bei ihm anzuklopfen, um ihn doch noch persönlich willkommen zu heißen, als sie plötzlich eine Stimme von weiter oben hörte.

»Bonnie. Bonnie, Bonnie, Bonnie!«

Der Singsang ihres Bühnennamens wurde von unkontrolliertem Kichern unterbrochen.

Glenna runzelte die Stirn und stieg weiter die Treppe hinauf. Dort stemmte sie die Hände in die Hüfte und funkelte den kleinen Kerl, der auf dem Absatz vor ihrer Wohnungstür saß, böse an.

»Wie bist du hier reingekommen?«, fragte sie ernst.

Der Wicht war kaum größer als ein Bierkrug und roch wie genau so einer, der schon einen Tag lang in der Sonne stehen gelassen worden war. Sein Bart war unordentlich und die Knollennase gerötet. Er trug die Überreste eines roten Fracks und nur noch einen Schuh dazu.

»Wie wohl?«, kicherte er. »Reingeschlichen bin ich. Unter deiner Nase.«

Glenna seufzte.

›Da hast du wohl einmal kurz nicht aufgepasst‹, frotzelte Jamie von ihrer Schulter aus.

»Sieht so aus. Vermutlich als Janet reinkam.« Sie machte einen Schritt auf den Cluricaun zu, und dieser wich immer noch dümmlich kichernd zur Seite.

»Darf ich das so verstehen, dass ihr euch wieder einen Wettbewerb daraus macht, wer als Erster an meinen Whiskyvorrat rankommt?«, fragte sie den betrunkenen Kobold.

Dieser nickte und leckte mit der Zunge über seine Lippen.

»Ihr habt es letztes Jahr nicht geschafft, also schafft ihr es auch dieses Mal nicht«, sagte sie bestimmt und ging an ihm vorbei in Richtung ihrer Wohnung.

Sie hatte am Wochenende ihren Whisky – den richtigen Whisky, ganz ohne magische Wirkung – in den abschließbaren Küchenschrank gezügelt, wo zuvor die selbst destillierten Flaschen gestanden hatten.

»Ah, ah, ah«, sagte der Cluricaun und kletterte ihr hinterdrein. »Du weißt, warum wir letztes Jahr aufgegeben haben.«

Glenna öffnete die Tür und ließ zu, dass der Kobold in die Wohnung spazierte.

»Ja, ja«, sagte sie und ging als Erstes in die Küche, wo sie eine Flasche Bier aus dem Kühlschrank holte.

»Uuuuuuh«, machte der Kobold und klatschte freudig in die Hände.

»Du weißt schon, dass du reichlich früh dran bis, Kleiner«, sagte Glenna, während sie ein kleines Glas einfüllte. »Samhain ist erst morgen.«

Der Kobold wackelte mit den Ohren und grinste breit. »Wenn ihr Menschen euer Fest am Tag vorher beginnt, können wir auch schon etwas früher rüberschlüpfen, nicht?«

Glenna stellte das Glas vor ihm auf den Boden und verschränkte wieder die Arme. Wo der Knilch recht hatte, hatte er recht. Samhain dauerte von Sonnenuntergang des 31. Oktober bis zum Sonnenuntergang des ersten November. Einen Tag lang. Aber natürlich lohnte sich der Aufwand nicht, wenn man den Markt und all das nicht schon am 31. Oktober tagsüber laufen ließ.

Sie beobachtete mit einem säuerlichen Lächeln, wie der Cluricaun sich Kopf voran in das Bierglas stürzte und es in wenigen Schlucken leer trank.

»So hältst du dich aber nicht bis morgen Abend auf den Beinen.«

Er wischte sich mit dem Arm den Schaum vom Gesicht und kicherte.

»Du kennst uns schlecht, Bonnie. Boooooonie. Bahoooookie.«

Wieder verfiel er in einen Singsang. Dieses Mal drehte er ihr sogar sein Hinterteil zu und tätschelte ihn jedes Mal beim Wort ›Bahookie‹.

»Schööööönhintern«, kicherte er dann.

Glenna seufzte. Es war nicht das erste Mal, dass sie ihren schottischen Bühnennamen plump übersetzt hörte, und es war ja nicht so, dass sie ihn sich nicht genau aufgrund dieser Bedeutung damals gegeben hatte.

Dennoch konnte sie sich Charmanteres vorstellen, insbesondere da ihr Hinterteil seine besten Zeiten definitiv schon gesehen hatte. Aber es war nun mal der Name gewesen, unter dem man sie gekannt hatte, damals, als sie Teil der Anderswelt geworden war.

»Nun reicht es aber«, sagte Glenna genervt und tat so, als machte sie einen Tritt in seine Richtung.

Sie würde sich hüten, einen Cluricaun richtig wütend zu machen, aber eine kleine Drohung hatte durchaus seinen Platz. Sie öffnete das Küchenfenster und deutet demonstrativ darauf.

»Kusch dich. Und unterstehe dich, den anderen zu erzählen, wo mein Bier lagert!«

Der Kobold kletterte auf das Fensterbrett, immer noch unkontrolliert kichernd. Dann machte er einen Satz und war verschwunden.

Glenna beeilte sich, das Fenster sofort wieder zu schließen. Natürlich würde er den anderen erzählen, wo das Bier war. Aber das war auch in Ordnung. Letztes Jahr hatte sie es geschafft, die Kobolde von ihrem teuren

Whisky fernzuhalten, indem sie sich gottesjämmerlich mit dem Bier betrinken ließ, dass sie absichtlich angeschafft hatte. Sie hoffte, dass die Taktik auch in diesem Jahr fruchtete.

»Na schön«, sagte sie dann und blickte sich in der Küche um. »Was brauche ich heute?«

›Eine Kamera wäre vermutlich praktisch.‹

»Sehr hilfreich«, sagte Glenna.

Nach zwanzig Minuten hatte sie nicht nur ihre alte Kamera, sondern auch ein Notizbuch und Stifte sowie das Mobiltelefon gefunden.

Wenn Aidan schon so ein Telefon hatte, konnte es nicht schaden, sich seine Nummer zu notieren für alle Notfälle. Janets Nummer hatte sie bereits gespeichert, aber sie hatte vor, sie heute ihr Ding machen zu lassen und sicherzugehen, dass sie sich zukünftig vielleicht etwas weniger Sorgen machte um Aidan.

Als sie alles beieinanderhatte, seufzte sie schwer.

»Dann mischen wir uns mal unter das Feenpack.«

Neue Medien

Die Hauptstraße war wie leer gefegt, aber das war nichts Ungewöhnliches um diese Uhrzeit. Entweder die Leute waren auf der Arbeit oder aber da, wo was los war. Und das war heute der alte Acker etwas außerhalb von Southbridge.

Glenna versuchte sich nur halbherzig an einem Gespräch mit Aidan. Normalerweise interessierte sie sich für alles, was die jüngere Generation zu erzählen hatte, und Aidan war ein mitteilsamer Junge. Aber heute war ihre Aufmerksamkeit zu stark von all den Kobolden und anderem Feenvolk vereinnahmt.

Sie sah momentan zwar nur eine Handvoll von ihnen, aber wer wusste schon, was die Wichte im Schilde führten.

Die meisten von ihnen konnten zu jeder Zeit die Grenze übertreten. Es fiel ihnen zum einen aber einfacher um diese Zeit, zum anderen hatten die meisten gar kein wirkliches Bedürfnis, den Menschen mehr als einmal im Jahr einen Besuch abzustatten.

Immerhin, ohne Magie lief Glenna nicht Gefahr, dieselbe aus Versehen gegen einen Bewohner der Anderswelt zu richten.

Blieb jedoch immer noch die Möglichkeit, dass sie unachtsamerweise in die Anderswelt übertrat, und das wäre das größte Vergehen, welches sie begehen konnte. Normalerweise war die Gefahr dazu vernichtend klein.

Ein Übergang musste zuerst mal geöffnet werden, und weder hatte Glenna bisher ein solch zugängliches Portal gesehen, noch hätte sie gewusst, wie sich eines öffnen ließ. Es gab aber nun mal Feenwesen, welche ihre Tore nicht wieder hinter sich verschlossen. Wenn Glenna die Augen nicht offen hielt, konnte es tatsächlich vorkommen, dass sie einfach durch eines hindurchspazierte. Der Púca hatte ihr damals außerdem erzählt, dass es einige außergewöhnlich mächtige Übergänge gab, die allein durch ihre Präsenz schon einen ewigen Spalt zwischen den Welten darstellten.

Und dann gab es natürlich Zeiten und Orte, an denen die Grenze zwischen der Menschenwelt und der Anderswelt so dünn war, dass ein einzelner Fehltritt reichte, um sie zu übertreten.

Samhain war so eine Zeit.

Als sie den Feldweg zum Festgelände einschlugen, blieb Glenna stehen und zückte ihre Kamera. Wenn sie schon hier war, konnte sie Janet den Gefallen auch tun, um den sie sie gebeten hatte. Auch wenn sie vermutete, dass Janet sich die Aufgabe nur für sie ausgedacht hatte.

Von hier aus hatte man eine gute Sicht auf das Gelände mit den Stoffzelten, dem Rauch eines großen Feuers im Zentrum und schon einigen mittelalterlich gekleideten Leuten. Janet und die anderen hatten sich wirklich Mühe gegeben, musste Glenna eingestehen.

»Warum benutzen Sie ... ich meine, du, nicht dein Smartphone?«, fragte Aidan, als sie mehrere Fotos schoss.

»Für die Bilder? Die werden doch nicht gut.«

Sie ließ die Kamera aber von ihrem Hals hängen und kramte in ihrer Handtasche nach dem Telefon.

»Ach was, die werden super. Und du kannst sie direkt hochladen. Ist doch mühsam sonst.«

Glenna blickte ihn von der Seite her an.

»Hochladen«, sagte sie mit einer gespielten Selbstverständlichkeit.

Er zückte sein Mobiltelefon und machte leichthändig ein paar Fotos. Er vergeudete nicht viel Zeit, um die Kamera auszurichten oder scharf zu stellen. Er tippte einmal kurz auf das Display, dann drückte er vier-, fünfmal.

»So rein theoretisch«, sagte sie langsam, als sie weitergingen, »wo sollte ich die Bilder denn hochladen?«

»Na, auf Social Media«, sagte Aidan selbsterklärend.

Dann warf er ihr einen ebenso schrägen Blick zu wie sie ihm vorher. »Du bist doch für das Pressezeug verantwortlich, oder? Mama macht das ja auch in ihrem Job.«

Janet arbeitete hie und da, unter anderem auch bei der Dorfzeitung oder für Veranstaltungen außerhalb. Was genau sie dort alles machte, wusste Glenna aber nicht wirklich, außer dass sie in den letzten Monaten immer wieder für ganze Wochenenden verreisen musste. Meistens hatte sie Aidan mitgenommen, also würde er wohl das ein oder andere aufgeschnappt haben.

»Hm«, machte sie und legte eine Hand auf seine Schulter. »Was hältst du davon, wenn wir das hier gemeinsam machen?«

Er grinste. »Du hast keine Ahnung vom Internet, oder?«

Sie reckte das Kinn und verpasste Aidan einen leichten Klaps auf die Schulter.

»Nicht frech werden, Bursche«, sagte sie ernst. »Ich verstehe so einiges vom Internet. Du vergisst vielleicht, dass ich schon da war, als es erfunden wurde.«

Er grinste breiter, als hätte sie etwas unsäglich Lustiges gesagt.

»Ich benutze E-Mails«, sagte sie, um ihren Punkt zu beweisen. »Wir sind auf TripAdvisor. Und Airbnb. Und weißt du, was?« Sie beugte sich verschwörerisch zu ihm hinunter. »Ich benutze seit einem Jahr sogar einen Taschenrechner für unsere Finanzen und keinen Abakus mehr.«

Er hob eine Augenbraue. »Was ist ein Abakus?«

Glenna seufzte über ihren misslungenen Scherz. »Wie auch immer. Ich kenn mich schon aus. Vielleicht nicht überall. All das Facebook hat mich nie interessiert.«

Sie marschierten weiter nebeneinanderher, bis sie die ersten Zelte erreichten.

»Facebook ist out«, erklärte Aidan.

Glenna hob bereits ihre Kamera, um ein weiteres Bild zu schießen, dann überlegte sie es sich aber anders und nahm stattdessen ihr Mobiltelefon zur Hand.

Sie versuchte, Aidan von vorhin zu imitieren, kam sich aber äußerst dämlich vor dabei, wie sie auf ihrem Display herumtippte.

»Du musst dort tippen, wo es scharf stellen soll«, erklärte er mit dem Tonfall eines ungeduldigen Lehrers.

Sie ließ das Telefon sinken.

»Weißt du, was? Du machst die Fotos, in Ordnung? Ich kümmere mich dann darum, dass sie in den Zeitungsbericht kommen.«

»Und auf Social Media«, sagte Aidan, während er bereits fleißig weiter Fotos schoss.

Sie seufzte. »Also erklär mir mal, was heute denn noch nicht ›out‹ ist.«

Sofort hielt er ihr sein Telefon hin. Darauf lief ein Video, das Aidan offenbar gerade aufgenommen hatte. Darüber stand in gelben Lettern *Auf zum Fest!*, und das Video lief in einer Endlosschlaufe.

»Was soll das sein?«, fragte Glenna verwirrt.

»Ein Snap. Für Snapchat. Den füg ich zu meinen Storys hinzu, dann können ihn alle für einen Tag lang ansehen.«

Er wischte nach rechts, tippte einige Male auf den Screen und hielt ihn ihr dann wieder entgegen.

»Cool, nicht?«, fragte er erwartungsvoll.

Glenna seufzte.

»Ich glaube, ich gehe zurück zu Kamera und Zeitung.«

Etwas enttäuscht ließ Aidan das Telefon sinken. Dann erhellte sich seine Miene aber auf einmal.

»Twitter. Du musst auf Twitter.«

»Ach ja?«

»Twitter ist für alte Leute«, ereiferte sich Aidan. »Das ist ganz einfach.«

»Frechdachs«, sagte sie, ließ es aber gut sein. »Gehen wir weiter.«

Gemeinsam zogen sie über den Teil des Marktes, der schon fertig aufgestellt war. Aidan machte fleißig seine Snaps, und Glenna blieb hie und da für einen Schwatz stehen. Die meisten Leute hatte sie am vergangenen Freitag bereits gesehen bei der Totenwache, und somit spürten die wenigsten das Bedürfnis, weiter über Dorothy zu sprechen. Heute und morgen würde ganz im Zeichen des Festes stehen, und Glenna konnte es recht sein.

Als sie sich von einem der Stände abwandte, um wieder nach Aidan zu sehen, fühlte sie einen Luftzug direkt an ihrer Wange, als etwas ganz nah an ihrem Gesicht vorbeizog. Etwas Schwarzes, Gefiedertes.

Die Krähe ließ sich auf dem Baldachin des gegenüberliegenden Marktstandes nieder, wo die anderen beiden schon saßen. Sie klapperten mit den Schnäbeln, und alle Augen starrten sie an, als könnten sie direkt in ihre Seele sehen.

Glenna schluckte den sauren Geschmack in ihrem Mund hinunter und knetete ihre kalten Finger.

»Das Tolle am Internet ist auch, dass es nie vergisst«, erklang Aidans Stimme etwas entfernt.

Glenna riss sich von den Vögeln los und schaute sich um. Der Junge war bereits einen Stand weitergezogen, beachtete die Auslagen aber nur halbherzig.

Glenna beeilte sich, ihn einzuholen. Inzwischen wimmelte es von Leuten, und sie brauchte nur einmal nicht aufzupassen, und Aidan wäre in der Masse verschwunden. Und das wäre nichts, was sie Janet erklären wollte.

»Also, wenn irgendwer irgendwann mal auf Twitter etwas Saudummes schreibt«, sprach Aidan weiter, ohne dass ihm aufgefallen wäre, dass Glenna kurz zurückgefallen war, »und es dann Jahre später abstreitet, kann man das immer noch finden und beweisen, was für ein Dummkopf er ist.«

»Ach«, sagte Glenna nur und versuchte angestrengt, die schwarzen Federn, die parallel zu ihr von Stand zu Stand hüpften, zu ignorieren.

»Irgendjemand gräbt immer aus, was man mal angestellt hat.«

»Und das ist etwas Gutes?« Glenna legte Aidan eine Hand auf die Schulter, und er blieb auch tatsächlich stehen, damit sie sich orientieren konnte.

Aidan wiegte den Kopf. »Nicht immer, glaub ich. Darum sind viele Junge auf Snapchat. Aber ab und zu ist es auch gut, wenn Dinge nicht vergessen gehen.«

Das Internet vergaß also nie.

Gut für das Internet, dachte sie.

Bestimmt musste dieses nicht penibel Tagebuch führen dafür.

»Soll ich dir zeigen, wie man einen Twitter-Account einrichtet?«, fragte Aidan und schwenkte sein Telefon.

»Dann kannst du die Fotos immer gleich teilen. Das ist super Werbung. Es ist auch ganz einfach.«

Glenna ließ den Blick über die restlichen Stände schweifen. Sie hatten den Großteil des Marktes schon abgeklappert, und sie hatte mit allen Leuten gesprochen, mit denen es wert war zu sprechen.

»Ich mache nicht Werbung, ich mache Pressearbeit. Berichterstattung«, korrigierte sie ihn.

Aidan zog eine Schnute. »Das ist doch dasselbe.«

Sie seufzte und musterte den Jungen, der irgendwie ganz erpicht darauf schien, ihr etwas Neues beizubringen.

»Na schön, ich muss mich so oder so erst mal hinsetzen.«

Grüne Hunde

»Hattest du mal Haustiere?«, fragte Aidan aus dem Nichts.

»Hm?«, machte Glenna, ohne von dem Display hochzusehen.

»Einen Hund oder eine Katze, meine ich«, sagte Aidan.

Glenna riss sich von dem Strom von Kurznachrichten los und blickte sich um, um herauszufinden, wie er auf das plötzliche Thema gekommen war.

»Wir hatten einen Hund und ein paar Katzen«, sagte sie langsam. »Aber das ist lange her.«

»Mehrere sogar?«, sagte Aidan beeindruckt. »Schon als Kind?«

»Nur als Kind«, erklärte Glenna. »Ich bin auf einem Hof aufgewachsen, weißt du. Wir hatten auch Pferde und Schweine und so weiter.«

Aidans Augen wurden groß, und irgendwie wärmten sie Glenna innerlich.

Leute mit einem Herz für Tiere können keine schlechten Menschen sein, hatte ihre Mutter immer gesagt.

»Ich hätte gerne einen Hund.«, sagte Aidan. »Aber Mama will das nicht. Sie hat Angst vor Hunden. Extreme Angst.«

Glenna schenkte ihm einen mitfühlenden Blick.

»Ich hätte auch gerne wieder Haustiere«, gestand sie ihm. »Aber mit dem B&B geht das leider schlecht.«

Das war nicht ganz die Wahrheit. In Wirklichkeit war das Stewart-Haus erst haustierfrei, seit Glenna dort arbeitete. Seit sie ihre magischen Fähigkeiten erhalten hatte, reagierten Tiere empfindlich auf ihre Präsenz, somit ging sie den meisten Tieren aus dem Weg, um Unfälle zu verhindern und den Vierbeinern den Stress zu ersparen.

»Oh, das ist aber schade«, sagte Aidan. »Wenn ich groß bin, habe ich einen Beruf, wo man sich ganz viele Haustiere halten kann. Dann kann es mir Mama nicht mehr verbieten.«

Glenna lächelte wieder. Träumen wie ein Kind sollte man können.

»Ah, schau mal. Wenn man vom Teufel spricht«, sagte Glenna und nickte in Richtung des Trampelpfads, wo Janet entlanggeeilt kam.

»Da seid ihr ja«, sagte sie erleichtert. »Ist alles in Ordnung?«

Glenna nickte mit einem festen Lächeln, das Janet beruhigen sollte.

»Bei uns läuft alles gut. Wir machen fleißig Fotos und teilen sie auf Twitter«, erklärte Glenna und deutete auf das Display. »Dadrauf sind erstaunlich viele Leute unterwegs.«

Janets Gesichtsausdruck nahm kurz verwirrte Züge an.

»Hashtag SamhainSouthbridge, Mum«, erklärte Aidan stolz.

»Oh«, sagte Janet und schien erleichtert. »Ich dachte schon, Aidan hätte dich so stark gefordert, dass du eine Pause nötig hast, Glenna.«

Glenna winkte ab. »Nur wenn man Frauen in meinem Alter regelmäßig fordert, bleiben sie so jung wie ich, Liebes.«

Ein warmer Fleck auf ihrem Rücken machte sich bemerkbar.

Janet umfasste ihre Hand und drückte sie.

»Da bin ich froh«, sagte sie erleichtert. »Wir haben gerade ein Problem mit den Wasserleitungen für das Verpflegungszelt. Ein heilloses Durcheinander, das sage ich dir.« Sie hob warnend einen Zeigefinger. »Bitte nichts davon auf Twitter, ja?«

Sie gab dem widerwilligen Aidan einen Kuss auf die Wange und hastete davon.

»Na, hast du Hunger?«, fragte Glenna und steckte ihr Mobiltelefon weg.

»Jep«, sagte Aidan und sprang auf die Füße. »Es gibt einen Stand mit riesigen Fleischspießen. Gehen wir dahin?«

»Wo soll denn so ein riesiger Fleischspieß bitte schön hin bei deinem kleinen Körper, hm?«, fragte Glenna, machte sich aber auf den Weg in die Richtung.

»Ich wachse noch«, sagte Aidan.

Während sie auf einem Strohballen saßen, beobachtete Glenna den Aufruhr um das große Zelt. Ab und zu tauchte Janet auf, gab Anweisungen und verschwand wieder.

Glenna war erstaunt, wie viel tatsächlich in den Jungen reinpasste. Sie selbst hatte sich nach der Hälfte des Spießes geschlagen geben müssen, und sie war immer eine gute Esserin gewesen. Ihren Rest mochte Aidan dann aber doch nicht auch noch verdrücken.

Seine Augen klebten bereits wieder an seinem Telefon.

Auf einem Verkaufstisch in ihrer Nähe tummelten sich zwei kleinere Kobolde, die immer, wenn niemand hinsah, die Auslagen von einer Seite des Tisches zur anderen trugen und sich scheckiglachten, wenn der Verkäufer wieder danach suchte.

Glenna schüttelte den Kopf, konnte aber auch nicht anders, als leise zu lächeln. Diese Art von Späßen war harmlos. Wenn es denn dabei blieb.

Sie blickte zurück zum Verpflegungszelt und runzelte die Stirn, als sie auf einmal einen frei laufenden Hund zwischen den arbeitenden Leuten umherstreifen sah.

Auf dem Gelände herrschte strikte Leinenpflicht, nur schon wegen der Schafe und Ponys, die einige Aussteller dabeihatten.

Noch dazu war es ein richtig großer Hund. Ein Wolfshund vielleicht? Glenna kannte keinen Einheimischen, der so einen hatte. Er musste einem Gast gehören.

Glenna würde dem Besitzer oder der Besitzerin gehörig die Leviten lesen.

Sie stand auf, um sich besser umsehen zu können, als ihr der geflochtene Schwanz des Hundes auffiel. Und die unnatürlich grüne Färbung seines zotteligen Fells.

In dem Moment drehte ihr das Tier den Kopf zu. Glenna sog scharf Luft ein und presste die Hand an ihr Herz.

Die Augen des Hundes leuchteten grün.

Glenna ließ das Tier nicht aus den Augen, ließ den Spieß fallen und tastete nach ihrem Mobiltelefon. Mit steifen Fingern erweckte sie das Display zum Leben und richtete die Linse in Richtung des Hundes.

Kaum hatte sie abgedrückt, wandte er sich um und war mit einem Satz hinter einem Zelt verschwunden.

»O nein, dein Spieß!«, rief Aidan aus, aber Glenna war das Fleisch egal.

Mit zittrigen Fingern rief sie das Fotoalbum auf und besah sich das letzte Bild. Es zeigte das Chaos vor dem

Speisezelt. Aber von einem grünen Hund fehlte jede Spur.

Glenna wandte sich an Aidan und versuchte sich an einem Lächeln. »Kannst du einen kurzen Moment hierbleiben? Ich bin gleich wieder da.«

Aidan zuckte mit den Schultern und widmete sich wieder seinem Mobiltelefon.

Glenna hastete so schnell wie möglich, ohne zu rennen oder panisch auszusehen, zu der Stelle, wo sie den Hund hatte verschwinden sehen.

›Bonnie, was ist los‹, flüstere es an ihrem Ohr.

Sie sah sich um, aber keine Seele war in ihrer Nähe, weder Hund noch Mensch.

»Das Tier«, zischte sie. »Es ist ein Wesen der Anderswelt.«

›Was für ein Tier?‹, der Fleck bewegte sich auf ihre Brust.

»Ein Hund. Ein grüner Hund mit geflochtenem Schwanz.«

›Grün? Ein grüner Hund?‹, fragte Jamie erregt und lauter als zuvor.

»Ja«, sagte Bonnie gehetzt und machte einen Schritt hierhin und dorthin, konnte aber keine Spuren entdecken.

›Bonnie.‹

Sie hastete einmal um die nahe stehenden Zelte herum.

›Bonnie.‹

Als sie für einen Moment stehen blieb, merkte sie, wie ihre Knie zitterten, und sie stützte sich an einem Zeltpfosten ab.

›Bonnie!‹

»Ja!«, sagte sie.

›Der grüne Hund‹, sagte Jamie eindringlich. ›Du weißt, was das bedeutet?‹

Sie nickte, und ein eiskalter Schauer überkam sie.

»Der Cusith der Sidhe. Ein Feenhund.«

›Der Todeshund. Ein Seelenjäger.‹

Glenna dachte an Dorothys leblosen Körper, und ihr schnürte sich die Kehle zu.

Offene Fenster

Glenna stolperte förmlich durch die Tür des B&Bs, nachdem sie Aidan mit dem Vorwand eines unzufriedenen Gasts im Stewart-Haus bei den anderen Damen am Kuchenstand gelassen hatte. Janet würde ihn später bei ihnen abholen.

Sie ließ ihre Handtasche an Ort und Stelle zu Boden gleiten, bevor sie sich unentschieden von der Treppe in den oberen Stock zu Dorothys Zimmertür wandte und zurück.

›Glenna, beruhige dich. Wir wissen nicht, warum der Cusith hier ist.‹

Sie ballte die Finger zu Fäusten und trat in das kleine Zimmer, das wieder so aussah wie vor der Totenwache. Nur die Uhr war immer noch stehen geblieben.

»Was weißt du über die Feenhunde, Jamie?«

Rational bleiben. Dorothy war vor einer Woche gestorben. Ihre Seele hatte die Welt längst verlassen.

Warum nur gelang es Glenna nicht, das zu glauben?

Jamie seufzte. ›Die Cusith sind für zweierlei bekannt. Zum einen entführen sie stillende Frauen.‹

Glenna erinnerte sich daran. Die Frauen wurden von ihnen in die Anderswelt geschleppt, um die Feenkinder zu ernähren. Sie kniff die Augen zusammen und trat an das Fenster heran. Zumindest in Southbank wusste sie von keinen Säuglingen. Aber am Fest trieben sich natürlich eine ganze Menge Leute herum, irgendeine stillende Mutter war sicherlich unter ihnen.

›Zum anderen gehören sie zum Tross der Wilden Jagd.‹

Jamies Stimme war düster geworden, und ein kalter Schauer jagte über Glennas Rücken.

Schon ihre Mutter hatte ihr Schauermärchen erzählt über die Sluagh, die Reiter der Wilden Jagd. Inzwischen wusste Glenna, dass an diesen Geschichten mehr dran war, als die Menschen heutzutage noch glaubten.

»Sie stöbern Menschen auf, die kürzlich gestorben sind, oder? Damit die Jagd ihre Seelen einfangen kann, bevor sie diese Welt verlassen.«

Glenna öffnete das Fenster weit und ging in den Speisesaal, wo sie dasselbe wiederholte.

›Bonnie?‹

»Ich öffne die Fenster. Damit Dorothys Seele verschwinden kann, sofern sie noch hier ist. Die Wilde Jagd reitet nur an Samhain, oder? Von Sonnenuntergang bis Sonnenuntergang?«

›Soviel ich weiß.‹

Sie legte den Kopf in den Nacken und blickte an die Decke.

»Dorothy? Bist du da? Wenn ja, dann bitte, bitte verlasse diese Welt so geschwind wie möglich.«

›Es ist nicht so, als könnte sich eine Seele von sich aus entscheiden, die Welt zu verlassen, Bonnie.‹

»Das weiß ich«, antwortete sie forsch.

Es gab unterschiedliche Gründe, die eine Seele länger als nötig an diese Welt binden konnten. Bei älteren Sterblichen wie Dorothy war das häufig eine zu enge Bindung an einen Ort oder anderen Menschen.

Glenna schürzte ihre Lippen und versuchte, sich einzureden, dass Dorothy dieses B&B nicht ganz so innig geliebt hatte, wie sie es immer gesagt hatte.

Die Wärme der Tätowierung verschob sich vom Rücken zu ihrer Schulter und legte sich dann wie ein warmes Tuch um ihren Nacken und Hals.

›Der Hund ist auch ein Todesbote, Bonnie. Menschen, die ihn sehen können, sterben bald darauf.‹

»Hm«, machte Glenna nur und dachte fieberhaft nach, was sie noch tun konnte.

›Du hast den Hund gesehen, Bonnie‹, sagte Jamie eindringlich.

Sie hob überrascht die Augenbrauen.

»Ich sehe alle Wesen der Anderswelt, Jamie. Das heißt gar nichts.«

Er schwieg, und Glenna grübelte über die Aussage nach.

Es musste nichts bedeuten.

Trotzdem bildete sich auf einmal ein dicker Klumpen in ihrem Magen.

Sie hatte gesagt, dass sie sterben wollte, und daran hielt sie fest. Als Beute für die Wilde Jagd zu enden, stand aber nicht auf dem Plan.

»Was passiert mit den Seelen, die die Wilde Jagd einfängt?«

Glenna murmelte die Frage mehr zu sich und wusste nicht, ob Jamie sie überhaupt verstehen konnte. Aber es spielte keine Rolle. Sie kannte die Geschichten.

Die Sluagh waren die schrecklichsten Vertreter des Feenvolks. Sie hielten sich an keine Gesetze, waren verräterisch und blutrünstig und sogar von den Ihrigen in die Höhlen des Untergrunds verbannt worden. Nur für eine Nacht im Jahr ließ man die Meute los. Mit ihnen ritten die Seelen der Menschen, die sie in ihren nächtlichen

Treibjagden einsammelten. Verdammt bis in alle Ewigkeit für eine Nacht im Jahr, andere Unschuldige mit ins Verderben zu ziehen.

›Nichts Angenehmes.‹

Sie schüttelte den Gedanken ab, raffte ihren Rock und hastete, so schnell es ging, die Treppe in ihre Wohnung hinauf.

Dorothy und Edward hatten die schönsten Jahre in diesen vier Wänden verbracht. Falls Dorothys Seele tatsächlich noch hier war, wäre es sehr gut möglich, dass sie sich dort oben herumtrieb.

Wie aufnahmefähig war eine Seele? Hatte sie womöglich mitgekriegt, was in den letzten Tagen geschehen war? Dass Glenna in Wahrheit ihre Mutter war?

Glenna verzog das Gesicht bei dem Gedanken.

Mit zittrigen Fingern öffnete sie die Tür zu ihrer Wohnung und trat als Erstes in die Küche, wo sie das Fenster ebenfalls öffnete.

Kaum hatte sie den Fensterflügel nach außen geschoben, verharrte sie und starrte mit großen Augen nach draußen.

Sie hatte vielleicht zwei oder drei Stunden, bis die Sonne untergehen würde. Vorher war die Wilde Jagd nicht unterwegs. Falls sie denn überhaupt herkommen würde.

Die Wilde Jagd war schnell. Dennoch würde sie es nicht schaffen, in einer Nacht alle Orte zu besuchen, an welche sie ihre Hunde entsandt hatte. Falls der Hund denn auch wirklich zum Tross gehörte.

Glenna konnte nur hoffen.

Sie hatte alle Fenster in den Räumen geöffnet, von denen sie sich vorstellen konnte, dass Dorothys Seele dort tatsächlich noch herumlungerte.

›Was jetzt?‹

Eine wirklich gute Frage. Glenna fühlte sich rastlos, doch sie wusste nicht, was sie anderes tun sollte. Es gab Möglichkeiten und Rituale, Seelen zu vertreiben. Aber sie kannte sich nicht damit aus und wollte sich nicht ausmalen, was geschehen könnte, wenn sie etwas falsch machte. Sie dachte an Jamie, dessen Seele jahrelang in einer Zwischenwelt gefangen gewesen war, und das wollte sie Dorothy nicht antun.

Sie öffnete die Tür zu ihrer Bibliothek und trat an das Bücherregal.

›Du weißt, dass du die Kobolde geradezu einlädst, hier einzufallen, oder?‹

Glenna nickte. »Die meisten von ihnen treiben sich auf dem Fest herum. Dort werden die Leute langsam betrunken genug, damit sie mit ihnen ihre Späße treiben können.«

Die Kobolde würden am nächsten Vormittag wieder hier auf der Matte stehen.

›Also wartest du jetzt einfach bis Sonnenuntergang?‹

Sie überflog ihre Bücher und versuchte, sich daran zu erinnern, wann und wo sie diesen schrägen Kauz getroffen hatte, der sich selbst als Seelenhirte bezeichnet und behauptet hatte, er könne die Seelen Verstorbener beeinflussen.

»Mehr oder weniger.«

Sie zog einige Jahreszahlen heraus, die ihr einleuchteten, dann platzierte sie den Stapel auf dem Beistelltischchen, setzte sich in den Sessel und begann zu lesen.

Nächtlicher Besuch

~~~

Bonnies Hände lagen an Létoiles Taille, und ihre Finger zeichneten feine Kreise auf der porzellanweißen Haut. Létoiles Kopf lag in Gabriels Schoß, der sich mit dem Rücken an der Wand anlehnte. Die eine Hand spielte mit Bonnies Haar, in der anderen hielt er ein Glas Rotwein. Bonnie ließ ihre Finger höher wandern, und Létoiles Oberkörper wölbte sich leicht auf dem Bett, ihre nackten Brüste streckten sich gegen die Decke und entlockten Bonnie ein seliges Lächeln.

Gabriel nahm einen Schluck Wein und stieß genießerisch Luft aus.

»Ich habe die schönsten Länder gesehen«, sagte er dann. »Aber keines ist so schön wie eure Körper in diesem Bett.«

Létoile lachte hell.

»Und keines hast du so intensiv bereist«, spottete Bonnie und flocht ihre Finger in die seinen.

»Und doch kommt es mir jede Nacht so vor, als reiste ich zum ersten Mal«, erwiderte er mit Pathos.

Létoile drehte sich zu Bonnie um und schmiegte sich enger an sie.

»Denkt ihr, unsere Kinder werden die Welt auch einmal auf diese Art entdecken können?«, fragte Gabriel nachdenklich.
~~~

Bonnie runzelte die Stirn und hob das Kinn, um zu ihm hochzusehen.

»Unsere Kinder?«

Er lächelte auf sie herab.

»Natürlich. Oder willst du, dass Dorothy ganz alleine aufwächst?«

Bonnie blinzelte, während sie zu verstehen versuchte, was er damit meinte. Auf einmal schien eine dicke, undurchdringliche Wolke hinter ihrer Stirn zu lauern, die das Denken unfassbar schwer machte.

»Genau. Dorothy soll nicht immer allein sein«, stimmte Létoile mit ein.

Dorothy?

Auf einmal war es Bonnie, als läge ein durchdringender Blick auf ihr.

Sie ließ Gabriels Hand los und drehte sich um.

Tatsächlich. Am Fußende des Bettes saß ein Kind. Das Mädchen hatte glasklare Augen, und es blickte Bonnie erwartungsvoll an.

»Dorothy?«, fragte Bonnie verwirrt.

Das war unmöglich.

Plötzlich begann alles, um sie herum zu verschwimmen, und Bonnie fand sich auf den Straßen von Cork wieder. Nichts, was sie sah, erkannte sie wieder, dennoch zweifelte sie keine Sekunde daran, dass es Cork war.

»Mama, wo gehen wir hin?«

Bonnie senkte den Blick, und wieder sahen diese glasklaren Augen sie an. Hand in Hand gingen sie die Straße entlang.

»Ich...«, begann sie. »Ich weiß es nicht.«

Ihre Füße schienen es jedoch ganz genau zu wissen, denn sie gingen zielgerichtet voran.

Was machte sie hier? Wo waren Létoile und Gabriel?

Je länger sie die Straße entlangging, desto mehr verblasste der Gedanke an die beiden. Alles, was Bonnie spürte, war die kleine warme Hand in ihren Fingern.

Sie blinzelte, und auf einmal ging das Mädchen vor ihr. Es rannte von Bonnie weg, drehte sich aber immer wieder um, lachte und winkte ihr zu.

»Dorothy!«, rief Bonnie und wollte ihre Hand nach dem Mädchen ausstrecken, aber diese wurde immer noch von zarten Kinderfingern umfasst.

»Darf ich einen Keks?«, erklang plötzlich eine neue Stimme an Bonnies Seite.

Sie verharrte im Schritt und blickte an ihrer Seite nach unten.

Zwei dunkelgrüne Augen strahlten ihr entgegen.

»Aidan?«, sagte Bonnie.

Und auf einen Schlag wurde alles um sie herum schwarz.

~~~

Glenna schreckte hoch, und das Buch glitt von ihren Knien zu Boden.

Sie fasste sich schwer atmend ans Herz und blickte sich um. Was genau hatte sie soeben erschreckt?

Ihr Kopf pochte, und sie hatte ein pelziges Gefühl im Mund. War sie etwa eingeschlafen?

Sie rieb sich die Schläfen und wartete, bis das Pochen etwas nachließ.

Sie hatte geträumt. Sie erinnerte sich nur vage, aber der Traum hatte ein undeutliches Gefühl in ihrer Brust zurückgelassen. Eine Mischung aus warmer Vertrautheit und Herzschmerz, so fühlte es sich an.

Sie atmete tief durch.

Wie lange hatte sie geschlafen?
~~~

Sie stemmte sich aus dem Sessel und verließ die fensterlose Bibliothek. In der Küche trat sie ans offene Fenster, und ein kalter Schauer erfasste sie.

Die Straße unter ihr war wie leer gefegt und karg ausgeleuchtet. Die Sonne war bereits untergegangen.

Samhain war angebrochen.

»Jamie!«, zischte sie und lehnte sich aus dem Fenster, um die Fensterläden zu schließen.

›Was ist?‹

»Es ist bereits dunkel. Warum hast du mich nicht geweckt?«

Sie rüttelte an einem der eingerosteten Läden, die sie normalerweise nie schloss.

›Wie genau hätte ich merken können, dass es dunkel ist?‹, sagte er nüchtern.

Eine berechtigte Frage.

Als Glenna den ersten Laden endlich losgebracht hatte, blieb ihr Blick am fernen Horizont hängen. Sie kniff die Augen zusammen und versuchte, ausfindig zu machen, was dort silbern schimmerte. Nebelschwaden? Dafür waren sie zu unruhig, und überhaupt, aus der Entfernung hätte sie solche niemals wahrnehmen können.

Auf einmal drehte das silberne Gebilde ab und nahm an Fläche zu, als hätte der Wind gedreht und den Wolkenfetzen in die Länge gezogen.

Und dann erklang ein furchterregendes Horn.

Es war so weit weg, dass Glenna es nur gedämpft wahrnehmen konnte, aber es war definitiv ein Horn.

Sie stolperte zwei Schritte zurück, bis sie am Tresen anstieß.

Sobald der Ruf des Horns verklungen war, sammelten sich die Nebelschwaden und zogen mit einer Geschwindigkeit über den Horizont, die keinem irischen Wind zuzuschreiben war. Je länger Glenna die silberne Masse anstarrte, desto mehr kristallisierten sich einzelne Figuren heraus. Männer und Frauen, die auf Pferden ritten, begleitet von geisterhaften Hüllen, die einst Menschen gewesen waren.

Womöglich war es nur Glennas Vorstellung, die ihr dies vorgaukelte, doch sie würde es nicht darauf ankommen lassen.

Erneut beugte sie sich aus dem Fenster und schaffte es, auch den zweiten Laden zu schließen. Dann verriegelte sie das Fenster und trat davon weg.

›Was ist los?‹

»Hast du es nicht gehört?«, flüsterte sie. »Das Horn?«

›Welches Horn?‹, fragte Jamie zaghaft, aber sein Tonfall verriet, dass er wusste, was sie meinte.

Mit einem Satz war sie im Treppenhaus und hastete die Treppe hinunter. Sie eilte von Zimmer zu Zimmer, um die offenen Fenster zu schließen, bevor sie in die Küche trat.

Noch war die Jagd weit entfernt und hatte nicht die Richtung von Southbridge eingeschlagen. Das musste aber nicht bedeuten, dass sie nicht früher oder später herkommen würden. Samhain dauerte noch lange.

Glenna sammelte zusammen, was sie finden konnte. Milch, Früchte, etwas traditionelles Gebäck, das vom speziellen Frühstück übrig geblieben war, welches sie den Gästen bereitet hatte. Sie packte alles in einen Beutel.

›Das ist kein normales Feenvolk, Bonnie‹, sagte Jamie vorsichtig.

»Ich muss es probieren«, sagte sie und beeilte sich, ihre Schuhe zu schnüren.

Sie versuchte es im Stehen, ihr steifer Rücken hinderte sie jedoch daran, sich bis zu ihren Füßen hinabzubücken. Frustriert griff sie nach dem Schuhlöffel.

Natürlich hatte sie gerade heute in ihrem Sessel einnicken müssen. Warum nur geschah ihr das immer häufiger und immer, wenn sie es sich eigentlich nicht leisten konnte?

Aber sie würde verhindern, dass die Bastarde Dorothys Seele kriegten. Dorothy würde nicht bis in alle Ewigkeiten an ihrer Seite reiten.

Als sie zu wanken begann, weil ihre Beine noch nicht ganz von ihrem Nickerchen erwacht waren, warf sie den Schuhlöffel hin und trat in ihren Strümpfen vor die Tür. Kalter Wind umfasste ihre Glieder. Es war nicht der normale irische Wind, der hier blies. Er war bösartiger, wütender, als wären weder Kleidung noch Fleisch ein Hindernis für ihn und als könnte er seine scharfen Fänge direkt in die Knochen der Menschen versenken und sie in Eis verwandeln.

Glenna reagierte nicht schnell genug, als auf einmal zwei Kobolde – ob Cluricauns oder ihre fleißigeren Cousins Leprecauns konnte sie nicht erkennen – vor ihren Füßen vorbeiflitzten und ins Innere ihres Hauses sprangen. Sie keuchten und zitterten, und keiner sagte ein Wort.

Das waren keine gemeinen Whiskydiebe. Sie waren Flüchtlinge.

Grimmig zog Glenna die Tür hinter sich zu und verriegelte sie.

Wieder wurde der Ruf des Horns an sie herangetragen.

›Bonnie‹, rief Jamie, um das Heulen des Windes und das Keuchen von Glenna zu übertönen. ›Das ist Wahnsinn!‹

Sie hörte nicht hin, und sie wagte es auch nicht, den Blick zum Horizont zu richten. Noch waren sie nicht eingefallen, aber die Pferde der Wilden Jagd waren nicht auf Wege oder Straßen angewiesen. Sie preschten durch den Himmel und waren so schnell wie der andersweltliche Sturm, mit dem sie ritten.

Fluchend öffnete Glenna den Beutel und holte die kleine Schale und die Milch heraus. Sie füllte die Schale und stellte sie auf den Treppenabsatz vor der Eingangstür. Dann legte sie Obst und Gebäck dazu und hoffte innig, dass nicht sofort alles weggeblasen wurde, sollte der Wind ansteigen.

Jamie hatte natürlich recht. Diese Gaben waren dafür gedacht, kleinere, harmlosere Angehörige des Feenvolks gütig zu stimmen. Es bestand keine Chance, dass sich die Wilde Jagd davon beeindrucken ließ. Aber was sollte sie sonst tun?

›Bonnie, du solltest reingehen.‹

Alles in ihr schrie danach, dem Vorschlag zu folgen. Aber die Fensterläden, die vor Dorothys Schlafzimmer im zunehmenden Westwind knirschten, hielten sie davon ab. Aberglaube oder nicht, die Fenster gegen Westen gehörten fest verriegelt, wenn die Wilde Jagd sich umhertrieb.

Sie raffte ihren Rock und stieg vom Gehweg in das vernachlässigte Blumenbeet. Dornen bohrten sich in ihre Fußsohlen, doch sie biss die Zähne zusammen. Sie reckte sich und fasste nach einem der frei schwingenden Holzläden. Gerade konnte sie ihn greifen, da entriss ihn ihr der Wind mit einem Stoß und knallte ihn gegen die Fassade. Glenna fluchte, und die Kälte in ihren Knochen breitete sich in ihrer Brust aus, in ihrem Hals und drohte sie langsam zu ersticken.

›Bonnie‹, hauchte Jamie nah an ihrem Ohr. ›Sie kommen.‹

Als sie sich erneut nach dem Laden reckte, stellten sich ihr auf einmal die Haare im Nacken auf. Sie erstarrte in ihrer Bewegung, als hätte das Eis endgültig Besitz von ihr ergriffen.

Ein Keuchen erklang, ein Scharren und das Flattern von Stoff.

Die unsichtbare Hand, die sie in ihrem eisernen Griff hielt, zwang sie dazu, sich umzudrehen.

Auf der Straße vor dem zertrampelten Blumenbeet standen die eingefallenen Körper von Pferd und Reiter, beide ausgestattet mit unheilvoll glimmenden Augen. Glenna wusste nicht, ob sich eine dünne schwarz-graue Haut über ihre Knochen spannte oder es die rußschwarzen Knochen waren, die sie sah. Ein einzelnes silbergraues Tuch wand sich um den Reiter und flatterte in einem Wind, den Glennas steife Glieder nicht mehr spüren konnten.

Wilde Jagd

Glenna empfand nichts außer der Eiseskälte und der Hand, die ihre Brust zusammenquetschte.

Der Reiter trug einen Helm, der nur die Augen offen ließ, und diese waren auf sie gerichtet.

Erst als sich ihre Lungen schmerzhaft zusammenzogen, bemerkte Glenna, dass sie aufgehört hatte zu atmen.

Rasselnd sog sie Luft ein.

»Geh weiter«, presste sie hervor. »Hier gibt es nichts für dich zu holen.«

Der Reiter legte den Kopf in den Nacken und betrachtete das Haus hinter ihr. Dann blickte er sie wieder an.

EINE NIEDERE KREATUR WIE DU WAGT ZU BEURTEILEN, WAS UNS ALS BEUTE WÜRDIG IST?

Glenna schluckte und zwang ihre Beine, einen Schritt nach vorn zu machen.

»Dieses Haus ist für euch verschlossen.«

Ohne Mitwirken des Reiters wandte sich das Pferd und kam von der Straße ab. Es schritt voran, glitt durch den weltlichen Zaun hindurch, als würde er nicht existieren, bis es direkt vor Glenna zu stehen kam.

Aus dem Maul tropfte schwarzer Teer, aus den Nüstern stob der Gestank von Schwefel, und Glenna wurde schwindlig.

Die Geschichten ihrer Mutter rangen in ihren Ohren und lähmten ihren Körper. Sie versuchte, ihren Kiefer auseinanderzuzwängen, schaffte es aber nicht. Eine unsichtbare Fessel lag eng um ihren Körper und drohte, sie zu Boden zu reißen.

Nein! Er würde Dorothys Seele nicht kriegen. Und wenn es das Letzte war, das sie tat.

Glenna spannte die Muskeln. Mit aller Kraft stemmte sie sich gegen die Fesseln, gegen das Gewicht, das sie zu Boden drückte.

Dorothy war vielleicht tot, aber auf keinen Fall ging ihre Seele an die Wilde Jagd. Nicht solange Glenna lebte.

Ein Schatten fiel plötzlich über sie und bedeckte das spärliche Licht der Sterne und der Straßenbeleuchtung. Zuerst war es eine Krähe, die sich hinter dem Reiter auf dem Zaun niederließ. Dann folgten die zweite und dritte. Sie klapperten mit den Schnäbeln und starrten sie an, und Glenna konnte ihren Blick nicht von ihnen nehmen.

Alle sterben. Du lebst, echote es in Glennas Kopf.

Nein!, schrie Glenna innerlich dagegen an.

Mit aller Willenskraft, die sie aufbringen konnte, riss sie den Blick von den Krähen los.

Die glühenden Augen des Jägers waren auf sie fixiert.

Auf sie, dämmerte es Glenna. Nicht auf das Haus. Nicht auf Dorothys Seele, sondern auf Glenna, als hätte er den Tod im Stewart-Haus noch gar nicht erkannt.

ALTE WEIBER SOLLTEN SICH IN DER NACHT DER JAGD NICHT AUS DEM HAUS WAGEN, hisste der Jäger.

Die Worte drangen Glenna durch Mark und Bein.

Sie kniff die Augen zusammen und fasste den letzten Strang Mut, den sie in ihrer Brust finden konnte.

»Dieses alte Weib wusste es noch nie besser«, sagte sie, und es gelang ihr, die Stimme erstaunlich ruhig zu halten.

Die Zähne des Pferdes knirschten auf dem Mundstück, und der Jäger stieß ein heißeres Lachen aus, das Glennas Knochen wie Klangstäbe erbeben ließ.

Das Pferd machte einen weiteren kleinen Schritt auf sie zu, sodass die Dämpfe seiner Nüstern auf ihrer Wange kondensierten und zähflüssige Tropfen über das Gesicht fließen ließen.

DU WILLST MIT UNS JAGEN, MENSCH?

Die Stimme des Reiters war nicht von dieser Welt, sie war hohl und entbehrte jeglichen Lebens, und trotzdem glaubte Glenna, so etwas wie Hohn darin zu erkennen.

Nein. Sie wollte nicht zum Opfer der Jagd werden und bis in alle Ewigkeit als ihre Entourage über den Himmel ziehen.

Die Krähen schlugen mit den Flügeln, und Glenna spürte den Lufthauch bis zu ihr herüber.

Alle sterben, du lebst.

Dorothy, dachte sie.

Sie tat das hier für Dorothy, die trotz ihres hohen Alters vor ihr gestorben war. Für die Tochter, die sie überlebt hatte und zu Grabe tragen würde. Wenn ihre eigene Seele der Preis für Dorothys Ruhe war, dann würde sie ihn zahlen. Glenna öffnete den Mund, wollte dem Reiter zustimmen, ihm anbieten, ihre Seele mitzunehmen anstelle Dorothys. Doch es war ein Kampf, die Worte in ihrem umnebelten Verstand überhaupt zu formulieren.

Das Rascheln von Federn wurde lauter, und Glenna konnte nicht anders, als wieder in Richtung Zaun zu schauen. Es waren weitere Krähen dazugekommen, und inzwischen saßen mehr Vögel dort, als sie zählen konnte. Sie alle starrten sie an, erwartungsvoll, lauernd.

Das kehlige Lachen des Reiters drang an ihr Ohr.

ICH KANN DEINE FURCHT RIECHEN.

Glennas Blick blieb auf die Krähen gerichtet, als hätten die Dutzende schwarzer, glänzender Punkte in der Nacht einen Bann auf sie gelegt.

Glennas Herz schlug so fest in ihrer Brust, dass es schmerzte und die Luft aus ihren Lungen trieb. Auf einmal schlug eine der Krähen mit den Flügeln, und Glenna schrie vor Schreck auf. Als wäre dies das Kommando, auf das sie alle gewartet hatten, stiegen die Krähen auf und rasten auf Glenna zu, ein gewaltiger schwarzer Nebel aus Klauen und Schnäbeln. Die Eisstarre fiel von ihr ab, und sie riss die Arme zum Schutz nach oben, kurz bevor sie in den Wogen aus Federn unterging.

Besorgte Gäste

»Frau Alexander«, erklang eine Stimme durch den dicken schwarzen Nebel hindurch. »Können Sie mich hören?«

Glenna versuchte, den Nebel zu verscheuchen, aber ihre Arme gehorchten ihr genauso wenig, wie ihre Stimmbänder es taten.

Weitere Stimmen gesellten sich zur ersten hinzu, aber Glenna verstand nicht, was sie sagten. Sie konnte ihren Namen ausmachen und das Wort *tot.*

Alle sterben. Du lebst.

Verschwindet!, schrie Glenna innerlich und wollte erneut die Arme erheben, um die Krähen zu verscheuchen.

Aber da waren keine Krähen. Sie war allein im Dunkeln bis auf die Stimmen, die nach ihr riefen.

Langsam sickerte die Realität zu ihr hindurch. Sie spürte ihre Arme unter einer schweren Decke liegen, ihre Fingerspitzen fühlten das raue Leinen eines Bettbezugs.

»Glenna, sind Sie bei uns?«

Glenna zwängte die Augen auseinander und blinzelte gegen das plötzliche Gegenlicht an.

Schemenhafte, verschwommene Köpfe waren über sie gebeugt. Sie atmete tief durch.

»Sie lebt.« Ein schwerer Seufzer erklang.

»Natürlich lebt sie«, erwiderte eine andere Stimme. »Das hat der Doktor doch gesagt.«

Glenna wartete, bis sie die Menschen über sich deutlicher wahrnehmen konnte.

»Dr. Boyle?« Ihre Stimme krächzte. »Was tun Sie hier?«

Noch während sie die Worte aussprach, warf sie einen kurzen Blick um sich, um herauszufinden, wo *hier* überhaupt war.

Sie lag in Dorothys Bett im Stewart-Haus.

Der Doktor lächelte freundlich und legte seine Hand auf die Stelle, wo ihre eigene unter der Decke lag.

»Die beiden Herren haben mich angerufen. Sie haben Sie heute Nacht bewusstlos im Garten gefunden.«

»Wir haben Sie als Erstes reingetragen. In die Wärme«, erklärte einer der Männer, der hinter dem Doktor stand.

Glenna starrte ihn für einen Moment an, während ihr Verstand zu verarbeiten versuchte, was hier genau geschah. Die beiden Männer. Sie kannte sie. Aber woher?

Der zweite deutete mit dem Daumen über seine Schulter zur Rezeption direkt vor dem Zimmer.

»Wir haben gestern Abend selber eingecheckt, wie wir das immer machen. Und auf dem Heimweg vom Fest haben wir Sie dann gefunden.«

Weiterhin konnte Glenna nur starren. Dann rückte sich das Bild langsam zurecht, und die Schleier lichteten sich.

Natürlich. Es waren die beiden Amerikaner, die jedes Jahr zum Samhain-Fest herkamen und bei ihnen übernachteten. Wie hießen sie noch gleich?

»Wir haben Sie erst mal schlafen gelassen«, sagte Dr. Boyle. »Auf den ersten Blick scheint alles in Ordnung zu sein. Sie haben kein Fieber, und ihr Herz schlägt ebenfalls normal. Können Sie sich daran erinnern, was passiert ist gestern Nacht? Warum Sie überhaupt draußen im Garten waren?«

Glennas Kehle zog sich zusammen, als die Erinnerung langsam zurückkehrte.

»Dorothy«, entfuhr es ihr keuchend.

»Oh«, sagte einer der Amerikaner. »Wir haben gehört, was passiert ist. Es tut uns schrecklich leid, Frau Alexander.«

Glenna nickte nur abwesend.

Was war mit Dorothys Seele? Mit dem Reiter der Jagd?

Was war passiert, nachdem die Krähen über sie hergefallen waren?

Ein warmer Fleck bewegte sich sachte von einer Seite ihres Rückens auf die andere, und Glennas Herzschlag beruhigte sich etwas.

»Ich bin mir nicht sicher«, sagte sie an Dr. Boyle gewandt. »Ich glaube, ich wollte die Läden schließen wegen des aufziehenden Sturms. Vielleicht habe ich mir dabei den Kopf gestoßen.«

Sie fasste sich an den Kopf und tat so, als befühlte sie eine noch nicht sichtbare Beule.

Der Doktor nickte.

»So etwas habe ich mir gedacht.«

Er erhob sich von seinem Platz auf der Bettkante und nahm seinen Koffer vom Boden auf.

»Sie sollten es heute sehr ruhig angehen lassen, Frau Alexander.«

»Wir kümmern uns um das Frühstück«, sagte einer der Amerikaner schnell. »Machen Sie sich keine Sorgen und ruhen Sie sich aus.«

Der zweite Amerikaner warf dem ersten einen fast ängstlichen Blick zu, erwiderte aber nichts.

»Das ist zu freundlich«, sagte Glenna und wollte das Angebot aus einem Reflex bereits ablehnen. Aber dann ließ sie es so stehen.

Sie musste herausfinden, was passiert war, danach konnte sie sich um ihre Gäste kümmern.

Sie ignorierte das flaue Gefühl im Magen, das sie dabei fühlte. Wenn Dorothy wüsste, dass sie ihre Gäste ihr eigenes Frühstück zubereiten ließ. Wenn sie wüsste, dass Glenna nicht einmal die Namen ihrer Stammgäste kannte.

Die beiden Amerikaner waren wie ihre Enkelkinder, hatte Dorothy einmal gesagt. Theoretisch würde sie das zu Glennas Urenkeln machen. Und Glenna hatte sie im ersten Moment nicht einmal erkannt.

Sie schloss die Augen und atmete noch einmal tief durch.

»Wir lassen Sie jetzt wieder schlafen«, sagte der Doktor und trat nach den beiden Amerikanern aus dem Zimmer, bevor er die Tür hinter sich zuzog.

»Jamie, was in aller Welt ist letzte Nacht passiert? Was ist mit Dorothys Seele?«

Glenna drehte den Kopf in Richtung Fenster. Sonnenstrahlen fielen durch den geschlossenen Fensterladen in das Zimmer.

Der warme Fleck bewegte sich vom Rücken auf ihre Brust.

›Das wollte ich dich fragen.‹

Glenna zog ihre Arme unter der Decke hervor und rieb sich das Gesicht.

›Du hast mit dem Reiter gesprochen‹, sagte Jamie dann, und auf ihrer Brust vibrierte es kurz, als würde sich das Tattoo schütteln. ›Ich habe dir ins Ohr geschrien, dass du zurück ins Haus sollst, aber du hast mich ignoriert.‹

Hatte sie das?

›Und dann hast du plötzlich geschrien und bist zusammengebrochen. Es dauerte zum Glück nicht lange, bis die Millers aufgetaucht sind.‹

Miller. James und Lucas, genau. Glenna verscheuchte den Gedanken und dachte an die Nacht zuvor zurück.

»Die Krähen waren da«, erklärte sie langsam. »Sie haben mich abgelenkt. Und dann haben sie mich angegriffen.«

Jamie schwieg. Natürlich hatten die Krähen sie nicht wirklich angegriffen. Nicht physisch zumindest. Sie waren Glennas Hirngespinst. Aber die Vorstellung hatte offenbar genügt, um sie auszuschalten.

Sie ließ die Hände sinken und kämpfte sich unter der Decke hervor. Sie trug ihre Kleider vom Vortag, aber die nassen und zerrissenen Strümpfe lagen auf dem Stuhl neben dem Bett.

Wieder blickte Glenna zum Fenster.

War die Wilde Jagd fort? Wenn ja, waren sie mit oder ohne Dorothys Seele weitergezogen?

Feuer füllte ihre Brust, und Glenna fasste nach dem Wasserglas auf dem Beistelltisch. Mit kleinen Schlucken trank sie das Wasser, aber es tat nichts, um das Feuer zu löschen.

Tränen sammelten sich in ihren Augen.

›Bonnie‹, sagte Jamie sanft. ›Ich bin mir sicher, Dorothy geht es gut.‹

»Das kannst du nicht wissen«, krächzte Glenna und rieb sich den Hals.

Sie klang schon so, wie es die Krähen taten. Die verdammten Krähen.

Das Feuer wanderte von ihrer Brust in ihren Bauch.

Wären sie nicht gewesen ... Sie hätte mit dem Reiter gefeilscht. Ihm einen Tausch angeboten. Ihre Seele für die von Dorothy. Aber die Krähen hatten sie abgelenkt, hatten ihren Mund verschlossen. Die Krähen waren schuld.

›Ich kann die Krähen nicht sehen, Bonnie. Wie viele waren es?‹

Das Feuer in Glennas Bauch ebbte ab und hinterließ ein verkohltes Loch, gefüllt mit ätzender Galle.

Sie legte ihr Gesicht in ihre Hände.

Nein. Die Krähen waren nicht schuld. Sie konnten nicht schuld sein. Die Krähen existierten nur in Glennas Kopf.

Ihre Kehle zog sich krampfhaft zusammen, und ihr Gesicht wurde feucht.

Als ihr ein Schluchzer entfuhr, bewegte sich Jamie von ihrer Brust an ihren Hals.

›Alles wird gut‹, flüsterte er in ihr Ohr.

»Ich bin schuld«, brachte Glenna hervor und ließ die Hände sinken, um sie an der Bettdecke abzuwischen. »Ich hätte es in der Hand gehabt. Ich hätte Dorothys Seele retten können. Stattdessen habe ich mich selbst außer Gefecht gesetzt.«

Als sie das Flattern von Flügeln hörte, drang ein verzweifeltes Lachen über ihre Lippen. Natürlich waren sie da.

»Es ist ironisch, Jamie«, sagte sie und ließ den Blick über die unzähligen Federn schweifen, die plötzlich das kleine Zimmer schwarz färbten. »Die Krähen werden mehr, je mehr Schuldgefühle ich für den Tod anderer Menschen spüre. Und sie sind schuld, dass ich Dorothy gestern Nacht nicht gerettet habe. Das heißt mehr Krähen. Ein Teufelskreis.«

Sie stemmte sich von der Matratze hoch und verfluchte ihre brennenden Muskeln und schmerzenden Knochen.

›Schuldgefühle?‹, fragte Jamie überrascht, doch er brach ab, und Glenna spürte sein bedeutungsschweres Schweigen förmlich.

»Egal«, sagte Glenna wirsch und verscheuchte eine der Krähen mit der Hand, um die zerrissene Strumpfhose einzusammeln.

›Geht es um Létoile?‹

Ihr Herz setzte einen Schlag aus.

»Vergiss es, Jamie.«

›Bonnie, ihr Tod ist über siebzig Jahre her.‹

Sie drehte sich um, um das Bett zu richten, wusste aber selbst, dass es nur dazu diente, sich abzulenken. Létoile war seit Jahrzehnten tot, Dorothy seit ein paar Tagen. Doch es gab nichts, was sie für die eine oder die andere tun konnte.

Ein Zittern fuhr durch ihren Körper.

›Du trägst keine Schuld an ihrem Tod‹, sagte Jamie, aber seine Stimme klang seltsam entrückt.

Glenna presste die Finger auf ihre flatternden Lider und atmete tief durch.

Sie wusste das.

Und trotzdem.

Die Krähen waren an ihrer Seite seit Létoiles Tod. Und ein jedes Mal, wenn jemand starb, der ihr nahegestanden war, fühlte sie diese Schwere im Magen, als würde sie eine Missetat damit begehen weiterzuleben. Und jedes Mal kamen die Krähen.

Federn raschelten, und Glenna spürte die Dutzenden Augen auf sich ruhen.

»Ich muss an die frische Luft.«

Schwarze Ziegen

»Hast du es gehört?«, fragte Aidan als Erstes, als Glenna mit ihm auf dem Markt ankam.

»Was gehört?«, fragte sie schleppend.

Sie hatte überlegt, den heutigen Tag abzusagen, aber sie konnte Janet nicht hängen lassen. Und sie hielt es im Stewart-Haus gerade nicht aus, auch wenn Dr. Boyle ihr Bettruhe verordnet hatte und ihre geschundenen Füße bei jedem Schritt kleine Schmerzblitze durch ihren Körper jagten. Die Unsicherheit, ob Dorothys Seele noch dort war oder nicht, ob sie schon lange weitergezogen war oder ob die Wilde Jagd sie geholt hatte, ließ Glennas Gedanken Karussell fahren und verursachte ihr Schwindel.

»Herr Kelly ist gestorben.«

Glenna runzelte die Stirn. »Herr Kelly?«

»Der Metzger aus Marlfield. Wir wollten heute früh einkaufen gehen.«

Marlfield. Eine Brücke nicht fern vom Stewart-Haus verband Southbridge mit dem Dorf auf der anderen Seite des Flusses.

War es möglich …?

Glenna fasste Aidan an der Schulter, sodass er zu ihr hochschaute.

»Bist du dir ganz sicher?«, fragte sie ihn eindringlich und ignorierte ihre steifen Muskeln, die sogar bei dieser lächerlich kleinen Bewegung protestierten.

Der Junge wich ein wenig von ihr zurück, nickte dann aber. »Seine Tochter war da und hat es Mum erzählt.«

Glenna ließ ihn los und legte eine Hand auf ihre Brust. Darunter fühlte sie förmlich, wie ihr Puls für ein paar Schläge hochschoss, um danach wieder in seinen gemächlichen Trott zu verfallen.

Als der Fleck unter ihrer Hand warm wurde, atmete sie einmal bis in den Bauch hinab ein.

Deshalb war die Wilde Jagd durch Southbank geritten. Der Cusith hatte den Mann in Marlfield aufgespürt. All das hatte nichts mit Dorothys Seele zu tun.

Die Erleichterung ließ Tränen in ihre Augen schießen, und ihre Lippen zitterten leicht.

»Oh«, sagte Aidan überrascht. »Du hast ihn gekannt? Tut mir leid.«

Glenna lächelte und legte wieder die Hand auf seine Schulter.

»Es ist alles in Ordnung. Ich bin nur etwas überrumpelt.«

Überrumpelt war nicht das richtige Wort. Am liebsten hätte sie laut aufgejauchzt und wäre in die Luft gesprungen.

Aidan erwiderte das Lächeln etwas schief.

»Er hat mir immer ein Rädchen Wurst gegeben, wenn wir einkaufen waren.«

Der Jauchzer blieb Glenna in der Kehle stecken, und sie senkte den Blick.

Hier stand sie und freute sich über den Tod eines Nachbarn. Eines Menschen, der Angehörige und Freunde gehabt hatte. Noch dazu in einer Nacht, in der ausgerechnet die Wilde Jagd ihr Unwesen trieb.

Das Flattern von Flügeln erklang.

Glenna atmete durch die Nase ein und warf den gut zwei Dutzend Krähen, die sich soeben auf dem großen Speisezelt niederließen, nur einen müden Blick zu.

Glenna hoffte innig, dass die Seele des Mannes den Reitern hatte entwischen können.

»Tut mir leid«, sagte Glenna, und nun beugte sie sich etwas zu Aidan hinunter, die Hand ins zwickende Kreuz gestützt.

Vielleicht übertrat sie hier gerade eine erzieherische Grenze, aber Janet hatte ihr den Jungen anvertraut, also durfte sie sich nicht beschweren.

»Der Tod ist Teil des Lebens, Aidan«, sagte sie ernst. »Er ist kein schöner Teil, aber wir dürfen nicht vergessen, dass er ganz natürlich ist.«

Alle sterben. Du lebst.

Federn raschelten. Schnäbel klapperten.

Von wegen natürlich ...

Sie räusperte sich und sprach weiter. »Er trifft uns alle irgendwann. Und das Beste, was wir heute tun können, ist, uns an die Menschen zu erinnern, die gestorben sind. An alles Gute, das sie getan haben.«

Jetzt grinste Aidan ehrlicher.

»Es war die beste Wurst, die ich je gegessen habe«, sagte er voller inniger Überzeugung und entlockte Glenna ein Lachen.

»Davon bin ich überzeugt«, sagte sie und richtete sich wieder auf. »Lass uns sehen, ob die Metzgerei einen Stand hat auf dem Markt. Vielleicht finden wir ja so ein Rädchen Wurst.«

Glennas Schritte waren leichter als zuvor, als wäre ein Gewicht von ihren verspannten Schultern gefallen. Für den Moment war sogar der Schmerz in ihren Gliedern erträglich. Während Aidan die Auslagen der Stände ansah, machte sie ein Foto nach dem anderen. Sie würde nur einen Bruchteil davon verwenden können, aber sie genoss die Stimmung auf dem Markt und wollte sie festhalten. Es gelang ihr sogar, die Krähen komplett auszuschalten, obschon sie genau wusste, dass sie noch da waren.

Stattdessen erregte eine Ziege ihre Aufmerksamkeit, die am Ende des Platzes neben einem der Zelte angebunden war. Glenna studierte das pechschwarze, glänzende Fell und ließ langsam das Mobiltelefon sinken. Das Tier kaute langsam, fast schon hypnotisch, an seinem Heu, und sein Blick war starr auf Glenna gerichtet.

Ein Schaudern überkam Glenna.

Nein, das war nicht möglich.

Sie hob das Mobiltelefon und schoss ein Foto, dann betrachtete sie es auf dem Display. Die Ziege war da, genau so, wie es eine Ziege zu sein hatte.

Glenna atmete tief durch.

Nun glaubte sie schon, Wesen aus der Anderswelt zu sehen, wo keine waren.

»Aidan, bist du fertig?«, fragte sie den Jungen, doch er war schon längst einen Stand weitergezogen. Sie folgte ihm, den Blick auf die Ziege geheftet, die wiederum ihren Bewegungen mit den Augen folgte. Sie näherten sich dem Tier, und als sie schließlich die halbe Runde um den Platz beendet hatten und vor dem Tier standen, räusperte sich Glenna.

»Aidan, siehst du die Ziege dort?«

Der Junge hob überrascht eine Augenbraue und nickte.

»Was ist damit?«

Seine Aufmerksamkeit galt aber bereits wieder dem Telefon in seinen Händen, mit dem er die Ware fotografierte.

»Nichts«, murmelte Glenna, und schlussendlich drehte sich die Ziege weg.

Später, als Aidan für einen Moment auf einer der mobilen Toiletten war, stellte sich Glenna etwas abseits der Menschenmasse hin.

»Die Ziege«, sagte sie nachdenklich.

›Was ist damit?‹

»Sie war schwarz.«

Jamie schwieg.

Janet hastete auf einmal aus Richtung des Speisezeltes direkt an ihr vorbei, das Telefon am Ohr und wild gestikulierend. Sie sah Glenna nicht, und Glenna ließ sie sich um ihre Probleme kümmern.

»In all den Jahren, während ich hier bin, habe ich keinen Púca an Samhain getroffen.«

Jamie schwieg weiterhin.

»Warum denkst du, ist das so?«

Der warme Fleck bewegte sich über ihren Rücken.

›Eine schwarze Ziege macht noch keinen Púca, Bonnie.‹

»Ich weiß«, sagte sie. »Aber übermorgen ist der Tag der Púcas.«

Am Tag nach Samhain, so sagte man, erschienen die Púcas auf den Feldern und nahmen alles mit, was die Menschen zurückgelassen hatten.

Púcas waren die Unruhestifter des Feenvolks. Sie waren bekannt dafür, genau so viel Gutes zu tun wie auch Schlechtes. Sie waren nicht bösartig, machten sich aber einen Spaß daraus, naive Menschen hereinzulegen. Entweder indem sie sie zu vermeidlich harmlosen Aktionen überredeten oder indem sie sie dazu brachten, auf Händel einzugehen, die sich nicht immer als das entpuppten, was sie zu sein schienen.

Ich erfülle dir deinen Wunsch, erklang die Stimme des Púcas in Glennas Kopf. *Es wird dich nicht viel kosten. Du wirst deinen Preis sogar selbst festlegen können.*

Sie schüttelte den Kopf über ihre damalige Naivität.

Wesen wie die Púcas gab es auf der ganzen Welt, hatte sie auf ihren Reisen gelernt. Einen Hang zum Handeln hatten alle von ihnen, aber dieser war den Wesen der Anderswelt generell gegeben.

Normalerweise verlängerte Glenna den Samhain-Aufenthalt in ihren vier Wänden um diesen einen Tag, um ganz sicherzugehen, keinem von ihnen zu begegnen. Insbesondere einem ganz bestimmten.

›Würdest du dich freuen, ihn wiederzusehen?‹

Glenna runzelte die Stirn.

Zugegeben, Jamie kannte nicht alle Details über diese Nacht in London 1923, sonst würde er das vielleicht nicht fragen.

»Ich würde ihn fragen wollen, ob ich sterben kann«, sagte sie ehrlich.

›Das war nicht meine Frage.‹

»Hast du den Hund gesehen?«, sagte Aidan, der auf einmal neben ihr stand.

Glenna schreckte hoch und presste die Hand auf ihr Herz.

»Sorry«, sagte Aidan und verzog das Gesicht. »Ich wollte dich nicht erschrecken.«

Sie legte die Hand auf seine Schulter.

»Nicht schlimm. Welchen Hund meinst du?«

Sie hatte ja eigentlich genug von Hunden, egal welcher Art. Aber irgendwie erfreute sie sich daran, dass Aidan auf etwas hoffen konnte, das ihr verwehrt war.

»Ich glaub, ich hab ihn gestern schon gesehen. Jemand hat ihn grün angemalt.«

Glennas Herz machte einen erneuten Satz, und sie starrte Aidan mit großen Augen an.

»Wie?«

Er deutete in eine Richtung. »Der große da drüben.«

Glenna folgte dem Fingerzeig, und ihre Knie wurden weich, als sie das zottelige Fell des Cusiths entdeckte. Er saß dort, die lange graue Zunge hing ihm aus dem Schlund, und er blickte in eine andere Richtung, aber Glenna konnte den Schein seiner glühenden Augen trotzdem erkennen.

Sie streckte ihren zitternden Arm aus.

»Den da drüben meinst du? Der da sitzt?«

Aidan nickte. »Weißt du, was das für eine Rasse ist?«

Glenna starrte den Jungen an, und das Blut rauschte in ihren Ohren.

Fremde Hände

Glenna ließ Aidan nicht aus den Augen, als dieser beim Eisstand in der Schlange stand.

»Jamie, Aidan kann den Cusith sehen«, flüsterte sie, doch eigentlich war ihr gerade egal, ob jemand sie hören konnte.

Sie erhielt keine Antwort.

»Jamie!«

›Bist du sicher?‹, fragte er zaghaft.

»Er hat ihn mir gezeigt, Herrgott noch mal. Die Wilde Jagd war nicht hinter dem Mann von letzter Nacht her. Oder nicht nur. Der Cusith ist immer noch hier. Und zwar wegen Aidan. Die Wilde Jagd wird ihn holen, falls er noch heute vor Sonnenuntergang stirbt. Und der Cusith ...«

Glenna kriegte keine Luft. Sie presste die Hand an ihren Hals und keuchte.

›Bonnie, beruhige dich‹, sagte Jamie dicht an ihrem Ohr. ›Atme erst mal durch.‹

Sie hätte ihm gerne gesagt, was sie von seinem Tipp hielt, konnte aber nicht anders, als ihm Folge zu leisten.

›Lass uns das durchdenken. Aidan kann den Cusith sehen.‹

»Das heißt, er wird sterben«, sagte Glenna matt.

Jamie schwieg.

Es gab nicht viel mehr dazu zu sagen.

Es war wie den Schrei einer Banshee, einer Todesfee, zu hören. Die Menschen erkannten meist gar nicht erst, worum es sich handelte, wie auch Aidan, der den Hund zwar gesehen hatte, aber sich nicht bewusst war, dass es sich dabei um ein Wesen der Anderswelt handelte. Andere erkannten das Anzeichen sehr wohl, und häufiger als gedacht brachte sie der Schock darüber überhaupt erst in die tödliche Situation. Sie stürzten über Klippen oder rannten auf die Straße, ohne auf den Verkehr zu achten.

Es spielte keine Rolle. Der Tod würde kommen, egal, ob er erwartet wurde oder nicht. Und in den Dämmerstunden des ersten November, kurz vor Sonnenuntergang, drehte die Wilde Jagd ihre letzte Runde und sammelte ein, was es einzusammeln gab.

›Was wirst du jetzt tun?‹, fragte Jamie dann doch ähnlich zögerlich wie zuvor.

Glenna blinzelte, während sie Aidan anstarrte, ohne ihre Umgebung wirklich wahrzunehmen.

»Ich weiß es nicht.«

Sie atmete noch einmal tief durch und versuchte, ihre Gedanken zu sortieren.

Die Wilde Jagd war weitergezogen. Falls Aidan jedoch noch während Samhain starb, bestand die Wahrscheinlichkeit, dass sie seinetwegen zurückkommen würden. Insbesondere, da der Cusith noch hier war. Vielleicht wartete er. Lauerte, bis das Unvermeidbare geschah und er seinen Herren Bericht erstatten konnte.

Das Unvermeidbare.

Glenna schnürte es die Kehle zu.

Der Junge war zehn.

Aber es spielte keine Rolle, ob er zehn war, zwanzig oder neunundneunzig. Es gab nichts, was sie tun konnte.

Ein Cusith tötete seine Opfer zwar nicht direkt durch seine Zähne und Pranken. Er war aber sehr wohl für den Tod seiner Opfer verantwortlich, auf die eine oder andere Art. Er war nicht einfach nur der Überbringer der schlechten Nachricht. Er war der Todbringer selbst.

Glenna presste die Augen zusammen und massierte ihre Schläfen mit den Fingern.

Es war unerträglich.

Warum in aller Welt musste ein Zehnjähriger sterben, während eine über hundertjährige Frau immer weiterlebte? Unwillkürlich musste sie an Janet denken, wie sie an Aidans Grab stand und trauerte. Ihre eigenen Worte – vielmehr die Worte ihres Vaters – kamen ihr in den Sinn.

Es ist nicht richtig, dass eine Mutter ihr Kind beerdigen muss.

Eine Krähe zog so haarscharf an ihr vorbei, dass Glenna zusammenzuckte und die Arme über den Kopf hob. Als sie sie wieder senkte, lief ihr ein Schauer über den Rücken.

Die Krähen saßen auf allen erdenklichen erhöhten Stellen, auf den großen Zelten, den Marktständen, den Toilettenhäuschen. Sie alle saßen da, stumm und regungslos, aber die Hunderte von Knopfaugen durchbohrten sie wie eiskalte Nadeln.

Das altbekannte Mantra hallte in ihrem Kopf wider, und sie presste sich die Hände auf die Ohren, ohne dass es dadurch leiser wurde.

Alle sterben. Du lebst.

»Geht weg«, flüsterte sie. »Bitte lasst mich in Ruhe.«

›Bonnie‹, erklang Jamies Stimme nah an ihrem Ohr. ›Hör auf mich. Lass sie nicht gewinnen.‹

Glenna hörte ein Wimmern und bemerkte schockiert, dass das Geräusch aus ihrer eigenen Kehle stammte.

›Denk an das Gute. Denk an Dorothy, an eure Kartenspielabende. Weißt du noch, als du sie mal beim Betrügen erwischt hast und du Angst hattest, dass sie nie mehr mit dir redet?‹

Glenna konzentrierte sich auf Jamies Stimme und versuchte, das Echo in ihrem Kopf zurückzudrängen. Sie dachte an den Vorfall zurück, von dem Jamie sprach, presste die Augen zusammen und kramte nach dazu passenden Bildern in ihrem Verstand.

›Einen ganzen Tag lang hat sie dich angeschwiegen. Am nächsten Tag, erinnerst du dich ...?‹

~~~

»Ich glaube, sie ist wirklich, wirklich wütend auf mich.«

›Ich wusste nicht, dass Dorothy so nachtragend sein kann. Die anderen Damen haben es ihr ja nicht einmal vorgeworfen.‹

Seufzend schloss Glenna die Wohnungstür hinter sich und ging die Treppe hinab.

»Ich glaube, die wussten längst, dass Dorothy nicht immer fair spielt. Ich glaube, es ist ihnen einfach egal.«

Aber sie hatte natürlich den Spielverderber spielen und Dorothy vor allen bloßstellen müssen. Kein Wunder, dass Dorothy sie bestrafte. Glenna hoffte einfach, dass sich das legen würde, ansonsten würde die Zusammenarbeit im B&B schwierig werden.

Was hatte Priscilla gemeint, als sie sich verabschiedeten?

»Ich wäre die nächsten Tage vorsichtig, wenn ich du wäre«, hatte sie gesagt und Glenna ernst in die Augen geblickt. *»Ich kenne das alte Weib länger als du.«*

Als Glenna unten angekommen war, sah sie, dass die Tür zu Dorothys Zimmer geschlossen war und das dicke Buch von der Rezeption fehlte. Ein Blick in den Essraum
~~~

bestätigte, dass Dorothy auch dort nicht anzutreffen war. Sie hatte sich eingeschlossen, um die Gästeliste zu studieren.

Mit einem erneuten schweren Seufzer durchquerte Glenna den Raum in Richtung Küche.

»Vielleicht wenn ich ihre Lieblingskekse ...?«

Sie konnte den Satz nicht beenden, denn kaum war sie durch die Tür in die Küche getreten, landete etwas Weiches auf ihrem Kopf, und im nächsten Moment wurde sie in einen weißen Nebel gehüllt.

Sie hob die Hände vor Mund und Nase, konnte aber nicht verhindern, dass sie den trockenen Staub einatmete.

Über ihr eigenes Husten hinweg hörte sie schallendes Gelächter hinter sich.

Sie brauchte einen weiteren Moment, um sich vom Hustenanfall zu beruhigen, dann nahm sie den aufgeplatzten Mehlbeutel von ihrem Kopf und drehte sich um.

Im Essraum stand Dorothy, die eine Hand auf dem Bauch, die andere mit ausgestrecktem Zeigefinger auf Glenna gerichtet. Und sie war mindestens genauso außer Atem vor Lachen wie Glenna nach ihrem Gehuste.

»Geschieht dir ganz recht«, sagte Dorothy schwer atmend und strich sich eine Träne aus dem Augenwinkel. »Jetzt sind wir quitt.«

~~~

»Ist alles in Ordnung?«

Glenna spürte einen leichten Druck an ihrer Schulter und hob den Kopf. Eine junge Frau blickte sie mit zusammengezogenen Augenbrauen an, und Glenna stieß den angehaltenen Atem aus, bevor sie ein Lächeln aufsetzte.
~~~

»Aber ja, mein Liebes«, sagte sie. »Ich habe mich nur erschrocken.«

Sie streckte den Rücken durch und tastete nach ihrem Haar. Das schien die Frau zu beruhigen, und sie ging mit einem verständnisvollen Nicken weiter.

Glenna räusperte sich kurz und erkannte erleichtert die Stille in ihrem eigenen Kopf.

»Danke, Jamie«, sagte sie leise, und der warme Fleck fuhr wieder hinunter zu ihrer Brust. »Die verdammten Krähen«, knurrte sie dann. »Die treiben mich in den Wahnsinn.«

Sie drehte den Kopf und blickte zum Eisstand, um zu sehen, wie lange Aidan noch brauchte.

Doch er war nicht mehr dort.

Ihr Herz sank ihr in den Magen. Sie trat auf die Schlange zu und blickte sich um.

»Aidan?«, fragte sie in die Menge hinein, aber erhielt keine Antwort.

»Aidan!«, rief sie lauter und machte etwas ungeplante Ausfallschritte in der Hoffnung, dass sich der Racker einfach nur zwischen zwei größeren Menschen versteckt hielt.

Aber auch als die Leute erkannten, dass sie nach jemandem suchte, und sich selber umschauten, kam der Junge nicht zum Vorschein.

»O Gott, bitte nicht«, flehte Glenna atemlos und legte die Hand über den Mund, während sie sich um sich selbst drehte.

Wie lange war sie von den Krähen abgelenkt gewesen?

Was konnte in der Zeit alles geschehen sein? Es waren so viele Leute hier, da wäre doch sicherlich jemandem aufgefallen, wenn ihm etwas passiert wäre. Hatte jemand ihn mitgenommen?

»Jamie, er ist fort«, keuchte sie.

Der Fleck auf ihrer Brust verschob sich höher und höher, bis es unmöglich war, dass er noch unter ihrem Kragen und Halstuch verborgen blieb.

Aber das war jetzt egal.

»Kannst du ihn sehen?«, fragte sie bang.

Der Fleck verschob sich weiter um ihren Hals und Nacken, bis er einmal herum war.

Als keine Antwort kam, hastete Glenna auf die andere Seite des Pfades, hob ihren Rock an und stieg etwas schwerfällig auf einen der Strohballen, der dort lag.

›Da!‹, rief Jamie. ›Drüben bei der Schlange zu den Herrentoiletten.‹

Glenna wandte sich in die Richtung, und tatsächlich, Aidan stand dort mit dem Rücken zu ihr und unterhielt sich mit jemandem, der sich auf seine Höhe hinuntergekauert hatte.

Der Mann trug einen Hut mit einer breiten Krempe, aber auch so war sich Glenna sicher, dass es sich um niemanden aus dem Dorf handelte. Als der Fremde seine Hand auf die Schulter des Jungen legte, machte Glenna einen kleinen Satz und landete glücklicherweise mit beiden Füßen wieder auf dem Pfad. Sie biss die Zähne zusammen ob ihrer brennenden Fußsohlen und eilte sofort zu den beiden hinüber.

Dem Kerl würde sie die Meinung geigen.

Als sie auf die beiden zustapfte und nur noch wenige Meter entfernt war, stach ihr auf einmal etwas im Hintergrund ins Auge.

Zwei leuchtend grüne Punkte starrten in ihre Richtung.

Der Cusith lauerte im Schatten einiger aufeinandergestapelter Kisten, das Maul halb geöffnet, sodass er die

Reißzähne entblößte. Den Kopf hielt er zwischen den Schultern gesenkt.

Glenna riss sich von dem Anblick des angriffslustigen Tieres los und legte einen Zahn zu. Sie streckte die Hand nach Aidan aus, als er sich gerade zu ihr umdrehte.

»Ist alles okay?«, fragte er mit einem verwirrten Ausdruck auf dem Gesicht.

Glenna legte die Hand auf seine Schulter und zog ihn leicht an sich heran, dann blickte sie sich um.

»Wo ist der Mann, der gerade noch hier war?«, fragte sie gehetzt.

Aidans Augen wurden für einen Moment groß, dann senkte er den Blick.

»Welcher Mann?«

»Der, mit dem du geredet hast«, sagte Glenna eindringlich. »Lüg mich nicht an, junger Mann.«

»Hallo, ihr beiden!«, erklang eine bekannte Stimme.

Janet sah noch übernächtigter aus als sonst, aber sie lächelte und schien für einen Moment gar nicht so gestresst.

Als sie Glennas Gesicht und ihre Hand auf Aidans Schulter sah, zog sie besorgt die Augenbrauen zusammen.

»Ich alles in Ordnung bei euch?«

Für einen Moment war Glenna unsicher, was sie antworten sollte. Sollte sie ihr von dem Mann erzählen, den Aidan leugnete?

Glenna lehnte sich etwas zur Seite, um einen Blick auf den Cusith zu werfen, doch auch dieser war mit einem Mal verschwunden.

»Alles gut, Mum«, sagte Aidan an ihrer Stelle mit einem breiten Grinsen.

Es wirkte nicht aufgesetzt, soweit Glenna das beurteilen konnte. Trotzdem traute sie der Sache nicht gänzlich.

»Gut«, sagte Janet erleichtert. »Weißt du, was, Aidan? Ich glaube, ich habe mir gerade ein paar Stunden freischaufeln können. Hast du Lust, mir deine Lieblingsstände auf dem Markt zu zeigen?«

Das Grinsen auf Aidans Gesicht wurde breiter, und Glenna brachte den Mund nicht auseinander. Sie wüsste auch gar nicht, wie sie der allzeit besorgten Mutter erklären sollte, dass sie Aidan aus Versehen mit einem fremden Mann alleine gelassen hatte. Geschweige denn, dass er bald sterben würde.

Janet streckte ihrem Sohn die Hand hin, und er ergriff sie zwar etwas widerwillig, aber das Grinsen blieb.

Janet wandte sich an Glenna.

»Ich weiß gar nicht, wie ich dir danken soll. Du hast mir so viel geholfen diese Tage. Du kriegst es irgendwann zurück, versprochen.«

Glenna brachte nach wie vor keinen Ton heraus.

In ihrer Magengegend begann es zu brodeln, als die beiden Hand in Hand in der Menge verschwanden.

Nein.

Es war nicht richtig, dass eine Mutter ihr Kind zu Grabe trug.

Dummme Ideen

›Du lässt ihn zurück?‹, fragte Jamie, als Glenna über den Trampelpfad in Richtung Dorf stapfte.

»Ich muss etwas unternehmen«, sagte sie fest.

›Das ist mir klar‹, sagte er trocken. ›Hast du auch eine Idee, *was* genau?‹

Sie presste ihre Lippen zusammen und sortierte ihre Gedanken ein weiteres Mal, in der Hoffnung, auf irgendeine neue Lösung zu kommen.

»Der Cusith wartet auf den richtigen Moment, in dem er Aidan in den Tod stürzen kann. Noch bis zur Dämmerung hat er Zeit, dann muss die Wilde Jagd in ihre Höhlen zurückkehren.«

Allein der Gedanke daran ließ sie schwindeln.

»Gibt es noch etwas, was du über die Wilde Jagd weißt? Haben sie einen Anführer?«

Der warme Fleck verschob sich, aber nicht an eine bestimmte Stelle. Vielmehr bewegte er sich quer über ihren Rücken und zurück, als würde der Drachen auf ihrer Haut hin und her wandern.

›Ich habe dir bereits gesagt, was ich weiß. Falls jemand die Jagd anführt, ist nicht viel über sie oder ihn bekannt.‹

Glenna rümpfte die Nase.

Es spielte keine Rolle. Sie hatte so oder so keine Zeit für eine Recherche.

»Aber sie hören auf das Horn, oder? Werden sie dadurch geweckt oder befehligt? Angelockt? Was für ein Horn ist das genau?«

›Was spielt das für eine Rolle?‹

»Weiß man etwas darüber, Jamie?«, fragte Glenna ungeduldig.

Das Tattoo schwieg, und erneut war es diese schwere Stille, von der Glenna wusste, dass etwas darunter brodelte.

›Oh‹, hauchte er schließlich. ›Nein. Nein, nein, nein, nein. Bonnie!‹

Sie straffte die Schultern und verlangsamte ihren Schritt etwas, als sie einigen Leuten begegnete, die sie kannte.

Sie setzte ein freundliches Lächeln auf und nickte ihnen beim Vorbeigehen zu. Dann beschleunigte sie wieder, bis sie beim Stewart-Haus angekommen war.

›Bonnie, du denkst nicht wirklich an das, was ich glaube?‹

Sie schloss die Haustür hinter sich und horchte, ob sie einen ihrer Gäste im oberen Stock hörte. Alles war still.

›Bonnie, sprich mit mir!‹, forderte Jamie.

»Ich weiß nicht, was du glaubst«, wich sie aus.

›Du willst die Wilde Jagd rufen. Du willst sie absichtlich hierherbringen. Du willst mit ihnen verhandeln.‹

Nun war es Glenna, die schwieg.

›Das ist nicht dein Ernst! Das ist das Dümmste, was du dir je vorgenommen hast, und ich hab dich während Woodstock erlebt.‹

»Schwachkopf«, sagte Glenna. »Sag mir besser, ob du weißt, wie ich die Wilde Jagd rufen kann, oder nicht.«

›Ich weiß gar nichts‹, sagte Jamie trotzig, und zur Abwechslung fiel es Glenna gar nicht mal so leicht einzuschätzen, ob er die Wahrheit sagte oder es ihr nicht sagen wollte.

»Jamie«, sagte Glenna tadelnd, aber die Tätowierung schwieg.

Sie stieg die Treppe hinauf in ihre Wohnung, öffnete die Tür zur Bibliothek und trat ans Bücherregal. Sie stützte eine Hand in die Hüfte, während sie mit der anderen über die Bücherrücken fuhr und angestrengt nachdachte.

Wann hatte sie zum ersten Mal von der Wilden Jagd gehört? Zum ersten Mal, seit sie die Tagebücher schrieb zumindest. Mit wem hatte sie darüber gesprochen und wann war das gewesen?

Mit den Lippen formte sie stumm die Jahreszahlen nach, aber nirgendwo klingelte etwas. War es möglich, dass sie die Erinnerung daran bereits destilliert hatte? Stammten all ihre Informationen etwa nur aus den Geschichten ihrer Mutter?

»Jamie, ich brauch deine Hilfe.«

Er schwieg weiterhin.

»Jamie, ich werde es herausfinden, ob du mir hilfst oder nicht.«

›Nein‹, sagte er bestimmt. ›Weil nichts, was in deinen Tagebüchern steht, dir dabei helfen wird.‹

»Aha«, sagte Glenna, als hätte sie ihn ertappt. »Das heißt, du weißt mehr darüber.«

›Ich werde dir nicht dabei helfen, die Wilde Jagd herbeizurufen. Du weißt nicht, was du damit anrichten kannst. Die Sluagh sind unberechenbar. Leute könnten sterben, ganz einfach, weil du die Reiter provoziert hast.‹

»Aidan wird sterben, wenn ich nichts unternehme.«

›Wenn der Cusith Aidan ausgesucht hat, wird er das so oder so. Und die Reiter werden kommen, um seine Seele einzufangen.‹

Glenna ließ den Arm sinken und seufzte. Sie rieb sich den Nasenrücken, während sie angestrengt nachdachte.

»Es muss eine Möglichkeit geben, mit ihnen zu reden. Wenn ich sie überreden kann, auf seine Seele zu verzichten ... den Cusith zurückzupfeifen ... Vielleicht darf er dann leben.«

Sie drehte sich ab und marschierte in ihre kleine Küche.

»Ach du meine Güte«, hauchte sie und hob die Hand vor den Mund, als sie das Chaos erblickte.

Der Kühlschrank war halb geöffnet, und der Geruch von schlecht gewordenem Essen hing in der Luft. Er wurde aber beinahe überdeckt von dem Gestank abgestandenen Biers, das von all den leer getrunkenen Dosen herstammte, die kreuz und quer in der Küche verteilt lagen.

»Diese Elenden«, knurrte Glenna und schob die Dosen mit dem Fuß in einer Ecke zusammen. »Absolute Nichtsnu... Hm.«

›Hm, was?‹

Glenna betrachtete die Sauerei, nahm sie aber nicht wirklich wahr, denn hinter ihrer Stirn arbeitete es.

»Es bleibt dabei, dass du mir nicht helfen willst?«, fragte sie langsam.

›Bonnie ...‹

»Schon gut«, unterbrach sie ihn forsch. »Gar kein Problem.«

Sie schloss die Tür des Kühlschranks, ließ das restliche Chaos aber, wie es war, und stieg wieder die Treppe hinab ins Erdgeschoss. In der Küche des B&Bs zückte sie den Schlüssel um ihren Hals und öffnete das Vorhängeschloss am Whiskyschrank. Sie holte eine beliebige Flasche heraus und verriegelte den Schrank wieder.

›Bonnie, was hast du vor?‹

Sie ignorierte ihn, stattdessen durchquerte sie den Speisesaal bis zur Haustür und öffnete sie weit. Sie ließ den Blick einmal die Straße auf und ab gleiten, dann hielt sie die Whiskyflasche vor sich und entkorkte sie mit einem lauten Plopp.

›Wirklich, Bonnie? Das ist dein Plan?‹

Sie wartete einen Moment, dann ließ sie die Tür weiter geöffnet, ging aber zurück in die Küche, wo sie zwei Whiskygläser aus dem Schrank nahm und sich mit ihnen an den kleinen Tisch in der Ecke setzte. Langsam schenkte sie in beide zwei Fingerbreit ein.

Dann lehnte sie sich zurück, nahm einen Schluck aus ihrem Glas und wartete.

Harte Verhandlungen

›Du redest also nicht mit mir, was? Schön. Wir werden sehen, wie weit dich das bringt.‹

Glenna ging nicht auf die Stichelei ein.

Sie saß an dem kleinen Tisch in der Küche ihres B&Bs und wippte unruhig mit dem Fuß.

›Es ist eine bescheuerte Idee.‹

Glenna verdrehte die Augen, knetete aber ihre Hände in Ungeduld. Es vergingen vielleicht zehn Minuten, da glaubte Glenna, feine tapsende Schritte zu vernehmen.

»Das ist eine Falle, oder?«, erklang eine skeptische, leicht lallende Stimme.

»Keine Falle. Ein Angebot«, sagte Glenna.

Mit zwei Sätzen war der Kobold vom Boden auf den Stuhl und von dort auf den Tisch gesprungen, wo er das Whiskyglas misstrauisch beäugte.

Glenna beugte sich vor, umfasste das Glas mit zwei Fingern und zog es zu sich heran.

Sofort veränderte sich der Gesichtsausdruck des Cluricauns von Misstrauen zu Enttäuschung, und er streckte seine kleinen Hände nach dem Glas aus. Als Glenna es nicht hergeben wollte, funkelte er sie böse an.

»Du willst uns nicht erzürnen, oder?«, fragte er mit einer trotzigen Stimme.

Nein, das wollte sie tatsächlich nicht. Aber sie wusste, dass es etwas mehr brauchte, bis sie es sich wirklich mit ihm verscherzte. Dafür hatten sie zu viel Spaß mit ihr.

»Ich mache dir ein Angebot«, wiederholte sie und ließ die manikürten Fingernägel ihrer freien Hand gegen den Flaschenhals des Whiskys klackern. »Wenn du mir eine Frage beantwortest, kriegst du die ganze Flasche.«

Der Kobold legte den Kopf schräg, und Glenna fragte sich, ob es sich bei ihm um denselben Kerl handelte, der sie damals auf der Treppe überrascht hatte.

»Die Haustür ist immer noch offen«, sagte der Kobold, und seine Augen blitzten schelmisch. »Wenn ich meine Brüder rufe, wären sie mir nichts, dir nichts hier.«

»Ich weiß«, sagte Glenna und schob ihm das Glas vor die Nase. »Aber dann müsstest du das alles teilen, nicht wahr?«

Die Trunkenbolde waren vielleicht nicht ganz so dumm, wie man sie einschätzen mochte, aber sie waren auch nicht sonderlich unberechenbar.

Mit einem Glucksen ließ sich der Kobold auf den Hintern plumpsen und stützte das Glas an.

»Was willst du wissen, Schönarsch?«, fragte er und kicherte dümmlich.

Glenna seufzte. Es war wohl derselbe.

Sie wartete, bis der Cluricaun das Glas geleert hatte, dann schenkte sie ihm nach, dieses Mal etwas mehr als vorher.

»Die Wilde Jagd war gestern hier, hast du das bemerkt?«

Der Kobold hielt mitten in der Bewegung inne und drehte ihr den Kopf zu.

»So betrunken kann man gar nicht sein, dass man so etwas nicht mitkriegt.«

Glenna nickte und beugte sich verschwörerisch zu ihm vor.

»Du gehörst zum Feenvolk genauso wie die Sluagh.«

Bei dem Namen zuckte der Kobold zusammen, nur um danach einen umso größeren Schluck Whisky zu nehmen.

»Sie sind nicht so wie wir«, sagte er ernst und strich sich den feuchten Mund am Ärmel ab.

»Sind sie nicht«, stimmte Glenna zu. »Aber sie waren einst wie du. Oder wie andere Vertreter des Feenvolks.« Sie blickte ihn vielsagend an, und er kniff die Augen zusammen.

»Was willst du damit sagen?«

Sie schenkte ihm noch einmal nach, dieses Mal, ohne zu warten, bis er ausgetrunken hatte.

»Du weißt, wie man die Wilde Jagd rufen kann, oder?«

Der Cluricaun prustete in das Glas, sodass der Whisky an den Wänden entlangschwappte und sich ihm in einer braungoldenen Welle direkt ins Gesicht ergoss.

Er holte tief Luft und starrte Glenna entgeistert an.

»Warum in aller Welten sollte das jemand tun wollen?«

»Das ist meine Sache.« Sie tätschelte wieder die Flasche Whisky. »Nun?«

Er musterte sie skeptisch, konnte aber nicht unterdrücken, dass seine graue Zunge die Whiskyperlen auffing, die von seiner Nase tropften.

»Ich bin doch nicht verrückt«, sagte er schließlich und verschränkte die Arme vor der Brust.

»Verrückt wäre es, mein Angebot abzulehnen«, meinte Glenna.

»Für eine Flasche Whisky riskiere ich nicht Kopf und Kragen.«

Sie seufzte. »Was hast du zu verlieren? Die Sluagh jagen kein Feenvolk, oder?«

Er zuckte wieder zusammen.

»Sag nicht dieses Wort«, zischte er und fuchtelte mit den Händen.

»Hm«, meinte Glenna und lehnte sich zurück im Stuhl. »Ihr Name macht dir Angst. Warum?«

Er rümpfte die Nase und zog das Glas wieder an sich heran.

»Warum sollte ich dir das sagen, Bonnie Bahookie? Mit der Wilden Jagd ist nicht zu spaßen. Du solltest nicht nach solchen Dingen fragen.«

Der warme Fleck auf ihrem Rücken kroch zu ihrer Schulter.

»Sag mir, wie ich sie rufen kann, und du brauchst dich nicht zu sorgen.«

»Pah«, schnaubte er.

»Also gut«, sagte Glenna mit einem Seufzer. »Ich habe deinesgleichen letzte Nacht Unterschlupf gewährt hier drin. Ich bin mir sicher, dass sich das herumgesprochen hat.«

Er zuckte mit der Nase, sagte aber nichts, was Glenna als Antwort genügte.

»Wann immer die Wilde Jagd nach Southbridge kommen sollte, findet du und deine Brüder und Schwestern hier drin Zuflucht. Dieses Jahr und jedes Jahr, das folgen wird.«

Er linste sie von schräg unten an.

»Sie werden euch hier drin nichts anhaben«, fügte sie hinzu.

Er trank einen großen Schluck und schielte dann auf die beinahe zur Neige gegangene Whiskyflasche.

Mit einer großen Geste schenkte sie ihm den Rest des Whiskys ein, und er leerte das Glas mit einem Zug.

Wenn sie nicht bereits gewusst hätte, dass er ein Wesen der Anderswelt war, hätte sie spätestens jetzt gewusst, dass etwas mit ihm nicht stimmen konnte. Er hatte mindestens das Doppelte seines eigenen Volumens in Whisky getrunken, seit er hier war.

»Jetzt ist die Flasche leer«, sagte er, und Glenna fragte sich, ob sie sich das stärkere Lallen nur einbildete.

Sie schürzte die Lippen, dann seufzte sie.

»Na schön, alles oder nichts, kleiner Freund«, sagte sie verschwörerisch. »Du sagst mir, wie man die Wilde Jagd ruft, und ich lasse dich hinter den Whiskyschrank. Du kannst behaupten, du allein hättest Bonnie Bahookie ausgetrickst, um an ihren Vorrat zu kommen. Wie klingt das?«

Die Augen des Kobolds leuchteten wie Sterne.

Wertlose Seelen

›Bonnie, zum letzten Mal. Das ist eine bescheuerte Idee!‹

»Zum letzten Mal. Es ist die einzige, die ich habe!«

Sie tigerte in ihrer kleinen Bibliothek auf und ab und rang die Hände.

›Du willst es selbst doch gar nicht tun.‹

»Natürlich will ich es nicht tun«, sagte Glenna entnervt. »Aber das spielt keine Rolle. Ich rufe jetzt die Wilde Jagd und werde …«

›Wirst parallel dafür sorgen, dass sie nicht das ganze Dorf niedermacht?‹, warf Jamie hilfreich ein.

Glenna atmete tief durch.

»Ich habe nicht vor, sie zu provozieren, Jamie. Ich will nur mit ihnen reden.«

Jamie schnarrte. ›Klar. Weil die Wilde Jagd dafür bekannt ist, sich gerne herumkommandieren zu lassen, und sicher ganz gelassen herkommen wird.‹

»Du bist keine große Hilfe«, sagte sie matt und faltete die Hände vor ihrer Stirn, während sie fieberhaft nachdachte, ob ihr nicht doch noch eine andere Idee kam. Aber ihr lief die Zeit davon.

»Ich habe keine Wahl. Ich werde nicht zusehen, wie Aidan stirbt.«

Sie hatte vorher eine SMS an Aidan geschrieben mit einer belanglosen Frage zu Twitter, und er hatte prompt geantwortet. Das hieß aber nicht, dass es nicht in jedem Moment zu spät sein konnte.

»Ich werde es jetzt tun«, sagte sie fest und kniff die Augen zusammen.

Jamie schwieg mit stummer Missgunst.

Noch einmal sog sie tief Luft ein, dann begann sie laut und deutlich: »Sluagh.«

Gerade vorhin noch hatte ihr der Name nichts ausgemacht, jetzt versagte ihr beinahe die Stimme bei der letzten Silbe. Sie konnte nicht abstreiten, dass der Respekt des Kobolds sie verunsicherte.

»Sluagh«, wiederholte sie.

Neunmal hatte er gesagt.

»Sluagh. Sluagh. Sluagh.«

›Bonnie‹, flüsterte Jamie.

»Sluagh.«

›Bonnie, bitte hör auf.‹

»Sluagh«, sagte sie lauter, um die nervende Stimme an ihrem Ohr zu übertönen.

»Sluagh.«

BIST DU DIR SICHER, DASS DU DAS TUN WILLST?

Ein eisiger Hauch umwehte Glenna auf einmal, und ihr Herz drohte stehen zu bleiben wie in der Nacht zuvor, als ihr der Jäger begegnet war.

Sie brachte es beinahe nicht über sich, die Augen zu öffnen, aber sie ließ die Hände bis vor ihre Brust sinken und zwang die Lider auseinander.

›Auf mich willst du nicht hören‹, hisste Jamie in ihr Ohr. ›Auf ihn aber schon, was?‹

Der Cusith füllte die Tür zu ihrer Bibliothek nahezu komplett aus.

ICH RATE DIR AN, ES BEI DEN ACHTMAL ZU BELASSEN.

Die faulige Zunge hing aus dem giftgrün leuchtenden Rachen, und die Lefzen entblößten seine Reißzähne, aber das Maul bewegte sich nicht. Die Stimme erschallte in Glennas Kopf.

Der Feenhund stand breitbeinig, die Ohren in ihre Richtung gedreht und die Augen gleichmäßig flackernd.

DU RUFST NACH DER WILDEN JAGD, MENSCH. DU WAGST ES?

Glennas Eingeweide verkrampften sich bei dem Anblick des Feenhundes, und sie spürte, wie sich ihre Kiefer bereits wieder gegen ihren Willen sperrten.

Aber sie konnte es sich nicht leisten zu versagen.

Nicht schon wieder.

Bilder ihres Traums blitzten vor ihrem inneren Auge auf. Das Mädchen, lachend und winkend, und Aidans fröhlich glänzende Augen, die zu ihr hochschauten.

Sie hatte Dorothy verraten in der Nacht, als sie den Reiter getroffen hatte. Sie würde Aidan nicht dasselbe antun.

»Ich will einen Tausch anbieten.«

Ihre Stimme war fester, als sie erwartet hatte.

SO?

Er setzte seine Tatze, die so groß war, wie die Hand eines ausgewachsenen Mannes, einen Schritt nach vorn und schob den massigen Körper hinterdrein. Noch immer stand er nicht ganz in der Bibliothek, sondern blockierte den Durchgang. Trotzdem konnte Glenna seinen heißen Atem durch ihre Kleider spüren.

WAS KANN JEMAND WIE DU MIR ZUM TAUSCH ANBIETEN?

»Beantworte mir zuerst eine Frage. Du hast den Jungen ausgewählt. Warum?«

Der Flecken auf ihrem Rücken brannte heiß, als wolle er sie warnen.

Die Lefzen des Cusiths zogen sich nach hinten, und es wirkte beinahe, als würde er lachen.

WARUM GLAUBST DU, EINFACHER MENSCH, DASS ICH DIR IRGENDWELCHE FRAGEN BEANTWORTE?

Er senkte den Kopf und ließ ein bedrohliches Knurren erklingen.

Glenna hob beschwichtigend die Hände.

»Du kannst seinen Tod verhindern, oder?«, fragte sie. »Er muss nicht sterben, wenn du ihn leben lässt.«

Das Knurren schwoll an, und die spitzen Ohren, aus denen dichte grüne Wolle quoll, legten sich flach an den Kopf des Hundes.

Glenna machte automatisch einen Schritt zurück und ertappte sich dabei, wie sie mit den Händen eine Geste machte, die für unartige Hunde reserviert war. Sofort ließ sie die Arme sinken.

»Keine Fragen. Verstanden«, sagte sie schnell. »Ich biete dir meine Seele für das Leben des Jungen.«

Der Hund lockerte seine angriffslustige Haltung und trat endgültig in das Zimmer. Er machte ein paar Schritte um Glenna herum, sodass er neben dem Bücherregal zu stehen kam.

Er leckte sich über die Schnauze und ließ den Blick über die Bücher schweifen.

DU GLAUBST, DEINE SEELE IST MEHR WERT, ALS DER PREIS, DEN ICH MIR HOLEN WILL?

»Sag du es mir«, sagte Glenna fest. »Ziehst du das Leben eines sterblichen Menschenkindes der Seele einer unsterblichen Mischkreatur vor?«

Die glühenden Augen des Cusiths richteten sich abrupt wieder auf Glenna.

AH. DAS IST ALSO DER GRUND, WARUM DU UM UNS WEISST. WARUM DU GLAUBST, MIR EINEN KUHHANDEL VORSCHLAGEN ZU KÖNNEN.

Glenna runzelte die Stirn.

»Das ist kein Kuhhandel. Ich meine es ernst. Ist der Wilden Jagd eine Seele wie meine nicht mehr wert als die eines unschuldigen Jungen?«

WIE KOMMST DU DARAUF?

Die Antwort traf Glenna unerwartet. Irgendwie war sie stets der Meinung gewesen, dass die Seele eines unsterblichen Wesens – ob sie nun selbst eines war oder nicht – mehr Wert für das Feenvolk hatte als die eines Sterblichen.

Der Cusith lachte leise und begann, sie zu umkreisen, wobei das Zimmerchen dafür schon fast zu klein war. Er ließ sie nicht aus den grün leuchtenden Augen und leckte sich erneut übers Maul.

DU WEISST NICHT, WAS DIE WILDE JAGD MIT WESEN DES FEENREICHS ANSTELLT, ODER?

Glenna schluckte einmal schwer und schüttelte den Kopf.

›Ich habe dich gewarnt, Bonnie‹, raunte es gepresst an ihr Ohr.

DIE SLUAGH VERSCHLEPPEN SIE ZURÜCK IN IHRE HÖHLE UND LASSEN DIE MEUTE IHREN SPASS MIT IHNEN HABEN. EIN BLUTIGER ZEITVERTREIB BIS ZUM NÄCHSTEN JAHR, MEHR NICHT.

Bevor sie realisierte, was geschah, hatte sich der Cusith vom Boden abgestoßen. Es gelang ihr noch, den Kopf einzuziehen, damit der Feenhund über sie hinwegsegelte und in der Tür der Bibliothek landete. Der Boden bebte unter dem massigen Körper.

Er warf einen verächtlichen Blick über seine Schulter.

DEINE SEELE IST WERTLOS, HALBBLUT.

Mit langsamen Schritten verließ er die Bibliothek, und als er um die Ecke bog, verhallte auch das Kratzen seiner Krallen auf dem Boden.

»Warte!«, rief ihm Glenna hinterher. »Sag mir, wie er sterben wird.«

Mit einigen Schritten stand sie im Gang, aber vom Cusith war nichts mehr zu sehen.

Dünnes Eis

›Das ging verdammt knapp an einer Katastrophe vorbei.‹

»Papperlapapp«, murmelte Glenna, konnte aber nicht abstreiten, dass ihr Herz nach wie vor raste, und das, obschon der Cusith vor einer guten halben Stunde ihr Haus verlassen hatte.

›Kannst du mir ausnahmsweise für fünf Minuten zuhören, Bonnie‹, sagte Jamie eindringlich, und Glenna unterbrach ihr Auf- und Abgehen.

»Ich hör dir immer zu«, sagte sie und ließ sich in den Ohrensessel fallen. »Ich ignoriere es einfach häufig. Genauso wie du mich übrigens.«

›Meinetwegen, aber ich habe das Gefühl, dass wir uns gerade auf sehr dünnem Eis bewegen und es nichts bringt, jetzt auch noch den Vorschlaghammer hervorzuholen, verstehst du?‹

Glenna rümpfte die Nase, nickte dann aber.

Jamie seufzte. ›Anstatt kopflos in die nächste Idee zu rennen, sollten wir uns vielleicht mal überlegen, was wir haben.‹

»Wir haben ein Kind, das sterben wird, wenn wir nichts tun«, sagte Glenna matt und schielte auf das Mobiltelefon auf dem Beistelltischchen.

Sie rechnete jeden Moment mit dem Tragik überbringenden Anruf. Dann rieb sie sich mit der Hand über die Augen.

»Der Cusith hat nicht abgestritten, dass er Aidan am Leben lassen könnte.«

›Er hat es auch nicht bejaht. Er hat nur gesagt, dass die Wilde Jagd sich nicht für die Seelen von Mischkreaturen interessiert. Sei froh, dass er dich nicht einfach gleich zerfleischt.‹

»Du hast recht«, sagte Glenna überrascht und stemmte sich aus dem Sessel.

›Natürlich habe ich recht.‹

»Nicht das Zerfleischen. Sie sind nicht an meiner Seele interessiert, weil ich ein Mischwesen bin. Aber vielleicht sähe es anders aus, wenn ich sterblich wäre, verstehst du?«

›Das schon wieder?‹, rief Jamie aus. Glenna verließ Bibliothek und Wohnung und schloss beides hinter sich ab.

»Ich meine es ernst«, sagte sie leicht genervt. »Meine Seele hat viel mehr erlebt als die einer Normalsterblichen. Diese hundertsiebzehn Jahre müssen ins Gewicht fallen.«

Der warme Fleck wanderte rasant über ihren Körper, aber Glenna versuchte, sich nicht zu sehr darauf zu konzentrieren.

›Ich glaube, die Krähen sind schuld. Ich glaube, die Krähen machen dir sogar mehr Angst als die Wilde Jagd. Du hast das Gefühl, dass du den Krähen nur entkommen kannst, wenn du selbst stirbst. Das ist völlig absurd!‹

Glenna japste empört auf, aber die Hitze, die ihr sofort ins Gesicht schoss, verriet, dass er der Wahrheit näher war, als sie sich eingestehen wollte.

»Warum kannst du nicht verstehen, dass irgendwann die Zeit gekommen ist?«, sagte sie verbissen und nahm zwei Stufen auf einmal. »Du benimmst dich wie das Fenvolk, das das ganze Konzept von Sterblichkeit nicht verstehen will. Dabei solltest du es gerade wissen. Du hast lange genug in der Zwischendämmerung festgesessen. Hättest du dir da nicht gewünscht, endlich richtig sterben zu können?«

Als sie den ersten Stock mit den Gästezimmern passierte, erkannte sie aus den Augenwinkeln, wie sich zwei Gäste im Gang unterhielten, aber sie hielt sich nicht damit auf, mit ihnen zu reden. Ihr Kopf war bis zum Rand gefüllt mit anderen Problemen. Das schlechte Gewissen, dass sie absolut keinen Überblick darüber hatte, wer momentan überhaupt bei ihr residierte, bräuchte sie dazu nicht auch noch.

»Frau Alexander!«

Mist.

Sie blieb auf der Treppe stehen und wandte sich um.

»Ah, James. Lucas«, sagte sie und setzte ein Lächeln auf, das hoffentlich nicht allzu künstlich aussah.

»Die Tür unten stand sperrangelweit offen«, erklärte einer von ihnen besorgt. »Geht es Ihnen gut? Sollten Sie sich nicht ausruhen?«

Glenna winkte ab. »Macht euch keine Sorgen. Das ist ein friedliches kleines Dörfchen. Eine geöffnete Tür ist da noch kein Weltuntergang.«

Die zwei Fragen ignorierte sie, aber die Blicke der beiden Männer verrieten ihr, dass sie nicht überzeugt waren.

»Der Doktor hat Ihnen Ruhe verordnet«, sagte einer der beiden ernst.

Dafür war nun wirklich keine Zeit.

Sie legte den beiden mütterlich je eine Hand auf den Arm.

»Wie wäre es mit einem Glas Whisky?«, fragte sie, doch das Lächeln gefror ihr sofort auf den Lippen.

Ja, genau dafür hatte sie jeweils ihre Magie verwendet. Um aus unangenehmen Situationen zu entkommen. Doch es war kein magischer Whisky mehr da, den sie den beiden anbieten konnte, damit sie sie in Ruhe ließen.

Sie schüttelte den Kopf, bevor die beiden etwas erwidern konnten.

»Ich meine, lasst uns doch später für einen Whisky zusammenkommen, ja? Das ist die beste Medizin.«

Sie drehte sich bereits ab, aber James – oder Lucas? – machte einen Schritt auf sie zu. Sie hob abwehrend die Hände.

»Bitte«, sagte sie gepresst. »Ich kann gerade nicht in diesem Haus sein. Dorothy ...« Sie tat so, als fiele es ihr schwer weiterzureden, und die Gesichter wurden weicher.

Sie wartete keine Antwort ab, sondern ging weiter die Treppe hinunter. Sie schmeckte saure Galle im Mund und entschuldigte sich im Stillen bei Dorothy, sie als Ausrede benutzt zu haben.

Im Erdgeschoss angekommen, vernahm sie das Gejohle der Kobolde aus der Küche. Sie hatte weder Lust noch Zeit, sich mit ihnen und dem Chaos, das sie hinterließen, herumzuschlagen, und hoffte einfach innig, dass keiner der Gäste einen Blick riskierte.

›Nein‹, führte Jamie das Gespräch trotzig weiter, als wären sie gar nicht unterbrochen worden. ›Ich habe mir nicht gewünscht zu sterben, habe es nicht versucht und wurde schlussendlich wiedergeboren, und damit bin ich wunderbar zufrieden.‹

»Wiedergeboren?«, schnaubte Glenna. »Deine Seele wurde aus Versehen in mein Tattoo verfrachtet. Das ist nicht, was ich Wiedergeburt nenne.«

›Ansichtssache.‹

Glenna verdrehte die Augen und setzte sich auf den Schemel, um ihre Schuhe anzuziehen.

»Ich meine es ernst. Es ist in Ordnung, wenn ich gehe. Und wenn ich damit noch ein Leben rette, ist es umso besser.«

›Und denkst du nicht, dass das alles nur eine Entschuldigung ist?‹

Glenna stutzte.

»Eine Entschuldigung wofür?«

Das Schwierige an der Tatsache, dass ihr häufigster Gesprächspartner aus ein paar Farbklecksen auf ihrer Haut bestand, war, dass sie ihm nie so richtig von Auge zu Auge begegnen konnte. Das, was dem am nächsten kam, war der Blick in ihr Dekolleté, wenn er es sich dort bequem machte, und dabei schwindelte ihr immer schon nach einigen Sekunden.

Heute hätte sie ihm gerne in die Augen gesehen, um seine Mimik zu lesen.

›Ich meine nur ...‹, begann er zögerlich. ›Du willst Aidan helfen. Natürlich willst du das. Aber könnte es sein, dass du dich etwas zu sehr darauf versteifst, wie du währenddessen abnibbeln kannst, anstatt an einer vernünftigen Lösung zu arbeiten? Vielleicht kann deine Magie ...‹

Es reichte.

»Bockmist!«, rief sie und sprang so schnell auf die Füße, dass ihr schwindelte. »Absoluter vermaledeiter Bockmist. Wenn ich nur sterben wollte, hätte ich mich letzte Nacht schon dem Reiter an den Hals geworfen.« Ihre Brust zog sich schmerzhaft zusammen bei dem Gedanken. »Habe ich aber nicht getan, weil ich die Hosen voll hatte. Zuerst musste ein unschuldiger, zehnjähriger Junge ins Bild kommen. Ein Zehnjähriger, der sterben wird, Herrgott noch mal.«

Tränen schossen ihr in die Augen.

Jamie schwieg, und das heizte die Glut in ihrem Bauch nur noch stärker an.

»Du führst dich auf, als wüsstest du ganz genau Bescheid, was?« Sie riss ihren Mantel von der Garderobe und ignorierte die Jacke einer ihrer Gäste, die dabei zu Boden fiel. »Als hättest du während deiner Zeit in der Zwischenwelt so viel mehr gemacht als einfach nur Däumchen gedreht. Als kenntest du mich in- und auswendig. Du magst mich schon eine Weile begleiten, aber es gab mich bereits, bevor ich das Tattoo stechen ließ.« Sie schaffte es nur mit einem Arm richtig in den Ärmel und gab sich damit zufrieden, die andere Seite lose über ihre Schulter zu streifen.

»Du verstehst nicht, was ich zuvor alles durchgemacht habe und wie ich dahin gekommen bin, wo ich jetzt bin. Also verschone mich mit deinem Gerede.«

Er erwiderte nichts, und sie stampfte wütend aus dem Haus und warf die Tür ins Schloss.

»Und lass mich Herrgott noch mal mit deiner Magie in Ruhe.«

Bekannte Stimmen

Jamie hatte kein Wort mit ihr gewechselt, seit sie das Stewart-Haus verlassen hatte, und Glenna wusste auch nicht, was sie mit ihm bereden sollte.

Ja, sie war eingeschnappt, und ja, sie wusste, dass er es nicht böse gemeint hatte. Aber ihr Kopf schwirrte, und sie hatte keine Energie, sich mit ihm herumzuschlagen.

Kaum war sie auf dem Gelände angelangt, umgab sie die geschäftige Betriebsamkeit eines Festes in seiner besten Stunde: kurz vor dem Abbruch der Marktstände und dem inoffiziellen Einläuten der Freinacht.

Die Dämmerung war noch entfernt, und dem Cusith blieb noch genügend Zeit, Aidan in den Tod zu stürzen. Sie hatte dem Jungen vor einigen Minuten eine Nachricht geschickt – dieses Mal das Foto eines kleinen Hündchens, das sie auf dem Fest geschossen hatte –, und Aidan hatte praktisch sofort mit einem Lachgesicht geantwortet.

Ein Kribbeln fuhr durch Glennas Körper, als sie sich durch die Menschenmenge in Richtung des kleinen Platzes mit den Verkaufsständen schlängelte.

Dort zollte sie den Auslagen keine Beachtung, sondern marschierte einmal rundherum.

»Verdammt«, fluchte sie, als sie wieder an ihrem Ausgangspunkt angekommen war.

Sie spürte den warmen Fleck auf ihrem Rücken, aber anders als sonst bewegte er sich nicht, sondern brannte fast etwas unangenehm an Ort und Stelle.

Glenna ignorierte ihn. Wenn er ihr etwas sagen wollte, sollte er doch.

Und ja, sie war sich bewusst, wie bescheuert es war, nach einer dummen Ziege Ausschau zu halten, nur weil sie schwarzes Fell hatte. Aber bei Gott, es war das Einzige, was ihr in den Sinn kam.

Es gab nur eine Person, die sie vielleicht wieder zu einem normalen sterblichen Menschen machen konnte, und das war der Púca.

Schlussendlich trat sie an den Stand heran, von dem sie glaubte, dass das Tier daneben angebunden gewesen war.

»Entschuldigen Sie«, fragte sie die Verkäuferin, die dabei war, ihre Waren zusammenzuräumen.

»Ja?«, fragte diese, wandte sich aber nicht von ihren gefilzten Tierfiguren ab.

»War hier heute Nachmittag eine Ziege an ihrem Stand?«

Nun hob die schon etwas ältere Dame doch ihren Kopf und deutete auf den Tisch.

»Das ist alles, was ich noch habe.«

»Ah nein. Ich meine eine echte Ziege. Mit schwarzem Fell?«

Die Frau widmete sich wieder ihrer Auslage.

»Der stinkende Bock war zwei Stände weiter.«

Glenna bedankte sich und hastete weiter zu besagtem Stand.

»Verdammt.«

Der Stand war bereits abgebaut und von der Ziege keine Spur.

Plötzlicher Schwindel überkam sie, und sie lehnte sich gegen den nackten Verkaufsstand.

Natürlich war es lächerlich gewesen zu glauben, dass es sich bei der Ziege überhaupt um den Púca gehandelt hatte. Aber es war ihr letzter Ausweg gewesen. Und auch diesen fand sie versperrt.

Die Erkenntnis brach über sie herein wie eine Lawine und drohte sie zu Boden zu drücken. Plötzlich spürte sie ein Kribbeln in ihrem Nacken.

Im ersten Moment dachte sie, dass es Jamie war, doch es war eine andere Art von Gefühl. Kein Erwärmen ihrer Haut, sondern vielmehr, als berührte sie etwas von weit entfernt, das dennoch wie viele feine Nadeln in ihre Haut eindrang.

Sie schauderte und sog scharf Luft ein, bevor sie einen Blick über ihre Schultern warf.

Hinter ihr stand niemand.

Trotzdem rutschte sie von der Ladefläche des Standes und ging um ihn herum. Auch wenn das Treiben immer noch im Gange war, schien es ihr, als wären alle Geräusche auf einmal gedämpft.

Sie zog die Augenbrauen zusammen und setzte vorsichtig einen Fuß vor den anderen. Auf einmal tanzten schwarze Flecken vor ihren Augen, als hätte sie an einem heißen Sommertag zu wenig getrunken.

Sie presste die Lider zusammen und klammerte sich an ihre Handtasche.

Ein beständiges Rauschen erhob sich um sie herum und wurde lauter und lauter. Sie konnte verschiedene Stimmen ausmachen, die miteinander flüsterten.

»Bonnie«, hörte sie eine verführerische Frauenstimme.

»Bonnie«, drang eine weitere, kehlige Männerstimme an sie heran.

Auf einmal war die Luft erfüllt von ihrem Namen, und etwas zupfte an ihrem Mantel.

»Was?«, murmelte Glenna, aber es fiel ihr schwer, Worte zu formulieren oder ihre trägen Gliedmaßen unter Kontrolle zu halten.

Schwerfällig setzte sie einen Fuß vor den anderen. Wer rief da nach ihr? Warum glaubte sie tief in sich drin, die Stimme zu kennen? Wie aus einem lang vergessenen Traum?

»Létoile?«, flüsterte sie und streckte den Arm aus.

Sie spürte ein leises Kitzeln an ihrer Handfläche, als würden unsichtbare Finger darüber tanzen.

Ein Zittern fuhr durch Glennas Körper, als hundert Erinnerungen auf einmal auf sie hereinstürzten. All die Berührungen, die geflüsterten Worte, die Passion. Der Geruch von Létoiles Haar auf Gabriels Brust nach einer gemeinsamen Nacht zu dritt. Wie Sommerregen auf einem Lavendelfeld.

Glennas Herz drohte entzweizuspringen.

Und auf einen Schlag wurde die Welt um Glenna herum in schwarze Farbe getaucht.

Sie sog scharf Luft ein und zwang ihre weichen Knie, stark zu bleiben, als Hunderte und Aberhunderte von Krähen die Welt in Besitz nahmen. Nur angedeutet konnte Glenna den Markt und die Menschen darin ausmachen. Hie und da blitzte ein menschliches Körperteil durch gespreizte Federn hindurch, irgendwo flatterte eine Zeltplane im Wind der schlagenden Flügel. Wohin sie blickte, überall starrten ihr schwarze Augenpaare entgegen.

»Létoile, hilf mir«, flehte Glenna, und sie schmeckte salzige Tränen auf ihrer Zunge.

Fingernägel schabten über die Innenflächen ihrer Hände, krochen weiter über ihr Handgelenk und ihren Unterarm.

Die Stimmen waren verstummt und wurden durch eine einzelne andere ersetzt. Diese schrie laut, ging aber trotzdem unter in dem Klappern von Schnäbeln und dem Rascheln von Federn. Es war wichtig, was die Stimme ihr zurief, das sagte ihr ihr Kopf, aber sie verstand es nicht.

Sanft legten sich die fremden Finger um ihren Unterarm.

Auf einen Schlag erkannte Glenna die Stimme. Es war ihre eigene, und sie rief ihr eine Warnung zu. Die Haut auf ihrer Brust begann auf einmal zu brennen.

Die Finger um ihren Arm bohrten sich plötzlich wie Krallen in ihr Fleisch und zerrten an ihr, sodass sie voranstolperte. Sie wollte sich dagegen lehnen, aber in dem Moment stoben all die Krähen auf, und ihr Kreischen hallte in ihren Ohren, bis sie nicht mehr wusste, wo oben und unten war.

Ihr Arm schmerzte, doch sie ließ sich ziehen, alles andere war sinnlos. Orientierungslos stolperte sie voran, versuchte halbherzig, die Krähen zu vertreiben, die sie umschwärmten.

Dann auf einmal umfasste ein zweiter, kräftiger Griff ihre Schulter und zerrte sie herum.

Die Krallen an ihrem Arm lösten sich, und Glenna stolperte nun in die andere Richtung, bis sie gegen etwas stieß, an dem sie sich festhalten konnte.

Das Rauschen in ihren Ohren verstummte, und die Krähen zogen sich zurück.

»Was ist los?«, fluchte Glenna atemlos und versuchte, sich von der schweren Pranke auf ihrer Schulter zu befreien.

»Was los ist?«, raunte eine rauchige Stimme in ihr Ohr. »Du warst gerade dabei, in die Anderswelt überzutreten, Bonnie.«

Ihr Herz blieb für einen Moment stehen, aber es hatte nichts mit der Bedeutung der Worte zu tun, sondern vielmehr mit der Stimme, die sie sofort erkannt hatte.

Sie riss die Augen auf und starrte in das Gesicht des Mannes, der sie festhielt.

»Du!«, hauchte sie.

Goldene Augen

»Du?«, wiederholte Glenna und starrte in das Gesicht, das sie vor so vielen Jahren zum letzten Mal gesehen hatte.

Ja, sie erkannte etwas von der Ziege darin wieder, die runden Augen mit dem schwarzen Querbalken, die langen Backen- und Barthaare und schlitzartigen Nüstern. Aber das hier war nicht der Kopf einer Ziege. Dafür war er zu flach, zu rund ... zu menschlich.

»Komm mit«, sagte der Gehörnte zu ihr.

Er ließ ihre Schulter los, fasste sie aber am Arm, und sie ließ zu, dass er sie mit sich zog. Sie war nicht unglücklich über die Stütze, denn ihre Beine waren wie Gummi, und ihr Verstand versuchte immer noch zusammenzusetzen, was gerade passiert war. Kein einziges Mal prallten sie mit irgendwelchen Menschen zusammen, und das, obschon sein breiter Rücken dem eines Tieres glich. Seine Schritte waren präzise und gleichmäßig, und auch als Glenna immer wieder stolperte, weil sie zu spät eine Krähe am Boden entdeckte, verlangsamte er sein Tempo nie, und er gab ihr genug Halt, sodass sie schon fast über die Vögel hinwegglitt.

Je weiter sie vorangingen, desto klarer wurden ihre Gedanken und desto mehr verstand sie, was vor sich ging. Keiner der Menschen um sie herum konnte ihn sehen. Weshalb sie ihm auswichen, war unverständlich, aber genauso irrelevant.

Als sie die große Menschenmasse hinter sich gelassen hatten und auch die Krähen zurückgeblieben waren, konnte Glenna endlich frei atmen.

»Wohin gehen wir?«, fragte sie und blickte den Trampelpfad entlang.

»An einen Ort, der sicher ist. An einen Ort, wo du nicht Gefahr läufst, aus Versehen die wichtigste der drei Regeln zu brechen, Bonnie.«

Seine Stimme erinnerte an das Grollen eines aufziehenden Sturmes, doch alsbald er ihren Namen aussprach, wirkte er sanfter.

Sie wusste, dass sie kräftemäßig keine Chance hatte gegen ihn, trotzdem stemmte sie sich kurz gegen seinen Zug und umfasste das pelzige Handgelenk mit den Fingern ihrer freien Hand.

Etwas in ihr zuckte schmerzhaft zusammen, als sie sah, wie lächerlich ihre dürren knochigen Finger auf dem kräftigen Arm wirkten. Sie vermochte das Handgelenk nicht einmal im Ansatz zu umklammern, aber die Berührung genügte, um ihn innehalten zu lassen. Noch bevor er etwas sagen konnte, übte Glenna einen leichten Druck aus, und zu ihrer Überraschung ließ er sich tatsächlich von ihr lenken.

Ja, die Zeit drängte, aber sie musste irgendwo mit ihm reden, wo keine Menschen waren.

Sie führte ihn weg vom Pfad, quer über das Feld, und wenn sie jemand beobachten würde, hätte er ganz bestimmt das Gefühl, dass eine arme alte Verwirrte oder Betrunkene sich vorgenommen hatte, gleich nackt über die Herbstfelder zu tanzen.

Aber niemand rief nach ihr oder hielt sie auf, also führte sie ihn weiter hinaus, bis sie das Ufer des Shannon erreicht hatten, an welchem eine alte Sitzbank durch einige Büsche vor neugierigen Blicken geschützt war.

Dort setzten sie sich, und sie wandte sich ihm zu. Er starrte auf das Wasser, sodass sie reichlich Möglichkeit hatte, ihn zu mustern.

»Du siehst genauso aus wie in der Nacht vor fünfundneunzig Jahren.«

Es war nicht einfach kitschig dahergesagt. Seine Züge waren dieselben. Dieses breite Gesicht, das so sehr einem Mann ähnelte, aber gleichzeitig die Züge eines Tieres aufwies. Der Haarschopf, der über seine breite Stirn nach hinten geglättet war, zwischen den beiden gebogenen Hörnern. Er trug sogar denselben durchgehend schwarzen Anzug, und in seinen menschlichen, aber sehr behaarten Händen lag derselbe hölzerne Gehstock wie vor all den Jahren.

Er erwiderte ihren Blick.

»Du ebenso.«

Sie konnte nicht anders, als bitter zu lachen.

»Natürlich.«

Der Púca lachte nicht.

»Das war sehr knapp, Bonnie.«

Sie verstummte und richtete den Blick auf das Wasser. Irgendwie hörte sie das heute nicht zum ersten Mal, aber dieses Mal schauderte ihr dabei. Genau das war der Grund, weshalb sie es vorzog, das Haus an Samhain nicht zu verlassen. Die Gefahr, aus Versehen in die Anderswelt zu stolpern, war einfach zu groß.

Die Stimmen. Hatte sie sich diese eingebildet? Es konnte unmöglich Létoile gewesen sein, die aus der Anderswelt zu ihr gesprochen hatte. Glenna hatte es sich eingebildet. Genauso wie die Krähen. Beides Hirngespinste, die sie fast ins Unglück gestürzt hätten.

»Danke«, sagte sie leise.

Sie hatte nach ihm gesucht auf dem Markt, aber ihn wirklich zu finden, fühlte sich surreal an. Die ersten paar Jahre nachdem er ihr ihre Fähigkeiten vermacht hatte, hatte sie immer wieder das Gefühl gehabt, ihn irgendwo zu erkennen. Aber je älter sie geworden war, desto überzeugter war sie gewesen, dass sie sich jeweils geirrt haben musste.

Er hatte ihr damals nicht die ganze Wahrheit zu ihren Fähigkeiten verraten. Aber es war nicht so, als hätte sie ihm im Vorfeld nicht auch übel mitgespielt.

Fünfundneunzig Jahre lang war sie selbst zu keinem Schluss gekommen, wie genau sie zu ihm stand. Ob sie ihm dankbar war, ob sie ihm Vorwürfe machte.

Ob sie ihn damals wirklich geliebt hatte oder er sie.

All diese Unschlüssigkeit drückte sie nun nieder, sodass sie kein Wort herausbrachte.

Tat es ihr leid, dass sie ihn ausgenutzt und dazu gedrängt hatte, ihr die Fähigkeiten zu schenken? Hasste sie ihn, weil er sie über den wahren Preis dafür im Dunkeln gelassen hatte?

Sie schüttelte den Kopf. All das war gleichgültig. Es war nicht, weshalb sie hier waren.

»Was tust du hier, Bonnie?«, fragte er, und der Bass seiner tiefen Stimme rumorte in ihrem Bauch. »Warum hast du mich gesucht?«

Etwas war anders an ihm, fiel ihr auf. Er saß aufrecht, aber fast zu übertrieben, als versuchte er, einen Schmerz aus seinem Rücken zu vertreiben, indem er ihn durchstreckte. Seine Hände lagen auf dem Knauf des Gehstocks, aber sie waren unstet. Immer wieder fuhr er über seine eigenen Finger, als müsste er sie befühlen, um sicherzugehen, dass sie da waren.

»Geht es dir gut?«, fragte sie und war selbst überrascht, wie besorgt sie klang.

Nein. Das war nicht die Frage, die sie stellen wollte. Die sie stellen sollte. Es ging um etwas Wichtigeres.

Aber worum noch mal? In ihrem Kopf ruhte eine dicke Wolke, und sie schaffte es nicht, auch nur einen konkreten Gedanken darin zu finden.

Er hob die buschigen Augenbrauen und schenkte ihr einen Blick aus seinen goldenen Augen.

»Ah«, sagte er lang gezogen. »Es ist eine Weile her, seit ich diese Form angenommen habe. Es ist wie ...« Er dachte für einen Moment nach. »Wie ein Fahrrad. Wenn man es nicht benutzt, rostet es.«

Er lachte heiser, aber irgendwie kaufte sie es ihm nicht ab. Er war ernster als damals, fiel ihr auf. Das schelmische Lächeln auf seinen Lippen fehlte, da war kein Schalk in seinen Augen.

Ein Stich fuhr ihr ins Herz. Was war ihm während all der Jahre zugestoßen, das ihn so gebändigt hatte?

Als seine goldenen Augen weiterhin auf ihr ruhten, wandte sie sich ab, und endlich schaffte es ihr Verstand, die Wolke in ihrem Kopf zu lichten und die Zahnräder wieder in sich greifen zu lassen.

»Ich muss einen Jungen retten«, beantwortete sie seine Frage.

»Das habe ich gehört. Das überrascht mich nicht«, antwortete er.

»Was überrascht dich nicht?«

Er schlackerte leicht mit den abstehenden Ziegenohren, und etwas mehr von seiner damaligen verspielten Art drang zu ihr hindurch.

»Dass du helfen willst. So warst du schon immer.«

Glenna beobachtete die Schwanenfamilie, die gemächlich den Fluss entlanggeschwommen kam.

»So gut kennst du mich nicht.«

»Da irrst du dich«, sagte der Púca. »Ich hätte dir deine Fähigkeiten nicht vermacht, wenn ich nicht gewusst hätte, dass du sie zum Guten einsetzen wirst.«

Nun schnaubte Glenna. »Ich habe ein kleines Vermögen als Stripperin verdient. Deine Standards von Gut sind ziemlich simpel.«

Er schnalzte mit der Zunge. »Vielleicht. Aber du hast Leuten geholfen, indem sie für einen Abend ihre Sorgen vergaßen.«

»Warst du einmal in Paris, während der Années folles?«, fragte Glenna skeptisch. »Die Leute hatten keine Sorgen.«

»Jeder Mensch hat Sorgen. Ständig.«

Sie rümpfte die Nase.

Sie hatte ihn gesucht, und er hatte sie gefunden. Und doch tat sie sich schwer damit zu fragen, was sie fragen wollte.

Sie atmete tief durch.

Es ging hier nicht um ihren Stolz. Es ging um Aidans Leben.

»Kannst du mir helfen?«

Solide Bänke

»Ah. Du willst meine Hilfe?«, fragte der Púca, als ließe er sich ihre Frage durch den Kopf gehen. »Waren wir da nicht bereits vor fünfundneunzig Jahren in London? Unter dem Dach des kleinen Theaters, als …«

»Ich erinnere mich«, sagte sie vielleicht etwas zu forsch. »Dieses Mal geht es nicht um mich. Es geht um Aidan.«

Der Púca nickte langsam.

»Die selbstlose Bonnie Bahookie«, sagte er träge. »Die Tänzerin, die des Lebens müde ist, weil sie glaubt, alles gesehen und alles gemacht zu haben.«

Glenna spitzte die Ohren, als sie ihre eigenen Worte wiedererkannte.

»Woher …?« Er unterbrach sie mit einer Handbewegung.

»Was genau willst du von mir?«

»Ich will, dass du mir meine Fähigkeiten nimmst. Damit ich sterblich werde wie ein normaler Mensch.«

»Damit deine Seele attraktiv wird für die Wilde Jagd und den Cusith«, sagte er neutral.

Sie fragte nicht, woher er das wusste. Sie würde keine richtige Antwort erhalten.

»Ja.«

»Ich kann dir nicht helfen, Bonnie.«

Ihr Kopf fuhr herum, und sie blickte ihn unter zusammengezogenen Brauen an.

»Du kannst nicht, oder du willst nicht?«, fragte sie.

Er hielt ihrem Blick stand.

»Ich kann nicht«, sagte er fest. »Auch wenn ich wollte. Es liegt nicht in meiner Macht, dir deine Fähigkeiten wieder zu nehmen. Nur das Hohe Gericht könnte das.«

Bonnie schauderte bei der Erwähnung. Ihr blieb nicht die Zeit, sich mit dem Hohen Gericht der Anderswelt anzulegen. Von ihnen angehört zu werden, wäre kaum eine Frage von Stunden, sondern vielmehr von Monaten oder Jahren. Die Wesen der Anderswelt hatten keine Eile.

Sie vergrub das Gesicht in ihren Händen und kämpfte gegen den aufwallenden Sturm in ihrer Brust an.

Wenn er ihr nicht helfen konnte, dann gab es nichts, was sie tun konnte. Der Gedanke schnürte ihr die Kehle zu, gleichzeitig ebbte der Sturm jedoch ab, und eine seltsame Ruhe breitete sich in ihr aus.

Eine schwere Hand lag auf einmal auf ihrem Bein, und sie verkrampfte sich automatisch. Er nahm sie sofort weg und hinterließ einen wärmenden Fleck, der schnell verblasste.

Sie fragte sich, was Jamie aus der ganzen Unterhaltung ziehen mochte.

»Warum denkst du, dass du bereit bist zu sterben, Bonnie?«

Glennas Mundwinkel zuckten. Jamie und der Púca würden sich vermutlich blendend verstehen.

Sie atmete erneut tief durch und hob den Kopf, um aufs Wasser hinauszusehen. Ein Elternschwan paddelte erwartungsvoll auf ihrer Höhe umher.

Auf einmal erinnerte sie sich an Dorothy, wie sie immer mit einem breiten Lächeln von der Schwanenfamilie mit den acht Küken erzählt hatte, als wären sie gemeinsame Bekannte. Glenna hätte jetzt gerne Brot dabeigehabt.

»Es gibt noch so vieles da draußen«, fuhr der Púca fort und machte eine ausladende Armbewegung.

»Dorothy ist tot«, sagte sie, und die Ruhe in ihr wurde von plötzlich aufwallendem Schmerz gestört.

»Das ist es nicht«, sagte der Púca sanft, aber bestimmt. »Du hast viele Leute vor ihr überlebt.«

Ihr Hals zog sich eng zusammen, als Glenna spürte, wie die Tränen in ihr hochwogten.

»Die anderen waren nicht meine Tochter«, raunte sie.

Sie blinzelte, als ihre Sicht verschwamm.

»Ah«, sagte der Púca, als verstünde er auf einmal.

Glennas Mundwinkel zuckten, als die Schwanenfamilie ihren Weg fortsetzte. Die zwei weißen Höckerschwäne schwammen voraus, die acht Küken folgten.

Glenna blinzelte die Tränen weg. Nein. Es waren nur sieben.

»Jedes Wesen trauert, weißt du«, sagte der Púca. »Aber nur der Mensch lässt zu, dass der Tod eines anderen auch viele Jahre danach noch eine solche Macht über ihn hat.«

Glenna zählte die grauen Jungschwäne erneut. Sieben. Einer fehlte.

»Tiere akzeptieren das Geschehene und leben weiter«, erklärte der Púca. »Würden sie das nicht tun, würden sie ihr eigenes Leben und das der Zurückgebliebenen riskieren. Und das wäre eine Schande, die sich die Natur nicht leisten kann.«

Die Schwanenfamilie zog weiter, und Glenna spürte, wie sie den Stein, der in ihrem Magen lag, irgendwie mitnahmen.

»Dorothy hatte ein gutes Leben«, sagte sie versöhnlich. »Sie konnte ihr Leben abschließen. Schön verpackt wie das letzte Kapitel eines Buches. Keine losen Stränge, keine offenen Enden. Sie hat es sogar mit einem Schleifchen veredelt, indem sie auf ihrer Lieblingsbank am Shannon River gehen konnte.«

Sie konnte nicht anders, als den Tränen ihren Lauf zu lassen.

»Ich bin eifersüchtig«, gestand sie mit zittriger Stimme. »Ich werde nie so gehen können. Meine losen Enden sind in der Welt verteilt. Ich habe nicht einmal eine Lieblingsbank.«

Der Púca fuhr mit der Hand über das Holz, auf dem sie saßen, und klopfte zweimal kurz darauf.

»Diese hier scheint mir solide«, sagte er und setzte ein Lächeln auf, das etwas mehr wie das von früher schien.

Glenna lachte und tupfte dann mit dem Mittelfinger eine Träne von ihrer Wange. Er reichte ihr ein schwarzes zusammengefaltetes Stofftuch, und Glenna nahm es dankend an.

Sie trocknete ihre Tränen und seufzte, als sie die weißen Flecken auf dem schwarzen Stoff sah. Sie würde wohl aussehen, als lerne sie gerade erst, wie man sich schminkte. Sie trug das Make-up nicht, um andere Leute zu beeindrucken, trotzdem schämte sie sich gerade so vor dem Púca, der selbst kein bisschen gealtert war.

»Sag es mir.« Sie blickte ihm direkt in die Augen, auch wenn es ihr Herz jedes Mal in ein aufgeregtes Rasen versetzte. »Kann ich sterben?«

Das Gold in seinen Augen glänzte, und für einen kurzen Moment glaubte Glenna, ihr Spiegelbild darin zu sehen. Nur war es nicht ihr wirkliches Spiegelbild, sondern das Gesicht von Bonnie Bahookie, der jungen Frau von vor fünfundneunzig Jahren.

War es das, was er wirklich vor sich sah?

»Du bist sterblich, Bonnie«, sagte der Púca. »Aber ich weiß nicht, wann deine Zeit kommen wird. Vielleicht bald. Vielleicht in tausend Jahren.«

Sie seufzte.

»Was weißt du eigentlich?«, fragte sie und entlockte ihm wieder ein kehliges Lachen.

»Ich weiß, dass du gerade müde bist. Dass du dein Fahrrad die letzten dreißig Jahre ebenfalls nicht oft gefahren bist und dass es vor sich hin rostet. Und dass du es vielleicht tief in dir drin ganz gerne wieder benutzen würdest.«

Glenna blinzelte und presste die Lippen aufeinander.

»Wovon sprechen wir hier genau?«

Er zuckte die Achseln, schmunzelte aber über ihre verwirrte Miene.

»Wenn du mir gerade vorgeschlagen hast, dass ich mal wieder Sex haben sollte, frage ich mich wirklich, was in euch alle gefahren ist die letzten Tage.«

Er legte den Kopf in den Nacken und lachte schallend.

»Das ist nun deine Interpretation, Bonnie. Aber zugegeben, dieses Fahrrad hast du immer vorzüglich zu beherrschen verstanden.«

Das Blut schoss in Glennas Gesicht und sie tupfte sich erneut die Wangen mit dem Tuch, um es zu verbergen.

»Das ist neu«, sagte der Púca schmunzelnd.

»Was?«

»Dass du bei solchen Unverschämtheiten errötest.«

Sie seufzte und blickte auf das Wasser hinaus. Die Schwanenfamilie war inzwischen weitergezogen. Sie lebten weiter wie all die Tage zuvor. Was auch immer mit dem letzten Küken geschehen war, es hatte nicht dazu geführt, dass sie sich in ihrem Elend ertränkten. Die Schwanenmutter hatte nicht einfach aufgehört zu schwimmen, weil sie versagt hatte.

»Bonnie«, sagte der Púca, und ein Unterton hatte sich in seine Stimme gemischt, den sie nicht recht deuten konnte. »Wenn du so unbedingt sterben willst, warum tust du es dann nicht?«

Sie musterte ihn skeptisch. »Einfach so? Wie soll das gehen?«

»Ich habe nicht gesagt, dass es einfach ist.« Er nickte mit dem Kinn in Richtung Fluss. »Aber Menschen tun es immer wieder.«

Ein Band legte sich um ihren Hals bei dem Gedanken daran.

»Ist das dein Ernst?«

»Ist es deiner?«

Sie schnaufte Luft durch die Nase ein und aus, dann reckte sie wieder das Kinn.

»Vielleicht später«, sagte sie fest. »Momentan gibt es ein Menschenleben zu retten. Und wenn du mir dabei nicht helfen willst, bleibt das an mir hängen.«

Das Herz in ihrer Brust pochte wieder heftig. Sie war am Ende ihrer Weisheit, aber sie würde dem Púca nicht die Genugtuung geben und ihm einfach recht geben.

Der Púca schmunzelte weiterhin. »Sieht ganz so aus.«

Glenna erhob sich von der Bank und wollte sich wegdrehen, als ihr in den Sinn kam, dass sie noch immer das schwarze Tuch umklammert hielt.

Sie streckte es dem Púca entgegen, doch dieser legte seine langen Finger auf die ihren und schob sie leicht in ihre Richtung.

»Behalte es.«

»Wirklich?«, fragte sie beinahe etwas amüsiert. »Ein Pfand? Damit du irgendwann einmal darauf zurückkommen kannst, um mir einen Strick daraus zu drehen?«

Er legte den Kopf schräg und blickte sie tadelnd an.

»Was habe ich jemals getan, um dieses Misstrauen zu verdienen?« Aber er wartete keine Antwort ab. »Es ist ein Geschenk.«

Glenna zögerte. Die Worte weckten tatsächlich so etwas wie ein schlechtes Gewissen in ihr. Vielleicht tat sie ihm unrecht. Seit sie sich 1923 getrennt hatten, hatte er nichts getan, was das Misstrauen rechtfertigen würde. Außer der Tatsache, dass er nun mal ein Púca war.

Sie legte das Tuch auf den Rand der Bank und schenkte ihm ein halbherziges Lächeln.

»Leb wohl, Bonnie«, sagte er, als sie sich abwandte. »Wie lange auch immer.«

Frische Magie

Sie drehte sich nicht noch einmal um. Mit größter Wahrscheinlichkeit war der Púca bereits wieder verschwunden, entweder übergegangen in die Anderswelt, oder er hatte sich in eine Ameise verwandelt oder sich womöglich einfach in Luft aufgelöst.

Zurück auf dem Trampelpfad, holte sie ihr Mobiltelefon hervor und wählte Aidans Nummer.

Während es klingelte, spielte sie alle möglichen Szenarien in ihrem Kopf durch.

Ja, sie hatte getan, was sie konnte, wenn es darum ging, ihr Leben gegen das von Aidan einzutauschen. Aber vielleicht hatte Jamie recht. Vielleicht gab es eine andere Möglichkeit, und sie war zu fixiert darauf gewesen, ihr eigenes Leben zu opfern.

Sie war froh, dass Jamie sie weiterhin anschwieg und sich nicht einmal zum Gespräch mit dem Púca äußern wollte. Sollte er weiterhin den Eingeschnappten spielen.

Je länger das Telefon klingelte, desto feuchter wurden ihre Hände, und ihr Herz sank tief in ihre Magengegend.

Sie warf einen Blick in den Himmel. Die Sonne hatte den Zenit längst überschritten, aber noch war sie nicht untergegangen. Die Zeit der Wilden Jagd war noch nicht vorüber.

»Bitte, Aidan, nimm ab«, beschwor sie den Jungen.

Aber das Telefon klingelte weiter, bis auf einmal eine Computerstimme erklang, die sie dazu aufforderte, eine Nachricht zu hinterlassen.

Glenna ließ das Telefon sinken und starrte es an, als wäre es der Cusith höchstpersönlich.

Mit zittrigen Fingern wählte sie Janets Namen in ihrer Anrufliste. Die Sekunden zwischen den ersten beiden Ringtönen fühlten sich an wie Stunden, bis zum dritten wie Tage.

»Glenna? Hallo?«, erklang dann Janets erwartungsvolle Stimme.

Glenna ließ die angehaltene Luft entweichen.

»Hallo, Liebes. Ist Aidan bei dir?«

»Nein, gerade nicht.«

Die soeben abgefallene Anspannung erfasste Glenna wieder und ließ sie wie angefroren innehalten.

»Ich habe ihn gerade erst nach Hause gebracht und bin jetzt wieder auf dem Weg zum Fest. Er war ein wirklich guter Junge, darum darf er heute alleine zu Hause bleiben mit seiner Spielkonsole.«

»Ah«, sagte Glenna, und Erleichterung machte sich in ihrer Brust breit. »Gerade erst, sagst du? Gut.«

Sie setzte ihren Weg auf dem Trampelpfad fort und schlug den Weg Richtung Dorf ein.

»Ist alles in Ordnung? Brauchst du irgendwas?«

»Nein, nein. Ich ... ich habe nur Probleme mit meinem Twitter-Account und hatte gehofft, dass er mir helfen kann.«

»Du kannst gerne zu Hause vorbeischauen, wenn du willst. Lass ihn aber nicht glauben, ich hätte dich zur Überwachung geschickt.« Janet lachte kurz. *»Das würde er mir nie verzeihen.«*

Sie verabschiedeten sich, und Glenna legte einen Zahn zu, ihre brennenden Fußsohlen ignorierend.

›Wir gehen zu Aidan, um dem Cusith eins auf die Schnauze zu geben, sollte er auftauchen, korrekt?‹

Glenna schnaubte grimmig aus.

»Korrekt«, sagte sie. »Willkommen zurück.«

›Und wie stellen wir das an?‹

»Mit Magie.«

Für einen Moment schwieg das Tattoo. Dann sprach er zögerlicher als zuvor.

›Als ich Magie erwähnt hatte, meinte ich nicht unbedingt, dass du sie direkt gegen den Cusith einsetzen sollst, Bonnie.‹

Glenna knirschte mit den Zähnen, wartete aber mit einer Antwort, bis sich ihr Puls etwas beruhigt hatte. Jamie klang träge. Gab er sich bereits geschlagen, bevor sie wirklich streiten konnten?

Sie atmete einmal tief durch.

»Ich präpariere erst mal etwas Whisky. Wie genau ich ihn einsetzen werde, weiß ich noch nicht.«

›Gut‹, sagte Jamie, und das war das Letzte von ihm zu dieser Diskussion.

Wenig später erreichte Glenna Janets Haus und ihr fiel ein gewaltiges Gewicht vom Herzen, als sie Aidan durch das Fenster auf dem Sofa sitzen sah.

Sie wollte bereits die Klingel betätigen, als sie innehielt. Stattdessen holte sie ihr Mobiltelefon hervor, löschte die Twitter-App und drückte dann die Klingel. Es dauerte einen Moment, bis die Tür geöffnet wurde.

»Hallo?«, sagte Aidan überrascht.

Schon wollte Glenna ihn schelten, ob ihn seine Mutter nicht davor gewarnt hatte, fremden Leuten die Tür zu öffnen, aber sie rief sich Janets Worte in Erinnerung und lächelte stattdessen nur.

»Hallo, Aidan.« Sie verzog das Gesicht und streckte ihm ihr Telefon entgegen. »Ich habe ein Problem mit meiner Twitter-App.«

Aidan kniff die Augen zusammen. »Hat Mum dich geschickt, um auf mich aufzupassen?«

Glenna setzte eine überraschte Miene auf. »Aber nicht doch. Ich dachte, sie sei bereits zu Hause? Hat sie dir das Haus ganz allein überlassen?«

Nun breitete sich ein Strahlen auf seinem Gesicht aus, und er nickte.

»Sie sagt, ich bin nun groß genug, um einen Abend allein zu Hause sein zu dürfen.« Er nahm ihr das Telefon ab und trat zur Seite. »Aber ich kann dir schon kurz helfen.«

Glenna lächelte dankbar und trat ein. Nachdem sie sich die Schuhe ausgezogen hatte, blickte sie sich aufmerksam im unteren Stock um. Im Wohnzimmer lief der Fernseher mit einem Videospiel, im Esszimmer brannte Licht.

Keine Spur vom Cusith.

»Was ist das Problem?«, fragte er und wischte bereits auf dem Telefon hin und her.

»Ich glaube, ich habe die App aus Versehen gelöscht, und jetzt weiß ich nicht, wie ich sie installieren muss.«

Aidan grunzte amüsiert, tippte etwas ein und streckte ihr dann das Telefon wieder mit dem Twitter-Startbildschirm auf dem Display entgegen.

Glenna nahm das Gerät zögerlich entgegen.

So schnell war ihr falsches Problem also gelöst.

»Das ... ist ja super«, log sie.

»Die App ist noch da. Du hast sie einfach vom Startbildschirm gelöscht«, erklärte er nachsichtig.

Natürlich. Das hatte sie gewusst.

Sie steckte das Telefon weg und nickte in Richtung Gang.

»Danke dir. Ich benutze noch kurz eure Toilette, in Ordnung?«

»Sicher«, antwortete der Junge und pflanzte sich wieder vor den Fernseher.

Glenna machte einen Umweg in die Küche, wo sie alle Schränke öffnete, ohne etwas zu finden, dass einer leeren Flasche ähnelte. Schlussendlich nahm sie eine der großen Salatschüsseln und verzog sich damit in das Badezimmer.

Glenna klappte den Toilettendeckel nach unten und füllte die Schüssel mit Wasser aus dem Hahn. Dann setzte sie sich auf den Sitz und hielt die Schüssel mit beiden Händen im Schoß.

›Bist du dafür bereit, Bonnie?‹, flüsterte Jamie.

»Ich mach das nicht zum ersten Mal«, murmelte Glenna und schloss die Augen, um sich zu konzentrieren.

›Ich meinte nur, weil du in der Zwischenzeit mit der Magie abgeschlossen hast.‹

Sie schnaufte durch die Nase ein und aus.

»Mir fällt nichts anderes mehr ein.«

Jamie schwieg.

»Wenn meine Erinnerungen Aidans Leben retten, sind sie gut investiert.«

Jamie schwieg weiterhin, aber der wärmende Fleck auf ihrem Rücken sagte ihr alles, was sie wissen musste.

Glenna stieß einen frustrierten Seufzer aus.

»Rück schon raus damit.«

›Womit?‹

»Sag es einfach, dann haben wir es hinter uns.«

›Ich habe es dir gesagt?‹

Immerhin war er so höflich, es als Frage zu formulieren. Tief in ihr drin beruhigte sie der kurze Austausch. Für einen Moment hatte sie gedacht, ihr Streit hätte Jamie endgültig gebrochen, aber das hier klang so, als wäre er schon wieder der Alte.

Glenna streckte den Rücken durch und legte dann die Finger einer Hand ins Wasser.

›Welche Erinnerung wird es sein?‹

Das war die Frage, die sich stellte. Sie hatte ihre Tagebücher nicht dabei, das hieß, sie konnte sich nicht eine Erinnerung heraussuchen, die sie dann auf die Liste mit Daten setzen konnte, damit sie den Überblick hatte, welche Erinnerungen sie bereits destilliert hatte.

Es musste eine Erinnerung her, die ihr einfach so präsent genug war.

»Jamie«, sagte sie leise. »Merkst du dir bitte den 14. September 1910?«

›Was ist an diesem Tag geschehen?‹

Sie presste die Lippen aufeinander und überlegte, ob sie ihm wirklich davon erzählen sollte. Es war eine ihrer frühsten Erinnerungen, und sie stand in keinem ihrer Tagebücher. Wenn sie sie destillierte und verwendete, wäre sie unwiderruflich fort.

»Merk es dir einfach. Bitte«, sagte sie leise, und Jamie fragte nicht weiter.

Aber erst mal eines nach dem andern. Glenna schloss kurz die Augen und durchforstete ihr inneres Whiskyregal. Sie wusste noch nicht, wer den Whisky nun schlussendlich genau trinken musste, also musste etwas Leichtes her, nicht zu rauchig und schon gar nicht zu torfig. Sie entschied sich für eine Destillerie und öffnete wieder die Augen.

Dann rief sie sich den Tag in Erinnerung und ignorierte das schnelle Schlagen ihres Herzens und das ungute Ziehen in ihrer Magengegend.

Sie führte die Wasserschale an ihren Mund und trank sie leer, dann setzte sie die Schale in ihren Schoß und legte die Finger hinein.

Während sie die Erinnerung mehrere Male durchlebte in all ihren hässlichen Facetten, ließ sie ihre Finger am Rande der Schale entlanggleiten und beugte sich so tief über die Schale, wie es ihr steifer Rücken zuließ. Normalerweise benutzte sie für den Destillationsprozess direkt eine leere Flasche, doch es ging auch so. Es war durchaus schon eine Weile her, seit sie so improvisiert destilliert hatte, aber das verlernte man nicht.

Sie durchlebte die Szene immer wieder vor ihrem geistigen Auge, atmete dabei mit tiefen Zügen ein und aus und ließ zu, dass die Gefühle, die sie damit verband, durch sie hindurchpulsierten.

Hitze kroch von ihrer Bauchregion aus in jede Ecke ihres Körpers, und Schweißperlen sammelten sich auf ihrer Stirn, bis sie über ihre Wange kullerten.

Ihr Herzschlag beschleunigte sich, und ihr Brustkorb zog sich zusammen, und sie konnte nicht verhindern, dass ein leises Wimmern über ihre Lippen kam. Sie spürte, wie ihre Hand zu zittern begann, aber sie hielt sie strikt in der Schale.

Ihre Finger wurden feucht, und sie wusste, dass es kein Schweiß war, der sich an ihren Spitzen sammelte.

Die Anstrengung zehrte an ihr, aber sie zwang ihre Gedanken zurück zu der Erinnerung an diesen Tag, der sie ihr ganzes Leben lang verfolgte.

Warme Flüssigkeit erreichte ihre Fingerspitzen, und sie biss sich noch einmal durch, bis sie glaubte, dass sie genug beisammenhatte, um ihre Magie auf mindestens zwei oder drei Personen zu wirken. Sie hielt die Augen noch einen Moment geschlossen, um das Gefühl, dass das Mantra ihrer Erinnerung in ihr geweckt hatte, abflauen zu lassen. Sobald sie die Augen öffnen und den Destillierprozess beenden würde, wäre die Erinnerung, die sie sich immer und immer wieder durch den Kopf hatte gehen lassen, zwar noch da war, aber sie wäre dünner und weniger fassbar. Und sobald ihre Magie gewirkt war, wäre die Erinnerung für immer fort.

Sie sog stockend Luft ein und schluckte schwer. Dann öffnete sie die Augen.

Sie nahm die Finger aus der Schale und hielt sie damit fest, während sie die andere Hand dazu benutzte, sich über die Augen zu streichen.

›Und?‹

Sie blickte auf die goldfarbene Flüssigkeit in der Schale und atmete den Geruch eines jungen Benriach-Whiskys ein. Ein Hauch der Erinnerung berührte sie und ließ sie schaudern.

»Es hat geklappt«, sagte sie.

›Und jetzt überlegen wir uns, wie du deine Magie einsetzen kannst, ohne eine Regel zu brechen?‹, fragte Jamie aufgesetzt hoffnungsvoll.

Glenna stand vorsichtig auf, damit die wertvolle Flüssigkeit nicht überschwappte, dann stellte sie die Schale auf den heruntergeklappten Toilettendeckel und wusch sich die Hände.

»Sehr gerne«, sagte sie und blickte dann skeptisch auf die Schale. »Aber zuerst muss ich herausfinden, wie ich diesen Whisky transportieren kann, ohne ihn zu verschütten.«

So leise wie möglich durchsuchte Glenna die Küche nach etwas, in das sie den Whisky hineinschütten konnte. Sie wollte nicht, dass Aidan mitkriegte, dass sie gerade sein Zuhause auf den Kopf stellte, in dem seine Mutter ihn vermeintlich allein gelassen hatte.

Jamie wanderte auf ihrem Rücken hin und her und machte sie nervös.

»Kannst du vielleicht einen Moment stillhalten?«, zischte sie ungeduldig und öffnete erneut alle Schränke in der Küche.

›Tut mir leid. Ich versuche nur zu überlegen, was wir tun können.‹

Das tat Glenna ebenso. Nur dass sie bereits damit abgeschlossen hatte, eine Lösung zu finden, die sie vor der Bestrafung des Hohen Gerichts rettete.

Die Dämmerung stand kurz bevor. Es würde nicht mehr lange dauern, bis der Cusith auftauchte, und dann hätte sie keine andere Wahl, als ihn irgendwie dazu zu bringen, ihren Whisky zu trinken. Für danach hatte sie schon einige Szenarien an der Hand. Sie könnte ihn glauben lassen, Aidan besäße Spitzohren und sei ebenfalls ein Mischwesen. Oder sie könnte den Jungen sogar unsichtbar machen für den Cusith, nur so lange, bis die Sonne unterging und er abziehen musste. Etwas würde ihr in den Sinn kommen. Der schwierige Teil war, dem Cusith den Whisky unterzujubeln, ohne dass dieser misstrauisch wurde.

Es gab viele Wesen der Anderswelt, die Whisky mochten. Aber sie konnte sich nicht darauf verlassen, dass es bei dem Feenhund ebenfalls so war.

Auch wenn der Gedanke an die Konsequenzen und den ewigen Kerker der Anderswelt sie schwindeln ließ, gab es nichts, was sie nun anders machen konnte. Sie hätte sich sogar der Wilden Jagd ausgesetzt. Wie viel schlimmer konnte dieses Schicksal schon sein?

»Ah, endlich«, murmelte sie, als sie den PET-Abfall hinter der Küchentür fand. Sie wusch eine der zerdrückten Flaschen aus und nahm sie mit ins Badezimmer. Dort blies sie sie auf und schüttete vorsichtig den Whisky hinein. Ihre Hände waren nicht so ruhig, wie sie es gehofft hatte. Entweder die Entbehrungen des Destillierens waren dafür verantwortlich, oder aber sie hatte schon lange nicht mehr versucht, etwas in einen dünnen Flaschenhals zu leeren.

Die Geräusche des Fernsehers im Wohnzimmer verstummten, und sie hastete zurück in die Küche, in dem Moment, als von der anderen Seite her die Tür aufging.

Aidan warf einen Blick auf die offenen Küchenschränke.

»Willst du hier was backen?«, fragte er, und Glenna konnte nicht recht einschätzen, ob er es im Scherz meinte oder ob Hoffnung in seiner Stimme mitschwang.

Glenna studierte die PET-Flasche mit dem Whisky und schnalzte mit der Zunge.

Warum eigentlich nicht?

»Ich hätte da ein Rezept, das ich schon lange von einem erprobtem Keksespezialisten testen lassen möchte. Einem Spezialisten, der sich gerade das riesengroße Dankeschön einer alten Frau verdient hat«, sagte sie verschwörerisch an Aidan gewandt. »Willst du mir helfen?«

Dieser warf einen Blick zurück ins Wohnzimmer und schien abzuwägen. Dann trat er ganz in die Küche.

Offenbar hatte er nicht gelogen, als er meinte, Glennas Kekse seien die besten, die es gibt.

Leise Gespräche

»Ich glaube, sie sind durch!«, sagte Aidan und streckte die Nase in die Luft.

»Meinst du?«, fragte Glenna, doch Aidan war bereits auf die Füße gesprungen und in die Küche gerannt.

Glenna legte den Controller auf den Wohnzimmertisch und erhob sich vom Sofa. Sie schloss ganz kurz die Augen, um den Schwindel des Videospiels abzustreifen, und trat dann ebenfalls in die Küche.

Aidan blickte vornübergebeugt in den Backofen, und der Duft, der in der Luft lag, verriet, dass der Junge vermutlich recht hatte.

Sie nahm das Blech heraus und stellte es auf die Herdplatte.

»Darf ich einen?«, fragte Aidan und langte bereits nach einem der braunen kleeblattförmigen Kekse.

Glenna schob seine Hand zur Seite.

»Natürlich. Aber nicht von denen. Das sind die für die Erwachsenen.«

Sie zwinkerte ihm zu und hob sorgfältig mit zwei Fingern einen der Kekse ohne ihre Spezialzutat hoch.

»Uh«, sagte sie, selbst überrascht, wie heiß er noch war, und ließ ihn in Aidans ausgestreckte Hand fallen.

Dieser blies auf den Keks und rollte ihn von einer Hand in die andere.

»Brun… wie?«

»Brunsli«, sagte Glenna. »Habe ich vor vielen Jahren in der Schweiz gelernt. Die sind aber nach meinem eigenen Rezept.«

Ganz besonders die mit dem magischen Whisky.

Sie hatte nicht das ganze Destillat aufgebraucht, aber es sollte genug sein, um eine Person empfänglich für ihre Magie zu machen.

Draußen hatte die Dämmerung eingesetzt, und ein Blick auf ihre Uhr verriet, dass der Sonnenuntergang ganz nah war. Egal, ob der Cusith selbst auftauchen würde oder er jemanden schickte, um Aidan etwas anzutun, die Zeit lief dem Köter langsam, aber sicher davon.

Glenna schaufelte die normalen Kekse auf einen Teller und ging zusammen mit Aidan zurück ins Wohnzimmer. Als dieser ihr den Controller reichen wollte, winkte sie ab.

»Ich habe genug von deinem Spiel. Mir wird dabei ganz schwindlig.«

Aidan grinste. »Ich habe auch andere, aber das hat mir Paps gestern geschenkt.«

Glenna runzelte die Stirn.

»Paps?«

Sie konnte beobachten, wie Aidan das Gesicht gefror und sämtliche Farbe daraus wich. Er wandte sich von ihr ab und konzentrierte sich mit zusammengepressten Lippen auf das Spiel, als hätte die kurze Konversation gar nicht stattgefunden.

»Du meinst ... deinen Vater, Aidan?«, fragte Glenna überrascht.

Er schüttelte den Kopf, sah sie dabei aber nicht an.

Janet hatte seit Jahren keinen Kontakt mehr zu Aidans Vater, und soviel Glenna wusste, durfte dieser ihren gemeinsamen Sohn gar nicht sehen. Oder verwechselte sie da etwas?

Die Zahnräder hinter Glennas Stirn drehten sich intensiv, als sie sich zu erinnern versuchte. Sie wusste, dass die Ehe in einem furchtbaren Krach auseinandergegangen war und dass es irgendwie um Aidan gegangen war.

Ein Gedanke blitzte auf.

»Der Mann, mit dem du gestern auf dem Markt gesprochen hast«, sagte sie langsam. »War das dein Vater?«

Aidan presste die Lippen noch enger zusammen und ignorierte sie nun komplett.

Was auch immer das alles zu bedeuten hatte, der Junge würde ihr nichts weiter dazu sagen. Und so richtig ging es Glenna so oder so nichts an. Ob Janet wusste, dass ihr Ex-Mann hier war?

Seufzend fasste sie nach einem Brunsli und blickte aus dem Fenster. Und sprang überrascht auf die Füße.

Die Sonne war untergegangen und hatte den Schatten die Welt überlassen. Samhain war vorüber.

Glenna atmete tief durch, und ihre Schultern, deren Verkrampftheit sie erst jetzt richtig bemerkte, entspannten sich.

Sie hatten es überstanden. Aus welchem Grund auch immer sich der Cusith nicht hatte blicken lassen, er und die Reiter der Wilden Jagd waren nun wieder zurück in ihrer Höhle.

Aidan war sicher.

Für einen kurzen Moment nagte das schlechte Gewissen an ihr. Was, wenn der Cusith sich stattdessen einfach ein anderes Opfer geholt hatte?

Sie verscheuchte den Gedanken. Im Moment zählte nur, dass Aidan in Sicherheit war.

Glenna warf einen Blick auf den Jungen, der immer noch wie besessen auf den Fernseher starrte und sie keines Blickes würdigte.

So ganz sicher war sich Glenna nicht, was sie aus der Situation machen sollte. Aidan war nichts geschehen, und Samhain war vorüber. Doch irgendwie fühlte es sich falsch an. Konnte es wirklich sein, dass der Cusith einfach von ihm abgelassen hatte? Hatte er vielleicht Aidans Spur verloren und nicht rechtzeitig wiedergefunden?

»Ich schätze, ich gehe dann«, sagte sie langsam.

Aidan nickte kurz, und seine Gesichtszüge entspannten sich ein wenig.

Glenna seufzte und verschwand in der Küche, wo sie die magischen Kekse in einen kleinen Beutel füllte und die PET-Flasche mit dem übrigen Whisky einpackte. Dann zog sie Jacke und Schuhe an und öffnete die Tür.

»Tschüss, Aidan. Genieß deinen Abend«, rief sie ins Wohnzimmer, und als keine Antwort kam, verließ sie das Haus.

»Seltsam«, murmelte Glenna und überquerte die Straße.

Der Fleck bewegte sich von einem Schulterblatt zum anderen.

›Vielleicht hatte der Cusith Angst?‹

»Vor mir etwa?«, fragte Glenna überrascht.

›Ich weiß es nicht. Hauptsache, er ist fort und bleibt es bis nächstes Jahr.‹

Nächstes Jahr. Nächstes Jahr würde der Hund womöglich wiederkommen. Und dennoch war es ein anderer Gedanke, den Glenna nicht von sich schieben konnte.

Sie holte ihr Mobiltelefon heraus und wählte einen Namen aus dem Kontaktbuch. Es klingelte ein paarmal, bevor jemand antwortete.

»Murphy, hallo?«

»Guten Abend, Priscilla, hier ist Glenna.«

»Da hast du noch mal Glück gehabt. Ich habe schon die Schuhe an, um noch mal aufs Fest zu gehen. Sehen wir uns dort?«

»Vermutlich nicht, ich bin schon etwas müde. Eine kurze Frage nur an dich. Erinnerst du dich an Janets Ex-Mann?«

»Sebastian? Natürlich. Warum fragst du?«

Glenna biss sich auf die Lippen und wägte kurz ab, inwieweit sie Priscilla die Wahrheit sagen sollte. Einfach abspeisen konnte sie sie nicht, das würde Priscilla nicht zulassen. Dafür war sie zu neugierig und zerriss sich zu gern das Maul über alles, was in Southbank vor sich ging.

»Es kann eigentlich nicht sein ... aber ich glaube, ich habe Sebastian heute auf dem Markt gesehen.«

»Wirklich?« Priscillas Stimme wurde lauter und etwas höher.

Bevor Priscilla sich eine Frage dazu überlegen konnte, sprach Glenna weiter.

»Weißt du noch, was damals genau passiert ist zwischen den beiden?«

»Natürlich. Das war monatelang das einzige Gesprächsthema. Ein richtiger Skandal.«

Priscillas Stimme klang aufgeregt, und Glenna konnte ein Augenrollen nicht unterdrücken.

»Kannst du meine Erinnerung auffrischen?«

»Da war ganz viel dreckige Wäsche im Spiel. Ein richtiges Drama. Beide haben sich beschuldigt, untreu zu sein und Affären in jedem Dorf am Shannon zu haben.«

Langsam kehrte die Erinnerung zurück. Glenna wusste nicht mehr, was Sebastians Beruf gewesen war, aber sowohl er wie auch Janet hatten regelmäßig außerhalb gearbeitet.

»Janet war völlig fertig, weil sie nicht wollte, dass das arme Kind das alles mitkriegt. Vor allem die Vorwürfe, die von Sebastian kamen. Schrecklich.«

Glenna runzelte die Stirn.

»Welche Vorwürfe?«

»Na, dass er gar nicht Aidans Vater sei. Dass Janet sich von einem anderen habe schwängern lassen.«

Glenna verharrte im Schritt. Sie hatte gewusst, dass Aidan bei dem Streit irgendwie eine Rolle gespielt hatte.

»Weißt du, damals war ich nicht sicher, wem ich glauben sollte«, sprach Priscilla weiter. *»Sie stammten ja beide nicht von hier, weißt du. Da kann schon alles passieren. Und so wirklich Ähnlichkeit hatte der Junge ja auch nicht mit dem Vater. Vermeintlichen Vater, meine ich. Oh, wie sauer der war, als er abgezogen ist.«*

Glenna konnte die unterdrückte Aufregung, wenn nicht sogar Freude förmlich durch das Telefon hören. Janet mochte heute Priscillas Freundin sein, aber das hieß nicht, dass sich diese nicht nach wie vor von dem Schicksalsschlag unterhalten lassen konnte.

»Janet hat ihn vor die Tür gesetzt und ihm gesagt, dass sie ihn nie wieder sehen will. Also ist er abgezogen. Wenn du mich fragst, der wollte den Jungen schlichtweg nicht haben. Ob unsere gute Janet jetzt fremdgegangen ist oder nicht. Aber wütend war er, das kannst du mir glauben. Hat die arme Janet aufs Übelste beschimpft, als er von dannen gezogen ist mit seinen Koffern.«

Glenna hörte nur noch mit einem Ohr zu, als Priscilla weiterplapperte und das Fest vielleicht schon wieder vergessen hatte. Einiges, was ihre Freundin ihr erzählte, kam ihr bekannt vor. Und es gefiel Glenna nicht, was sie über Sebastian zu sagen hatte.

Wie auf ein Stichwort tauchte auf der anderen Straßenseite auf einmal Janet auf, die mit schnellem Schritt nach Hause eilte. Das Telefon lag an ihrem Ohr, und sie lachte kurz laut auf, als sie auf Glennas Höhe war.

»Danke, Priscilla. Viel Spaß noch auf dem Fest!«, fiel Glenna Priscilla ins Wort und beendete die Verbindung.

Janet war komplett auf ihr Telefonat konzentriert, und Glenna schaute ihr nachdenklich nach, bis sie aus ihrem Blickfeld verschwunden war.

Der warme Fleck, der sich nahe um ihre Ohrmuschel gelegt hatte, wanderte jetzt wieder tiefer.

›Woran denkst du?‹

Noch hatte es Glenna nicht geschafft, ihre Gedanken zu sortieren. Nachdenklich setzte sie einen Fuß vor den anderen und starrte in die Dunkelheit der Straße vor sich.

Doch die Dunkelheit starrte zurück. In Form zweier grüner leuchtender Punkte.

Die PET-Flasche glitt beinahe aus Glennas Hand, doch sie fasste sich schnell genug, um sie wieder an sich zu pressen und sich selbst gleichzeitig an die Fassade neben ihr zu drücken.

»Jamie«, hauchte sie, ohne zu atmen. »Er ist noch hier.«

Das Herz schlug ihr bis zum Hals, als der grüne Hund auf der anderen Straßenseite entlanggetrottet kam. Die leuchtenden Augen waren auf den Pfad vor ihm gerichtet, und die Ohren hatte er eng an seinen Kopf gelegt. Er war in dieselbe Richtung unterwegs wie Janet. In Richtung ihres Hauses.

Jamie flüsterte etwas, aber Glenna konnte es über das Rauschen des Blutes in ihren Ohren nicht verstehen.

Glenna wollte sich bereits umdrehen und zurück zum Haus laufen, als der Cusith plötzlich mitten im Schritt innehielt und die Ohren konzentriert in die Höhe richtete. Sein Knurren drang bis zu Glenna hinüber, und sie presste sich noch enger an die Fassade.

Eine Gestalt trat aus den Schatten, gekleidet in einen langen Mantel und mit einem Hut, den sie tief ins Gesicht gezogen hatte. Sie stellte sich direkt vor den Cusith, und dessen Knurren verstummte.

›Was passiert?‹, sagte Jamie leise, und Glenna riss sich ungelenk das Foulard vom Hals, damit er sehen konnte.

»Der Mann vom Markt?«, flüsterte Glenna und wagte nicht zu atmen.

Jamie antwortete nicht.

Sie hatte weder den Mann auf dem Markt genau gesehen, noch konnte sie jetzt in der Dunkelheit viel erkennen. Die Statur konnte passen.

Falls es derselbe Mann war und es sich dabei tatsächlich um Aidans Vater handelte, warum in aller Welt konnte er den Cusith sehen? Und warum würde er sich ihm einfach so in den Weg stellen?

Es war unmöglich, etwas von dem Gespräch mitzukriegen. Sie bezweifelte, dass sie die Stimme des Cusiths überhaupt vernehmen könnte, wenn er sie nicht bewusst in ihren Kopf transportierte.

Es vergingen elend lange Minuten, vielleicht auch nur Sekunden, da leckte sich der Cusith übers Maul und drehte ab. Gemeinsam mit dem Mann trottete er in die Dunkelheit, zurück auf dem Weg, den er gekommen war. Weg von Aidans Haus.

Düstere Pläne

Selbst als die beiden Gestalten in der Dunkelheit verschwunden waren, traute sich Glenna weder, recht zu atmen, noch, die Schatten der Fassade zu verlassen.

›Hm‹, machte Jamie nach einer Ewigkeit und erweckte Glenna aus ihrer Starre.

Sie ließ die angehaltene Luft entweichen und stützte sich an der Mauer ab.

»Was hat das zu bedeuten?«, fragte sie. »Wie kann der Cusith noch hier sein?«

›Dafür gibt es nur eine Erklärung. Wir lagen schlichtweg falsch.‹

Es dauerte einen Moment, bis die Worte in Glennas Verstand sickerten und sie sie verstand.

»Du meinst, er gehört nicht zur Wilden Jagd?«, sagte sie dann tonlos. »Er handelt autonom?«

›Vielleicht. Zumindest unabhängig von den Reitern.‹

Glenna schwindelten die Sinne, und sie presste die Augen zusammen.

»Nein«, sagte sie schlussendlich und öffnete die Augen wieder.

›Nein was?‹

Sie stieß sich von der Wand ab und starrte wieder konzentriert in die Dunkelheit, dorthin, wo die beiden Gestalten verschwunden waren.

»Nicht autonom. Hast du das nicht gesehen? Der Cusith hat sofort aufgehört zu knurren, als Sebastian vor ihn getreten ist. Und dann haben sie sich kurz unterhalten, und der Hund ist einfach so mit ihm gegangen.«

Sie fuhr sich mit der Zunge über die trockenen Lippen.

›Du meinst, der Cusith ... untersteht Aidans Vater?‹

Jamie klang alles andere als überzeugt.

»Ich glaube, dass er zumindest in seinem Auftrag agiert. Warum sonst würde er jetzt einfach von seinem Plan ablassen?«

Jamie schwieg, und Glenna begann wieder voranzugehen. Langsam zuerst, dann legte sie an Geschwindigkeit zu, den Blick immer auf die andere Straßenseite geheftet.

›Du folgst ihnen?‹

»Ich muss wissen, was sie vorhaben. Etwas stimmt hier nicht.«

Es dauerte nicht lange, da tauchten die beiden Gestalten vor ihr in der Dunkelheit auf. Sie verlangsamte den Schritt und blieb so weit wie möglich hinter ihnen zurück, ohne sie aus den Augen zu verlieren.

»Sie gehen zurück zum Fest«, stellte sie irgendwann grimmig fest.

›Und wir?‹

»Wir haben keine Wahl. Ich muss herausfinden, ob der Kerl wirklich Aidans Vater ist.«

Glenna ging nun etwas zügiger voran. Sie waren nicht mehr die einzigen Personen auf der Straße, und sie wollte die beiden nicht aus den Augen verlieren.

›Was, wenn er es ist?‹, flüsterte Jamie nah an ihrem Ohr.

Glenna schürzte die Lippen. Die Frage beschäftigte sie schon, seit Aidan die Sache rausgerutscht war, und noch viel mehr, seit Priscilla ihre Erinnerung aufgefrischt hatte.

Sebastian war wütend gewesen. Janet hatte seinen Stolz verletzt, als sie ihn vor die Tür gesetzt – und womöglich betrogen – hatte. Er glaubte, dass Aidan nicht sein eigener Sohn war, und er schien irgendwie mit dem Cusith im Bunde zu stehen, dem Todeshund, den Aidan sehen konnte. Falls der Mann nach Rache sann …

Es schnürte Glenna die Kehle zu, daran nur schon zu denken.

Das Fest war in vollem Gange. Die meisten Stände waren bereits abgebaut, und die Händler, die noch da waren, betranken sich bereits mit den anderen Besuchern, während sie die letzten Kisten mit ihrer Ware verstauten.

Der Mann und der Cusith schlängelten sich durch die Menge in Richtung des Verpflegungszeltes, wo die Menschen dicht gedrängt anstanden.

Für eine Sekunde verlor Glenna die beiden aus den Augen und quetschte sich etwas rüpelhaft zwischen einem Händchen haltenden Paar hindurch, um aufzuholen.

Doch als sie Sebastian wieder in den Blick fasste, war er allein.

»Der Cusith«, sagte Glenna und blickte sich um. »Kannst du ihn irgendwo sehen?«

Der warme Fleck bewegte sich in Richtung ihres nackten Halses.

›Nein.‹

»Mist«, fluchte Glenna und heftete ihre Augen wieder auf den Mann mit dem Mantel und dem Hut. Dieser schritt zügig um das Zelt herum und aus der Menschenmasse heraus.

Glenna folgte ihm, und bevor er wieder in einer Ansammlung verschwand, hatte sie ihn eingeholt und legte ihm eine Hand auf die Schulter.

»Entschuldigen Sie«, sagte sie höflich.

Der Mann drehte sich überrascht zu ihr um, und für einen kurzen Moment blickten sie sich ins Gesicht.

Die Haut des Mannes wies einen dunkleren Teint auf, als man ihn sich im irischen Herbst aneignen konnte, und ein ungekämmter Vollbart wucherte in seinem Gesicht. Kaum kreuzten sich ihre Blicke, wandte er sich sofort von ihr ab, aber es genügte, dass Glenna sich sicher sein konnte, diese Augen schon einmal gesehen zu haben.

Ihr Herz pochte auf einmal stark, und ihre Hände wurden feucht.

Der Mann machte Anstalten, einfach weiterzugehen, aber Glenna umfasste seinen Arm. Er straffte die Schultern, hielt sein Gesicht aber von ihr abgewandt.

»Was wollen Sie?«, murmelte er in seinen Bart, und Glenna riss die Augen auf, als sie auch die Stimme wiedererkannte.

»William Judge«, entfuhr es ihr.

Ganz kurz warf er ihr einen erneuten Blick unter hochgezogenen Augenbrauen zu, drehte sich aber noch schneller wieder ab als zuvor und machte Anstalten davonzugehen.

»Warten Sie«, rief Glenna, und hinter ihrer Stirn arbeitete es.

Sie hatte Sebastian zur Rede stellen wollen. Ihn fragen wollen, was er vorhatte mit dem Cusith und mit Aidan. Aber die Worte kamen nicht über ihre Lippen.

Der warme Fleck bewegte sich über ihre Schulter den Arm hinab bis zu ihrem Ellenbogen, wo die PET-Flasche mit dem Whisky lag.

»Verzeihung«, sagte Glenna rasch und setzte ein freundliches Lächeln auf. »Sie sind Herr Judge, nicht wahr? Ich bin Glenna Alexander aus dem Stewart-Haus. Wir haben telefoniert?«

Der Mann verharrte, hielt sein Gesicht aber immer noch vor ihr versteckt.

»Normalerweise trinke ich mit meinen Gästen einen Whisky. So als Willkommensgeschenk. Darf ich …?«

»Ich trinke nicht«, unterbrach er sie forsch und ging mit langen Schritten davon, bevor Glenna etwas erwidern konnte.

›Es war einen Versuch wert‹, flüsterte Jamie, der wieder bis zu ihrem Nacken gewandert war.

Glenna runzelte die Stirn und folgte Sebastian, der erneut um das Zelt bog und sich dort wieder unter die Menge mischte.

»Darum hat sich der Kerl nie beim Frühstück blicken lassen«, sagte Glenna und folgte ihm. »Er hatte wohl Angst, dass ich ihn wiedererkenne.«

›Und hast du ihn erkannt? Ist es Aidans Vater?‹

Glenna presste den Whisky an ihre Brust und schlängelte sich durch die Menschen hindurch, immer darauf bedacht, den langen Mantel nicht aus den Augen zu verlieren.

»Ich kenne ihn, ganz bestimmt.«

Sie kannte sein Gesicht, und es musste einen Grund geben, dass er sich darum bemühte, dass sie es nicht genauer anschauen konnte.

›Gut. Ich dachte, dass du ihn mit dem Whisky vielleicht zum Reden bringen könntest. Aber wenn du dir sicher bist … Was jetzt? Glaubst du wirklich, er will Aidan was Böses? Der Junge scheint sich nicht vor ihm zu fürchten.‹

Wie auf Kommando schoben sich Aidan und Janet in Glennas Blickfeld, nur wenige Schritte von Sebastian entfernt. Dieser ignorierte sie und verlangsamte nicht einmal seinen Schritt, und die beiden schienen ihn nicht zu sehen.

Glenna atmete einmal tief durch. Die Verfolgungsjagd forderte ihren Tribut in Form von einem plötzlichen Seitenstechen und einem Schweißfilm auf ihrer Stirn.

»Aidan ist hier«, sagte Glenna und fasste mit der freien Hand an ihre Seite.

Wenn der Kerl nicht irgendwann eine Pause machte, würde sie ihn definitiv aus den Augen verlieren.

Schwer atmend suchte Glenna in ihrer Jackentasche nach einem Taschentuch, umfasste stattdessen aber den Beutel mit den präparierten Brunsli.

Sie verlangsamte ihren Schritt und folgte Sebastian mit den Augen, bis er aus ihrem Blickfeld verschwunden war, dann zog sie den Beutel aus ihrer Tasche.

Glennas Blick fuhr von den schon etwas zerkrümelten Keksen zu Janet und Aidan, die gut gelaunt in die gleiche Richtung schlenderten, in der Sebastian verschwunden war. Vom Cusith war zumindest vorläufig nichts zu sehen.

›Du hast eine Idee‹, stellte Jamie fest.

Sie steckte die Kekse wieder ein.

»Was, wenn wir Sebastian den Grund für seine Wut nehmen?«

Glenna bewegte sich nun weiter, darauf bedacht, dass Aidan und Janet sie nicht sahen.

›Damit er sich umentscheidet und den Cusith zurückpfeift, meinst du?‹

Glenna nickte und hielt nach dem Mantel und dem Hut oder dem Feenhund Ausschau.

›Indem du ihn davon überzeugst, dass Janet ihn nicht betrogen hat, oder wie willst du das anstellen?‹

Sebastians Gesicht tauchte vor ihren Augen auf, sein Teint, die Züge, die sie nur kurz hatte erfassen können, und die dunklen Pupillen.

Der Gedanke schmerzte sie zwar, aber es war offensichtlich, dass Aidan entweder sehr viel mehr nach seiner Mutter kam oder Sebastian mit seiner Anschuldigung recht hatte.

»Falls Sebastian den Jungen ansieht und sich selbst in ihm wiedererkennt«, dachte sie laut nach, »könnte das reichen, dass er zumindest von ihm als Opfer ablässt. Er würde seinem eigenen Sohn nichts antun, oder?«

›Möglich. Der Kerl hat sich aber ziemlich deutlich ausgedrückt, als du ihm den Whisky anbieten wolltest.‹

Glenna rümpfte die Nase. Das war immer die größte Schwierigkeit gewesen. Leute, die keinen Whisky trinken wollten oder konnten. Für ihre Karriere hatte das keine große Rolle gespielt. Die wenigsten Gäste hatten den Gratisalkohol abgelehnt, wenn sie ihre Show in Paris besuchten.

Die Zeiten hatten sich geändert, und heute gab es Leute, die zu einem Glas Whisky nun mal Nein sagten.

Glenna lächelte grimmig.

»Aber niemand sagt Nein zu Tante Glennas Spezialkeksen.«

Gequälte Schreie

~~~

Glenna saß in der Ecke des schlecht ausgeleuchteten Zimmers und presste den Teddybären an ihre Brust. Er roch nach ihrem Bruder Thomas, und Glenna atmete den Geruch tief ein.

Sie hatte die nackten Beine unter ihrem Nachthemd dicht an sich gezogen und beobachtete die Tür, die in das Schlafzimmerchen führte. Die Tür, hinter der ihre Mutter und der fremde Mann zusammen mit Thomas verschwunden waren. Sie hatte ihn nicht gesehen, aber der Mann hatte Thomas auf seinen Armen getragen. Als Glenna nach ihm gefragt hatte, hatte ihre Mutter sie angeschrien. Daraufhin hatte sie Thomas' Bären gepackt und sich in die Ecke gesetzt.

Jetzt starrte sie die Tür an und wartete darauf, dass etwas passierte. Etwas, das ihr erklärte, was los war. Warum der fremde Mann Thomas getragen hatte. Warum ihre Mutter sie angeschrien hatte.

Ein plötzlicher Aufschrei aus dem Zimmer ließ Glenna zusammenzucken. Sie zog die Beine noch enger an ihren Körper und presste das Gesicht in das raue Fell des Bären.

Da wurde die Haustür aufgerissen, und ihr Vater stürmte herein. Seine Hose war schmutzig von der Arbeit auf dem Feld, und sein Gesicht war schweißüberströmt, wie immer, wenn er nach Hause kam.
~~~

Aber er war früher zu Hause als sonst. Er hatte die Fäuste geballt, und das Gesicht war seltsam verzerrt.

»Aileen!«, rief er, und kurz darauf wurde die Tür zum Schlafzimmer geöffnet, und der fremde Mann trat heraus.

Er trug Thomas nicht mehr auf den Armen, sondern hatte einen ledernen Koffer dabei und knetete seine Mütze in den Händen.

»Es tut mir sehr leid, Herr Alexander«, sagte er.

Aus dem Zimmer drang das Schluchzen ihrer Mutter.

Glenna verstand nicht, was vor sich ging, aber es war nichts Gutes. Ein Wimmern entwich ihrer Kehle. Niemand nahm von ihr Notiz.

»Leid?«, polterte ihr Vater.

Das Wehklagen ihrer Mutter wurde lauter.

Der fremde Mann wollte etwas sagen, aber ihr Vater stieß ihn zur Seite und stürmte in das Zimmer.

Der Mann blieb kurz stehen, dann setzte er die Mütze auf und verließ das Haus mit langen Schritten.

»Was ist passiert, Aileen?«, hörte sie ihren Vater schreien.

»Ein Unfall. Glenna hat sich das Bein aufgeschürft«, wimmerte ihre Mutter, und Glenna zuckte zusammen, als ihr Name fiel. »Ich hab ihn allein gelassen. Er ging zu den Pferden. Etwas hat sie erschreckt.«

Sie sprach abgehackt, und Glenna konnte nicht verstehen, was das eine mit dem anderen zu tun hatte.

Ein undeutliches ersticktes Geräusch drang aus dem Raum. Stammte es von ihrem Vater?

Mit zitternden Knien kam Glenna auf die Beine. Den Bären nach wie vor an sich gedrückt, durchquerte sie den Raum und spähte in das Zimmer.

Ihre Mutter kniete am Boden, die Hände auf ihr Gesicht gepresst, ihr Vater saß auf dem Bett und hielt Thomas in seinen Armen.

Aber Thomas schlief und reagierte nicht auf die Umarmung.

Tränen flossen über das Gesicht ihres Vaters. Glenna hatte ihn noch nie weinen sehen. Ihr Herz klopfte so schnell, dass es wehtat.

»Wie konntest du das zulassen, Aileen?«, sagte ihr Vater gequält. »Wie konnte das passieren?«

Ihre Mutter zitterte am ganzen Körper.

Ihr Vater entließ Thomas aus seiner Umarmung, und ihr Bruder fiel zurück auf das Bett. Sein Kopf kippte zur Seite, und sein Gesicht war voller Blut.

Glenna japste auf und stolperte rückwärts.

Ihr Vater schrie ihre Mutter an, aber Glenna hörte die Worte nicht. Sie ließ den Bären fallen und stürmte zur Haustür. Sie riss sie auf und rannte barfuß über das Feld vor ihrem Haus bis zum Stall, wo die beiden Arbeitspferde untergebracht waren.

Sie quetschte sich zwischen zwei Holzkisten an der Fassade hindurch und wickelte sich in die Decke, die dort lag.

Es war ihr Versteck. Thomas und ihres. Wenn sie nicht wollten, dass ihre Mutter sie fand, kamen sie hierher. Glenna wünschte so sehr, dass Thomas herkommen würde. Dann könnten sie zusammen warten, bis ihr Vater mit dem Schreien aufhörte, wie sie es sonst taten. Sie würde seine Hand nehmen, und er hätte seinen Bären dabei, und Glenna würde ihm Geschichten erzählen, bis er aufhörte zu weinen. Thomas hatte immer Angst, wenn ihr Vater anfing zu schreien. Und jetzt lag er dort im Bett, und ihr Vater schrie, und Thomas konnte nicht weg.

Die Haustür wurde mit einem Knall aufgeschlagen, und Glenna spähte zwischen den Holzkisten hindurch in Richtung Haus.

Ihr Vater kam mit festem Schritt auf den Stall zu. In seiner Hand trug er das Gewehr.

Er riss das Tor auf und trat ein.

Glenna drehte sich zur Holzwand des Stalles um und suchte das Astloch, durch welches sie ins Innere sehen konnte. Sie konnte nur die Beine ihres Vaters erkennen und hören, wie die beiden Pferde unruhig schnaubten.

Ein Schuss fiel, und Glenna presste die Hände auf die Ohren und schrie. Sie schrie so laut, dass es ihr im Hals schmerzte.

Die Pferde wieherten panisch, und etwas Schweres prallte auf den Boden.

Glenna drängte sich zurück durch den Spalt und aus ihrem Versteck. Sie atmete schwer, und Tränen flossen in Strömen über ihr Gesicht.

Das war ihre Schuld. Sie hatte sich ihr Bein aufgeschürft.

Der Schuss hatte die Saatkrähen auf dem Feld erschreckt, und der Himmel war überzogen von schwarzen flatternden Flecken und dem Krächzen Dutzender Kehlen.

Auf der anderen Seite des Stalls trat ihr Vater auf das Feld, das Gewehr im Anschlag. Er richtete den Lauf in die Luft und schoss. Einmal, zweimal, dreimal. Immer wieder lud er nach und schoss in die Luft, und nach jedem Mal stieß er einen erschütternden Schrei aus.

»Warum?«, schrie er. »Warum mein Junge?«

Etwas landete direkt vor Glennas Füßen. Ein Bündel aus schwarzen und grauen blutgetränkten Federn mit leblosen Knopfaugen, die sie vorwurfsvoll anstarrten.

Glenna schrie.

~~~

Glenna schreckte hoch und wusste für einen Moment lang nicht, wo sie war. Ihr Herz raste wie verrückt, und sie atmete schwer.

Sie tastete links und rechts neben sich und spürte das Stroh unter ihren Fingern. Dann öffnete sie die Augen.

Es dauerte einen Moment, bis sie die Tränen weggeblinzelt hatte und klar sehen konnte.

Sie war auf dem Markt, natürlich. Wo sollte sie auch sonst sein?

Sie atmete einmal tief durch und rieb sich die Stirn.

›Ist alles in Ordnung?‹

»Ich schätze schon«, murmelte Glenna, fasste sich aber an die Brust, als würde das helfen, ihr schlagendes Herz zu beruhigen.

›Bist du dir sicher? Deine Haut ist schweißnass.‹

Glenna brauchte noch einen Moment, um auszumachen, wie genau sie sich fühlte. Sie schwitzte und hatte einen ausgetrockneten Mund. Außerdem war ihr übel.

Eine Erinnerung zu durchleben, war immer intensiv. Aber nicht immer fühlte sie sich danach, als wolle sie sich übergeben.

»Jamie«, fragte sie etwas atemlos. »Die Erinnerung, die ich geopfert habe. Wann war das noch mal?«

›Der 14. September 1910.‹

Sie erkannte das Datum, wusste faktisch, was an dem Tag geschehen war, wollte aber nicht daran zurückdenken.

Der Tod ihres Bruders konnte keine schöne Erinnerung gewesen sein.

›Was ist an dem Tag passiert?‹, fragte Jamie sanft.

Langsam tastete sie sich gedanklich näher und näher an diesen Tag, bis sie sich eingestehen musste, dass sie sich nicht aktiv daran erinnern konnte.
~~~

»Das ist lange her«, murmelte sie.

Und trotzdem war die Erinnerung stark genug gewesen, um destilliert zu werden.

Sie warf einen Blick auf die PET-Flasche, die nun nur noch klares Wasser beinhaltete.

Jamie fragte nicht weiter, und Glenna sah sich um. Sie erkannte das Mädchen, Lisbeths Nichte, welches ihr zuwinkte und einen Daumen nach oben zeigte.

Glenna setzte ein Lächeln auf und winkte zurück. Das ungute Gefühl in ihrem Magen wurde dadurch nicht besser. Sie hatte das Mädchen nicht gern als Kurier missbraucht. Aber Sebastian hätte ihre Kekse womöglich nicht gegessen, wenn er gewusst hätte, dass sie von ihr stammten. Nicht nach dem holprigen Gespräch, das sie zuvor geführt hatten.

Glenna stemmte sich in die Höhe und streckte einmal ihre Glieder, um das taube Gefühl daraus zu vertreiben.

›Er ist zwischen den beiden Zelten verschwunden‹, sagte Jamie. ›Da, wo sie ihm die Kekse gegeben hat.‹

Glenna wandte sich in die Richtung. Es war gut gewesen, dass sie sich vorsichtshalber hingesetzt hatte, bevor die Magie ihre Wirkung tat, aber sie hatte sich dadurch von Sebastian abwenden müssen, und das, nachdem sie ihn zuerst mühsam wieder hatte finden müssen.

Aber nun hatte sie ihn in ihren Händen, und alles, was sie tun musste, war, ihn in Aidans Nähe zu bringen, damit er den Jungen auch ganz bestimmt sehen konnte.

Sie hatte sich Aidans Bild bereits ausgemalt. Kleine Änderungen, die sich nicht unendlich stark mit der Realität bissen. Dunklere Haare und Augen insbesondere, weniger Sommersprossen und vielleicht ein klein wenig größer. Aber noch wirkte sie ihre Magie nicht. Das Zeitfenster dafür blieb nicht unbeschränkt offen, irgendwann nahm die Wirkung des Whiskys ab, aber sie wollte sichergehen, dass es auch wirklich Sebastian gewesen war, der die Kekse gegessen hatte, und dem Mädchen kein Fehler unterlaufen war.

Sie eilte an die Stelle, wo Jamie Sebastian hatte verschwinden sehen.

Doch Sebastian war nicht dort.

»Mist«, fluchte Glenna und reckte den Hals.

Aber sie sah auch keinen flatternden Mantel, der gerade um die Ecke bog. Die Zelte standen hier eigentlich zu eng, als dass er sich so zügig hätte aus dem Staub machen können.

Glenna raffte ihren Rock und stieg über die gespannten Zeltschnüre hinweg.

Da plötzlich packte sie jemand am Arm und zog sie grob durch einen Zelteingang.

Sie japste auf vor Schreck, und als sie inmitten von leeren Kisten stand, presste sie ihre freie Hand auf ihre Brust, um ihren Herzschlag zu beruhigen.

Sebastian hielt ihren Arm schmerzhaft umklammert und glotzte sie für einen Moment an.

Der sanfte goldene Schein ihrer Magie lag auf seiner Haut, das konnte sie gerade noch erkennen, bevor er sie losließ und sich wieder unter Kragen und Hut versteckte.

»Also«, sagte er und klang bitter. »Du hast mich erkannt, wie?«

Glenna schluckte schwer, straffte dann aber wieder die Schultern und umklammerte ihre Handtasche, als würde sie ihr Halt geben.

»Richtig«, sagte sie fest, und wieder fuhr die Zorneshitze durch ihren Körper. »Warum, Sebastian? Aidan? Der Cusith? Wie kannst du so etwas tun?«

Er versteifte sich merklich. Beweis genug, dass sie richtig mit ihrer Vermutung lag.

Sie schob die Wut von sich, schloss die Augen und rief sich das Bild von Aidan in Erinnerung, welches sie vorbereitet hatte. Doch noch bevor es seine ersten Züge annehmen konnte, spürte sie einen Schmerz in ihrer Schulter, als Sebastian sie grob packte.

Sie öffnete die Augen, und ihr entfuhr ein spitzer Schrei. Ein Messer lag in seiner anderen Hand.

»Das ist nicht, wie es hätte passieren sollen«, zischte er. »Aber du lässt mir keine Wahl.«

Ihre Handtasche glitt aus ihren Händen, sie selbst war wie festgefroren.

›Lass sie los!‹, rief Jamie, und Sebastian riss überrascht die Augen auf.

Jamies Ruf und Sebastians Moment des Zögerns reichten, damit Glenna sich wieder fasste. Sie hob ihren Arm und presste Sebastians Hand auf ihrer Schulter mit ihrem Unterarm zur Seite. Bevor er darauf reagieren konnte, war sie einen halben Schritt an ihn herangetreten und rammte ihm das Knie zwischen die Beine.

Glücklicherweise machte sie nach wie vor regelmäßige Dehnübungen, und ihre Beweglichkeit ließ jede andere Seniorin vor Neid erblassen.

Sebastian krümmte sich zusammen und sog scharf die Luft ein.

Glenna warf einen Blick auf das Messer, das er noch immer in der Hand hielt, und ihre Gedanken arbeiteten in Sekundenbruchteilen alle möglichen Varianten durch, wie sich die Situation jetzt entwickeln mochte. Keine davon gefiel ihr. Sie mochte agiler sein, als erwartet, aber sie war dennoch eine alte Dame und Sebastian ein Mann im besten Alter.

Es gab nur eine Sache, die sie aus der Situation retten konnte.

Sie brachte etwas Distanz zwischen sich und Sebastian und gab ihm Zeit, um sich zu erholen.

Als er sie wieder in den Blick fasste, waren seine Pupillen geweitet, und der Zorn, der darin lag, jagte einen Schauer über ihren Rücken. Sebastians ganzer Hass schien auf einmal auf sie gerichtet zu sein. Eine Frau, die er nicht einmal richtig kannte.

Glenna schüttelte den Gedanken ab, als Sebastian sich aufrichtete und auf sie zukam. Sie hielt den Blick auf das Messer gerichtet und ging vorsichtig rückwärts. Ihre Idee konnte funktionieren, aber wenn sie unvorsichtig war, konnte sie genauso gut von ihm aufgeschlitzt werden.

Ihre Ferse schlug irgendwo an, und sie wusste, dass das ihre Gelegenheit war. Sie riss die Arme vor ihr Gesicht und spannte ihre Muskeln an, während sie sich rückwärts fallen ließ.

Der Aufschlag auf dem Boden jagte ihr die Luft aus der Lunge, aber trotzdem schaffte sie es, die Augen zusammenzupressen und ein Bild in ihrer Vorstellung Form annehmen zu lassen.

Sie malte sich selbst am Boden liegend. Blut besudelte ihre Bluse und den Mantel. In wellenartigen Schüben trat es aus ihrer Halsschlagader, die von einem nur halb in den Boden getriebenen Hering durchtrennt worden war. Ihre Augen waren aufgerissen vor Schock und das Gesicht schmerzverzerrt, aber eingefroren und blass. Sie atmete nicht mehr.

Das Bild war brachial und unordentlich. Sie hoffte, es war schockierend genug, dass Sebastian nicht auf Details achtete, und stark genug, damit es ihren vor Anstrengung bebenden Körper überzeichnete.

In einem letzten Aufbäumen ihrer Energie entließ sie die Vorstellung und pflanzte sie in Sebastians Kopf.

Er stand über ihr, das Messer erhoben, aber seine Stirn war in tiefe Furchen gelegt. Langsam ließ er das Messer sinken, und seine Schultern sackten ab. Er starrte auf sie herab, und vollkommene Ungläubigkeit trat auf sein Gesicht.

Dann schüttelte er den Kopf.

»Das war nicht mein Plan gewesen«, sagte er und klang reumütig. »Mein Ziel vielleicht, aber nicht mein Plan.«

Er steckte das Messer zurück in die Scheide, die er unter dem Mantel trug, und wandte sich ab. Schnelle Schritte verließen das Zelt.

Glenna blieb für mehrere Minuten liegen. Sie wollte sichergehen, dass er nicht wiederkam, aber sie brauchte die Zeit auch, um sich zu erholen.

Als sie sich aufsetzte, schmerzten ihre Knochen, und sie rieb sich das Kreuz.

›Was hast du ihn glauben lassen?‹

Sie stemmte sich in die Höhe und sammelte ihre Handtasche ein.

»Dass er mich getötet hat. Hoffentlich kriegt er nun kalte Füße und verschwindet.«

Er wäre verrückt, wenn er jetzt noch bleiben würde. Er musste davon ausgehen, dass ihre vermeintliche Leiche schnell entdeckt werden würde, und dann wäre hier die Hölle los.

›Das war ganz schön mutig. Und verrückt.‹

Glenna lächelte leise und versuchte, die Grasflecken von ihren Kleidern zu reiben. Sie gab es schnell auf und atmete noch einmal durch.

»Das hätten wir also erledigt.«

Leiser Abschied

Der Sarg lag auf den Stühlen vor dem Eingang des Stewart-Hauses. Nach und nach gingen die versammelten Leute daran vorbei, blickten in die geöffnete Klappe und nahmen Abschied. Einige beugten sich über Dorothys Gesicht und küssten ihre Wangen.

Glenna stand in der Nähe und fühlte sich so entspannt, wie seit Langem nicht mehr.

Als sie am Vortag zurückgekommen war, hatte Sebastian seine Sachen bereits gepackt und war abgereist. Glenna war nur noch ins Bett gefallen, und heute schmerzte sie jeder einzelne Teil ihres Körpers. Trotzdem fühlte sie sich gut, und dass Aidan sie heute sogar gegrüßt hatte, verstärkte das Gefühl nur noch. Er mied sie somit nicht, nur weil er sich verplappert hatte.

Es war alles in Ordnung.

Als sich jeder persönlich von Dorothy hatte verabschieden können, wurde die Abdeckung geschlossen. Sechs junge Männer traten daraufhin an den Sarg heran und hievten ihn sich auf die Schultern.

Die Miller-Brüder hatten keine Widerrede geduldet, als sie sich dafür gemeldet hatten. Die anderen waren Männer aus dem Dorf, die entweder mit Dorothy oder mit ihrem Mann über irgendwelche Ecken verbandelt gewesen waren.

Ihre Kartenspielrunde reihte sich direkt hinter den Sargträgern ein. Eigentlich wäre es an den nächsten

Verwandten und Freunden, den Sarg zu tragen, aber niemand erwartete von ihrem Seniorinnengrüppchen, diesen Auftrag zu übernehmen.

Glenna hatte sich überlegt, Whisky anzubieten, hatte sich aber dagegen entschieden. Jede und jeder sollte die Abdankung durch die eigenen Sinne erleben. Außerdem hatte sie noch keine Zeit, geschweige denn die Energie gefunden, neue Erinnerungen zu destillieren.

Die Gruppe zog langsam durch die Straßen in Richtung des Friedhofs, der auf der anderen Seite des Ufers lag. Von Southbridge hatte sich fast das ganze Dorf angeschlossen, auf der anderen Seite begegneten sie einigen Leuten, die Dorothy nicht gekannt hatten. Traditionsgemäß blieben sie stehen oder wandten sich sogar um und marschierten einige Meter mit der Prozession, um ihren Respekt zu zollen, bevor sie mit ihrem Leben weitermachten.

Die sechs Männer wurden in der Mitte des Weges von sechs weiteren abgelöst, bis sie die kleine Kapelle von Marlfield erreicht hatten.

Glenna hatte sich die ganze Prozession über aufmerksam umgeschaut, aber kein Anzeichen des Cusiths oder anderer Wesen der Anderswelt ausmachen können. Samhain war vorüber, und alles nahm seinen gewohnten Lauf.

Glenna setzte sich neben Janet, und es gelang ihr sogar, den Worten des Pfarrers zu folgen und sie auf sich wirken zu lassen.

Der Gottesdienst war kurz, und es wurde alles gesagt, was es über Dorothy Stewart zu sagen gab.

1928 wurde sie in Paris geboren und von ihrer Mutter aufgrund unbekannter Gründe weggegeben. Sie wurde schließlich von einem irischen Paar adoptiert, das sie geliebt hatte, als wäre sie ihr eigenes Fleisch und Blut.

Glenna versuchte, die Worte an sich vorübergehen zu lassen. Dennoch legten sie ein Band um ihr Herz, das sich sachte, aber spürbar zuzog.

Sie hatte sich damals überlegt, das Mädchen Aurelie zu nennen, nach Létoiles Taufnamen, hatte es sich dann aber anders überlegt. Létoile war immer schnell peinlich berührt gewesen, und die Ehre hätte sie mehr verwirrt als gerührt.

Das wurde heute natürlich nicht gesagt. Glenna war allein mit diesem Wissen.

Sie war allein.

Janet umfasste ihre Hand, und die Wärme verteilte sich von dort aus in ihrem ganzen Körper und vertrieb die trüben Gedanken. Glenna atmete einmal tief durch und schenkte Janet ein dankbares Lächeln.

Als der Gottesdienst vorüber war, zog die ganze Gemeinschaft zum Grab, wo der Sarg hinabgelassen wurde. Zwei Männer schaufelten die Tonerde darüber, womit der offizielle Teil abgeschlossen war.

Glenna hatte nichts weiter vorbereitet, und sie hoffte, dass ihr das niemand übel nahm. Aber sie hatte die Alte-Dame-Karte gespielt und geklagt, dass die letzten Tage allesamt zu anstrengend gewesen seien. Außerdem hatten die Leute genug gefeiert, gegessen und getrunken, sodass diese Bedürfnisse für den Moment gestillt waren.

»Das war eine schöne Beisetzung«, sagte Eileen versonnen, als sich ihre Gruppe etwas abseits vom Grab zueinandergesellte.

Janet und Aidan hatten sich bereits von ihnen verabschiedet und machten sich auf den Nachhauseweg.

»Es hätte etwas persönlicher sein können«, meinte Lisbeth.

Priscilla hob gleichmütig die Schultern. »Sie war eine alte Frau, da erzählt man nun mal nicht mehr viel Persönliches.«

»Ja«, sagte Lisbeth und verzog das Gesicht. »Wir alten Frauen werden überall nur übergangen, nicht wahr? Als mein alter Seamus gestorben ist, wurde viel mehr Trara gemacht, als um mich jemals gemacht werden wird. Ich sag das nur so.«

Eileen nickte zustimmend.

»Keine Angst«, meinte Priscilla. »Wenn du stirbst, werden wir das größte Trara veranstalten, das Southbank gesehen hat. Versprochen.«

Sie alle kicherten leise, aber Glenna war nur mit einem Ohr dabei. Sie schaute zurück zum Grab, um zu sehen, ob es schon angemessen war zu gehen. Nur noch wenige Leute standen dort in einer kleinen Gruppe und unterhielten sich ebenfalls leise.

Glenna wollte sich schon an die Damen wenden, als ihr etwas am Rande des Friedhofs ins Auge stach. Ein Mann stand dort und beobachtete die übrig gebliebene Gesellschaft.

Er trug eine Wollmütze und eine getönte Sonnenbrille, und Glenna blieb im ersten Moment das Herz stehen.

Nein, redete sie sich gut zu.

Als sie ein paarmal blinzelte und noch einmal genau hinsah, wandte sich der Mann ab und ging davon. Dabei passierte er Janet und Aidan, und die drei nickten sich höflich zu.

Glenna ließ die angehaltene Luft entweichen. Es war nicht Sebastian. Ihre Nerven mussten sich einfach erst mal daran gewöhnen, dass wieder alles in Ordnung war.

Sie verabschiedete sich von den Damen und machte sich ihrerseits auf den Rückweg.

Als sie allein war, bewegte sich der warme Fleck von ihrem Rücken zu ihrer Schulter.

›Hast du etwas bemerkt, Bonnie?‹

Sie runzelte die Stirn.

»Was bemerkt?«

›Auf der Beerdigung. Als die Leute vom Sterben sprachen.‹

Glenna ging die Messe des Pfarrers durch und die Gespräche, die sie danach geführt hatte. Aber sie kam nicht dahinter, was Jamie ihr sagen wollte.

›Die Krähen, Bonnie‹, enthüllte er schließlich.

Sie verlangsamte ihren Schritt ein wenig.

»Da waren keine Krähen«, sagte sie nachdenklich.

›Genau.‹

Glenna versuchte, sich daran zu erinnern, wann die Krähen sie zum letzten Mal heimgesucht hatten. Als sie fast in die Anderswelt übergetreten war, hatte sie die Krähen beschuldigt. Hatte sie später noch welche gesehen?

Es war einerlei. Jamie hatte recht.

Sie lächelte grimmig. Vielleicht war nicht alles, was er und der Púca ihr hatten sagen wollen, kompletter Schwachsinn gewesen. Vielleicht gab es keinen Grund, ein schlechtes Gewissen zu haben, nur weil sie lebte.

Der Fleck wärmte ihren Nacken, sagte aber nichts weiter.

Vier Stühle

»Glenna, wie schön, dass du es einrichten konntest«, sagte Janet, als sie Glenna am Tag nach der Beerdigung die Tür öffnete.

»Aber natürlich, Liebes. Wie könnte ich denn eine Einladung zum Abendessen ausschlagen?«

Sie drückte Janet eine Schachtel in die Hand, die diese neugierig öffnete.

»Ah, die Matcha-Kekse. Die hatte ich letztes Mal ja völlig vergessen.«

»Keine Angst, es sind neue. Frisch gebacken.«

Janet führte Glenna in das Wohnzimmer, in dem Aidan vor dem Fernseher saß.

»Guten Abend, Aidan«, sagte Glenna mit einem Lächeln.

Er nickte ihr zu und sagte freundlich: »Hallo, Glenna.«

»Lass uns doch schon mal ins Esszimmer gehen. Möchtest du etwas trinken, Aidan?«, fragte Janet.

»Eine heiße Schokolade mit Sahne«, lautete die prompte Antwort, und Janet seufzte.

»Auf keinen Fall so kurz vor dem Abendessen«, flötete sie.

Glenna folgte Janet ins Esszimmer, wo bereits aufgetischt war. Für vier Personen, wie Glenna bemerkte.

»Wen erwarten wir denn noch?«, fragte sie und setzte sich auf den Stuhl, auf den Janet wies.

»Ja, deswegen ...«, begann Janet, brach dann aber ab. Sie biss sich auf die Unterlippe und warf einen nervösen Blick über die Schulter in die Küche.

»Es gibt da etwas, das ich dir sagen muss.«

Glenna hob die Augenbrauen. »Ja, Liebes?«

Janet setzte sich ihr gegenüber und faltete die Hände vor sich. Doch nur eine Sekunde lang, dann faltete sie sie auseinander und begann, ihre Knöchel zu reiben.

Glenna verfolgte das nervöse Fingerspiel, um Janet die Zeit zu geben, die sie brauchte.

»Du hast dich so wunderbar um Aidan gekümmert diese Woche, darum dachte ich, es wäre nur fair, es dir zu sagen. Außerdem hat Aidan ja bereits ...«

Sie machte eine vage Geste mit der Hand und schien nach Worten zu suchen.

Glenna versteifte sich ein wenig. Wenn sie nicht selbst gerade gesehen hätte, dass Aidan gesund und munter im Wohnzimmer saß, und gewusst hätte, dass Janets Ex-Mann zwei Tage zuvor abgereist war, wäre sie vermutlich um einiges beunruhigter gewesen. Sie wartete gespannt.

»Es geht um Sebastian. Meinen Ex-Mann.«

Glenna nickte und beschloss, sie nicht zu unterbrechen, auch wenn hundert Gedanken auf sie einprasselten.

»Er war auf dem Fest. Ich hatte gehofft, dass ihn niemand erkennt, aber das war ein absolut dummer Gedanke von mir. Eigentlich hätte er gar nicht auf das Fest kommen sollen.« Sie seufzte. »Aber ich konnte es ihm nicht ausschlagen.«

Nun runzelte Glenna die Stirn. »Nicht ausschlagen? Was meinst du damit? Was ausschlagen?«

Janet warf wieder einen Blick zur Küchentür, und ihre Ohrenspitzen liefen rot an.

»Weißt du, als wir uns getrennt haben, haben sich so viele Leute das Maul zerrissen.« Sie senkte den Blick und starrte auf ihre Finger. »Ich wollte damals einfach nichts davon hören. Ich hätte einige Dinge vielleicht berichtigen sollen, aber ...«

Wieder brach sie ab.

»Janet ...«, sagte Glenna mitfühlend, auch wenn sie nach wie vor nicht wusste, worauf dies herauslaufen würde.

Janet hob den Blick und lächelte sie nervös an. Dann räusperte sie sich.

»Nun ja, es ist so, dass wir wieder in Kontakt getreten sind. Vor fast einem Jahr.«

Glenna straffte die Schultern, und ihr Kiefer verspannte sich.

»Du und dein Ex-Mann?«, fragte sie.

Janet nickte, und Glennas Herz pochte schwer.

»Sebastian?«, rief Janet und wandte sich zur Küche.

Als die Tür aufging und ein Mann hindurchtrat, drehte es Glenna den Magen um, und ein bitterer Geschmack sammelte sich in ihrem Mund.

»Hallo, Glenna«, sagte eine sanfte Stimme mit einem deutlich walisischen Akzent.

Glenna blinzelte. Sofort tauchten Bilder von vor zehn Jahren vor ihrem inneren Auge auf.

Janets Ex-Mann sah nicht viel älter aus als damals. Er hatte den Bart rasiert und trug die Haare kürzer, aber Glenna zweifelte nicht eine Sekunde daran, dass es sich tatsächlich um Sebastian handelte.

Und keinesfalls um William Judge.

In ihrem Kopf begann sich alles zu drehen.

Janet beugte sich über den Tisch und umfasste ihre Hand.

»Ist alles in Ordnung, Glenna?«, fragte sie besorgt. »Deine Hand ist ja ganz kalt.«

Sebastian runzelte ebenfalls die Stirn und trat um den Tisch herum, doch sie winkte rasch ab.

»Natürlich. Es tut mir leid, ich weiß nur gerade nicht, wo mir der Kopf steht.« Sie brachte ein halbherziges Lachen zustande. »Also ... das heißt ...« Sie wies von Janet auf Sebastian und zurück.

Die beiden warfen sich einen liebevollen Blick zu, und das war Glenna Antwort genug.

»Wir sind wieder zusammen«, bestätigte Janet.

»Seit ein paar Monaten«, sagte Sebastian. »Janet und Aidan haben mich oft an den Wochenenden besucht, aber nun, als Janets großes Fest anstand, fand ich, dass ich herkommen sollte, um sie zu unterstützen.«

Glenna versuchte sich an einem Lachen, und es fühlte sich schon natürlicher an.

»Das sind doch wunderbare Nachrichten«, sagte sie, weil sie das Gefühl hatte, dass sie so etwas sagen sollte.

»Ja«, sagte Janet und umfasste Sebastians Hand. »Auch für Aidan ist das wunderbar.«

Glenna nickte und schluckte einmal schwer. Der Schwindel war abgeflaut, und so langsam konnte sie wieder richtig denken.

»Warum macht ihr denn ein Geheimnis daraus?«, fragte sie.

Janet senkte wieder den Blick.

»Wie gesagt, ich hätte damals Dinge berichtigen sollen. Oder mich zumindest einfach irgendwie dazu äußern müssen. Egal, welchen Gerüchten die Leute damals glaubten, keiner von uns beiden wird heute gut dastehen, wenn wir sagen, dass wir wieder zusammen sind, verstehst du?« Sie seufzte tief. »Einer von uns beiden ist böse, der andere naiv. Gewinnen können wir beide nicht.«

Glenna lächelte, und dieses Mal meinte sie es ernst. »Aber das ist doch alles so lange her. Falls die Leute sich daran erinnern, dann bestimmt nur am Rande.«

»Nun ja«, meinte Sebastian mit einem nervösen Lachen. »Ich kenne dieses Dorf doch. Es gibt Dinge, die vergisst Southbank nicht so schnell.«

Glenna öffnete den Mund, um zu widersprechen. Dann erinnerte sie sich an ihr Telefonat mit Priscilla.

»Aber auf jeden Fall werden wir nicht länger ein Geheimnis daraus machen«, sagte Janet betont locker. »Wir werden zu unseren Fehlern stehen, und ich hoffe, die Leute können es schnell vergessen.«

»Ganz bestimmt«, sagte Glenna, ihre Gedanken drifteten aber bereits wieder ab.

Sebastian war Aidans Vater und hatte nie etwas gegen den Jungen im Schilde geführt. Er war hier gewesen, um seine Partnerin in einer stressigen Zeit zu unterstützen. Das war wohl auch der Grund, warum Glenna so oft auf Aidan hatte aufpassen müssen.

Aber wenn das hier Sebastian war ... wer war dann William Judge? Und was hatte er mit dem Cusith zu schaffen gehabt?

Leere Gläser

»Dann lasst uns mal essen«, sagte Janet und sprang auf die Füße. »Aidan, zu Tisch!«

»Ich helfe dir«, sagte Sebastian und folgte Janet in die Küche, nicht ohne ihr einen kleinen Klaps auf den Hintern zu geben, was Janet kindlich kichern ließ.

Aidan kam zu Tisch und setzte sich neben Glenna.

»Tut mir leid, dass ich plötzlich nichts mehr gesagt habe«, sagte er geradeaus, auch wenn er dabei etwas beschämt den Kopf senkte.

Glenna blickte ihn verwirrt an.

»Wie?«

»Ich durfte nicht sagen, dass Paps wieder hier ist. Mum hat es mir verboten.«

Sie legte die Hand auf seinen Arm und lächelte ihn an.

»Vergeben und vergessen, mein Junge. Du hattest gute Gründe dafür.«

Als Janet und Sebastian das Essen servierten, war das Thema erledigt.

Glenna genoss die entspannte Gesellschaft und musste zugeben, dass die beiden ein reizendes Paar abgaben. Sie wirkten tatsächlich wie frisch verliebt, und selbst Aidan freute sich über jede Liebesbekundung und Zärtlichkeit der beiden. Schon bald käme er wohl in ein Alter, wo er davon nichts mehr wissen wollte.

Trotzdem saß ein schwerer Klumpen in Glennas Magen, und dieser hatte nichts mit den etwas zu salzigen Penne zu tun.

Dieser William Judge hatte nichts Gutes im Schilde geführt. Wer trug schon ein Messer bei sich und hatte keinen Skrupel, es tatsächlich gegen eine alte Dame einzusetzen? Und warum hatte er den Cusith auf Aidan angesetzt? Nichts davon machte Sinn.

Glenna wollte daran glauben, dass sie das Unheil, das Aidan gedroht hatte, abgewendet hatte, auch wenn sie nicht verstand, wo die Bedrohung wirklich hergekommen war.

Auf diese Frage würde sie mit großer Wahrscheinlichkeit nie eine Antwort erhalten.

Nach dem Nachtisch warf Sebastian einen Blick aus dem Fenster und seufzte.

»Die Nacht ist so klar.«

Janet trat neben ihn und lächelte. »Früher haben wir immer Spaziergänge gemacht nach dem Abendessen.«

Sebastian nickte und wirkte etwas betrübt.

»Warum denn früher?«, fragte Glenna.

Das Paar sah sich etwas unsicher an.

»Ihr müsst ja nicht quer durch das Dorf laufen, wenn ihr nicht wollt. Ihr seid so nah an den Feldern.«

»Das stimmt«, sagte Janet versonnen. »Dort draußen ist zwar noch die ganze Unordnung des Festgeländes, aber es ist bestimmt ruhig.«

»Außerdem hast du gesagt, du weißt, wo all der restliche Alkohol versteckt ist, nicht wahr?«, fragte Sebastian verschwörerisch, und Janet lachte hell.

»Erstens ist ›versteckt‹ ein etwas zu großes Wort, immerhin lagert er in den Kühlschränken im großen Zelt, und zweitens ist der nicht für dich, mein Lieber. Der wird morgen vom Händler abgeholt.« Sie wandte sich an Aidan. »Was meinst du, Aidan? Wärst du bei einem Spaziergang dabei?«

»Ja!«, sagte der Junge sofort und war mit einem Satz im Eingangsbereich, um seine Schuhe anzuziehen.

Janet strahlte, und es wärmte Glenna das Herz, diese junge Familie vereint zu sehen. Ihr Ziel war es gewesen, der Mutter ihr Kind zu erhalten, und nun waren sie sogar zu dritt.

Janet leuchtete förmlich von innen, und Glenna fragte sich, wie ihr bisher entgangen war, dass sie wieder über beide Ohren verliebt war.

»Weißt du noch«, flüsterte Sebastian, gerade laut genug, dass Glenna es hören konnte, Aidan aber nicht. »Die Nächte um Samhain waren immer besonders für uns.«

Janet lief feuerrot an und schob ihn spielerisch von sich.

»Sebastian, doch nicht vor Glenna!«

Er lachte und zwinkerte Glenna zu. »Die ist doch alt genug.« Er beugte sich zu ihr hinüber. »Aidan wurde an Samhain gezeugt.«

Er wich einem angedeuteten Schlag von Janet aus und sprang dann zu Aidan, um ihm in die Jacke zu helfen.

»Tut mir leid für dieses Detail«, sagte Janet und schien sich tatsächlich zu genieren. »Kommst du mit auf den Spaziergang?«

Glenna hob abwehrend die Hand.

»Wenn es euch nichts ausmacht, bleibe ich hier und mache die Küche.«

Janet lachte. »Du wirst dich unterstehen!«

Doch Glenna hob nur tadelnd den Finger und blickte sie ernst an.

»So spricht man nicht mit dem Alter, junge Dame. Ihr geht jetzt schön los und genießt den Abend. Ich schenke mir noch ein Gläschen Wein ein und mache mir einen gemütlichen Abend in eurer Küche. Ich dulde keine Widerreden.«

Janet trat auf sie zu, umfasste ihre Finger und gab ihr einen Kuss auf die Wange.

»Danke, Glenna«, sagte sie mit wässrigen Augen. »Für alles.«

»Papperlapapp«, sagte sie. »Nun raus mit euch, ihr Turteltauben.«

Als alle drei das Haus verlassen hatten, lehnte sich Glenna im Stuhl zurück und konnte nicht anders, als laut zu lachen.

›Warum so fröhlich?‹, fragte Jamie.

Glenna atmete tief durch und schüttelte den Kopf.

»Hast du nicht zugehört? Aidan? Samhain?«

Sie stand auf und begann, das Geschirr zusammenzustellen, während sie Jamie nachdenken ließ.

›Oh!‹, machte er nach einer Weile.

»Das ist der Grund, warum er den Hund sehen konnte. Als er gezeugt wurde, war die Grenze zwischen den Welten hauchdünn. Irgendwie ist das vielleicht auf ihn übergegangen.«

›Das heißt, er war gar nie in Gefahr? Dass wir uns wegen nichts und wieder nichts verrückt gemacht haben?‹

Glenna antwortete nicht darauf. Sie wollte sich über diese Frage keine Gedanken machen, wollte sich nicht daran erinnern, was sie getan – und was sie beinahe getan – hatte, um etwas zu verhindern, was nie passieren sollte.

Alles, was zählte, war, dass Aidan lebte.

Leise vor sich hin summend trug Glenna das Geschirr in die Küche, schenkte sich nochmals ein Glas Wein nach und begann, die Pfannen zu schrubben. Zwischendurch wischte sie sich die Hand an der Schürze ab, nahm einen Schluck von ihrem Rotwein und blickte nach draußen in den vom Mondlicht erhellten Garten.

Aidan war in Sicherheit, Janets kleine Familie wieder glücklich beisammen, und in Sachen Dorothy war nur noch der Termin mit dem Notar offen, der in zwei Tagen stattfinden würde.

Sie ließ den gut temperierten Rotwein durch ihre Kehle rinnen und stieß geräuschvoll die Luft aus.

›Was ist?‹

Sie dachte über die Frage nach.

»Nichts«, sagte sie schließlich.

Und es stimmte. Irgendwie fühlte sie nichts.

Ja, die Anspannung der letzten Tage war von ihr abgefallen, aber die innere Ruhe, die man nach den Ereignissen hätte erwarten können, stellte sich nicht ein.

Schön, sie hatte eingesehen, dass Sterben vielleicht noch nicht das war, was sie suchte. Sie würde weiterschwimmen wie die Schwanenfamilie mit dem verlorenen Küken.

Gleichzeitig fühlte sie sich jedoch noch nicht wieder zu Hause in ihrer Haut. Sie würde sich arrangieren müssen mit einem Leben ohne Dorothy, und noch wusste sie nicht, wie sie das genau bewerkstelligen sollte.

Sie legte die Pfanne zum Abtropfen zur Seite und spülte ein leeres Weinglas aus. Als sie nach dem zweiten fassen wollte, runzelte sie die Stirn. Es stand nur eines beim schmutzigen Geschirr.

Hatte sie noch nicht alles in die Küche geräumt?

Sie zuckte mit den Schultern und nahm stattdessen einen Teller zur Hand.

In der Ferne erklang das Bellen eines Hundes, und Glenna rümpfte die Nase. Für den Moment hatte sie definitiv genug von Hunden aller Art.

Ein zweites Bellen ertönte, näher dieses Mal. Viel näher.

Glenna ließ den Teller sinken und starrte aus dem Fenster auf die spärlich beleuchtete Straße.

»Jamie?«

Bevor er antworten konnte, erschallte das Bellen ein drittes Mal, und dieses Mal hörte es sich an, als stünde der Hund direkt vor ihr. Glenna ließ vor Schreck den Teller fallen, welcher mit einem Klirren am Waschbeckenrand zerschellte.

Ihr Herz pochte.

Nur ein Hund, redete sie sich ein.

›Bonnie‹, flüsterte Jamie von ihrem Nacken her, und seine gepresste Stimme jagte ihr einen Schauer über den Rücken. ›Er ist hier.‹

Neue Verhandlungen

BONNIE BAHOOKIE, knurrte eine tiefe Stimme hinter ihr, und Glennas Herz setzte für einen Schlag aus.

Ihr Kopf sagte ihr, dass sie sich umdrehen sollte, aber ihr Körper gehorchte ihr nicht. Sie konnte den fauligen Atem förmlich spüren.

»Was willst du?«, fragte sie und war stolz darauf, dass sie das Zittern aus ihrer Stimme bannen konnte.

MICH MIT DIR UNTERHALTEN, sagte der Cusith, und sie hörte das Klackern seiner Krallen auf dem Plattenboden.

Sie atmete einmal tief durch, dann wandte sie sich in seine Richtung.

Der Feenhund hatte die Ohren aufgestellt, und der Schwanz bewegte sich nur sachte hin und her.

ICH WEISS NUN, WER DU BIST, BONNIE BAHOOKIE.

Sie straffte die Schultern.

DU HÄTTEST DICH GEOPFERT. NEIN, zischte er und schickte etwas hinterher, das sich wie ein kehliges Lachen anhörte. *NICHT EINFACH NUR GEOPFERT. DEINE SEELE HÄTTEST DU DER WILDEN JAGD VERSCHRIEBEN. EIN UNSÄGLICH TRÜBSELIGES SCHICKSAL.*

Glenna spürte, wie ihre Knie weich wurden, und sie machte so unauffällig wie möglich einen Schritt an den Küchentresen heran, wo sie sich mit einer Hand abstützte.

EIN OPFER, DAS DIR NICHT ÄHNLICH SIEHT, BONNIE BAHOOKIE.

Sie kniff die Augen zusammen. Was wollte er ihr damit sagen? Jamie bewegte sich unruhig über ihren Rücken, schwieg aber.

ICH BIN HIER, UM DEIN ANGEBOT ANZUNEHMEN, BONNIE BAHOOKIE, sagte der Hund, und seine Augen blitzten.

Glenna beugte sich leicht vor, obschon sie wusste, dass sie ihn richtig verstanden hatte.

»Wie bitte?«

Er hob den Kopf an, zog aber die Lefzen hoch, was das Bild nicht viel vertrauenerweckender machte.

DU WOLLTEST DEINE SEELE EINTAUSCHEN. ICH GEHE AUF DEN HANDEL EIN.

In Glenna regte sich Widerstand. Erst nannte er sie einen Feigling, dann hielt er sie für dumm? Sie reckte das Kinn und verschränkte die Arme vor ihrer Brust.

»Du bist nicht wegen Aidan hier. Worüber sollte ich mit einem Lügner wie dir noch verhandeln wollen?«

Ohne Vorwarnung machte der Cusith einen Satz nach vorn, und Glenna presste sich erschrocken an den Tresen.

DU WAGST ES, MICH EINEN LÜGNER ZU NENNEN?, knurrte er. *ES WAREN DEINE WORTE, BONNIE BAHOOKIE, NICHT DIE MEINEN. ICH SAGTE NIE, DASS MEIN INTERESSE DEM JUNGEN GILT.*

Glennas Kehle zog sich schmerzhaft zusammen, und sie schluckte einmal schwer.

»Warum bist du dann nach Southbank gekommen?«, fragte sie weiter mit fester Stimme.

Der Cusith stieß ein Grollen aus, tief aus seiner Kehle. Es klang weniger bedrohlich als zuvor, vielmehr ... amüsiert?

ICH DACHTE, DU KENNST DIE ANTWORT DARAUF BEREITS. IMMERHIN BIST DU HIER.

Glenna runzelte die Stirn.

Hier? Was meinte er damit?

Sie sah sich flüchtig um, als würde ihr das Haus diese Frage beantworten. Ihr Blick blieb auf dem ausgespülten Weinglas hängen.

Und dann ergab auf einmal alles einen Sinn.

Sie hatte das Glas nicht vergessen abzuräumen. Da war kein weiteres Glas. Glenna erinnerte sich, mit Sebastian angestoßen zu haben, nicht aber mit Janet. Und Janet hatte den Whisky beim Kartenspielen nicht angerührt, nicht weil sie keine Zeit dafür hatte, sie hatte ihn schlichtweg nicht trinken wollen.

»Sie ist schwanger«, hauchte Glenna und blinzelte einige Male, als müsste sie prüfen, dass die Realität noch dieselbe war.

Dann atmete sie tief durch und wandte sich wieder an den Cusith.

»Janet ist schwanger«, sagte sie noch einmal, fester dieses Mal. »Du bist nicht hier, um jemandem den Tod zu bringen. Du willst Janet holen, damit sie nach der Geburt die Feenbrut stillt.«

Der Hund verzog das Maul zu einem wölfischen Grinsen.

ICH LASSE DIE MENSCHENFRAU GEHEN UND KANN STATTDESSEN MIT DIR TUN, WAS MIR BELIEBT. GEHST DU AUF DEN HANDEL EIN, BONNIE BAHOOKIE?

Glenna fasste sich an den Kopf und hob abwehrend eine Hand.

»Moment. Warum solltest du das tun? Ich bin zu alt, um eure Feenbrut zu nähren.«

Der Cusith leckte sich über die Zähne.

DAS WÄRE NICHT DEIN SCHICKSAL.

»Sondern?«

Der Cusith blickte sie nur durchdringend an.

»Was immer du vorhast, du brauchst scheinbar meine Einwilligung dazu«, sagte Glenna zornig. »Ich will wissen, was mit mir geschehen würde.«

Der warme Flecken kroch in Richtung ihres Nackens.

BETRACHTE ES ALS RESTRISIKO DIESES HANDELS. NUN? WAS SAGST DU?

Glenna rieb sich die Stirn. Nichts von dem machte Sinn. Warum hatte er von Janet abgelassen, als er ihr auf dem Heimweg gefolgt war? Was hatte er mit Glennas Seele vor, dass er nicht einfach ihren Körper in die Anderswelt verschleppen konnte? Spielte es überhaupt eine Rolle?

DU ZÖGERST? WARUM?

Ja, warum?

Glennas Gedanken rasten. Ein einfacher Handel. Sie müsste nur zusagen, und Janet wäre gerettet. Sie war schon einmal so weit gewesen, dieses Opfer für Aidan einzugehen. Sie würde sich für den Sohn einer Mutter opfern, nicht aber für die Mutter eines Sohnes?

Der Cusith lachte bösartig, als sie weiterhin schwieg.

AH, ICH SEHE. DIE ANGST DER STERBLICHEN HAT DICH EINGEHOLT, BONNIE BAHOOKIE. DU FÜRCHTEST DICH VOR DEM TOD.

Glenna straffte die Schultern.

»Verschwinde aus diesem Haus.«

Ihre Stimme war fest und ernst, und für einen ganz kurzen Moment trat ein Ausdruck der Verwirrung auf das Gesicht des Hundes. Sofort flackerten die grünen Augen auf, und die Muskeln in seinem Körper spannten sich.

DU WAGST ES?, knurrte er und senkte angriffslustig den Kopf. *ICH FINDE DIE MENSCHENFRAU. DENKE NICHT, DASS ICH GNADE WALTEN LASSE.*

»Verschwinde«, sagte Glenna eindringlich und trat neben die Tür der Küche.

Sie erwiderte den Blick des Cusiths mit eiserner Miene, war aber froh, dass er ihm nicht allzu lange standhielt, sondern sich in Richtung der Tür bewegte. Er kam neben ihr zu stehen, und seine Schultern reichten Glenna bis über ihre Hüftknochen.

WARUM AUF EINMAL, BONNIE BAHOOKIE? Seine Stimme klang weniger bedrohlich als zuvor. *WARUM HAST DU DICH UMENTSCHIEDEN?*

Glenna spürte seinen heißen Atem an ihrer Hand, aber sie ließ sie herunterhängen, wie sie war.

Sie dachte einen Moment über eine Antwort nach, hatte aber nicht wirklich die Intention, sie dem Feenhund mitzuteilen.

»Warum hast *du* dich umentschieden?«, erwiderte sie stattdessen.

EINE ANTWORT FÜR EINE ANTWORT, sagte der Cusith und klang sogar ein kleines bisschen amüsiert. *ICH HABE EIN GUTES ANGEBOT ERHALTEN FÜR DICH.*

»Ein Angebot?«, fragte Glenna, und nun wusste sie, was sie vergessen hatte. »Judge. Wer ist er? Warum will er meine Seele?«

Der Cusith leckte sich über die Zähne.

EINE ANTWORT FÜR EINE ANTWORT, grollte er.

Glenna hatte nicht erwartet, dass er ihr wirklich auf die Frage antworten würde, aber sie war nicht dumm genug, dass sie das Feenvolk in einem Handel betrog.

Sie schluckte und sah dem Hund direkt in die Augen.

»Ich habe noch Dinge zu erledigen auf dieser Welt«, sagte sie fest. »Und ich werde auch so einen Weg finden, wie du dich mit leeren Pfoten in die Anderswelt zurücktrollen kannst.«

Der Cusith knurrte ein letztes Mal, lauter als zuvor, dann wandte er sich wortlos ab und trottete davon in den Wohnbereich. Glenna blickte ihm nicht nach, hörte aber, wie das Klackern der Krallen auf dem Boden plötzlich verstummte.

»Warum will Judge meine Seele, Jamie? Wer ... oder was ist er?«, fragte sie alarmiert.

›Er ist kein Wesen aus der Anderswelt, falls du das meinst. Allerhöchstens ein Mischwesen wie du‹, sagte er nachdenklich. ›Davon abgesehen: Ich habe nicht den blassesten Schimmer.‹

Sie streifte den Gedanken ab.

»Wir müssen Janet finden, bevor der Cusith es tut.«

›Und was dann?‹, fragte Jamie, und er klang überaus skeptisch.

Glenna wusste auch, weshalb.

Sie rieb ihre Handflächen aneinander.

»Ich muss irgendetwas unternehmen, Jamie«, sagte sie beinahe entschuldigend.

›Die Situation hat sich verändert, Bonnie‹, sagte er ernst. ›Der Cusith agiert nicht mehr für Judge.‹

»Das ist mir bewusst«, antwortete sie matt.

›Stell dich nicht dümmer, als du es bist, Bonnie. Du weißt, worauf ich hinauswill.‹

Glenna war fast etwas überrumpelt von den harschen Worten, aber sie wusste, dass er recht hatte.

»Ich weiß. Ich darf meine Magie nicht direkt auf ihn wirken.«

›Ganz genau.‹

Wenn sie das tun würde, wäre ihre Bestrafung durch das Hohe Gericht sicher. Und sie würde zum Schluss doch als Gefangene der Anderswelt enden, auf der nie endenden Flucht in einem endlosen Labyrinth.

Sie rümpfte die Nase und straffte den Rücken.

»Das heißt aber nicht, dass ich tatenlos zusehen muss.«

Virale Neuigkeiten

»Warum hat er Janet nicht schon viel früher geholt?«

›Er gehört nicht zur Wilden Jagd, also ist er nicht wirklich an Samhain gebunden. Er hat Zeit‹, antwortete Jamie, der genauso unruhig auf ihrer Haut umherwanderte wie Glenna in der Küche. ›Und auch Wesen der Anderswelt sind bestimmten Regeln verpflichtet. Eine Entführung mitten in der Menschenmenge würde wohl zu viel Aufmerksamkeit erregen.‹

Glenna schnaubte. Irgendwie verschaffte es ihr Genugtuung, dass auch Wesen der Anderswelt Regeln und damit vielleicht dem Urteil des Hohen Gerichts unterworfen waren.

»Ich darf meine Magie auf kein Wesen der Anderswelt wirken«, sagte sie nachdenklich.

Sie wusste nicht, ob der Cusith Janet automatisch wittern konnte, aber es war nur eine Frage der Zeit, bis er sie finden würde.

»Die Frage ist doch, was das bedeutet, oder?«, fragte sie in den Raum hinein.

›Was was bedeutet?‹

»Dass ich meine Magie nicht auf sie wirken darf.«

›Worauf willst du hinaus?‹

Glenna holte ihr Mobiltelefon hervor und blickte auf das Display. Sie könnte Janet anrufen und sie bitten zurückzukommen, aber das würde nichts nützen.

Schlimmstenfalls würde sie dem Cusith direkt in die Pfoten laufen.

Trotzdem konnte Glenna sie immerhin warnen. Sie bitten, irgendwohin zu gehen, wo viele Menschen versammelt waren, wo auch immer das in Southbank an den Tagen nach dem Samhain-Fest genau sein sollte.

Sie entsperrte das Display und wollte bereits die Kontakte aufrufen, als ihr das blaue Twitter-Symbol ins Auge stach.

Eine absurde Idee. Aber vielleicht ... vielleicht könnte sie die Menschen zu Janet bringen.

Sie öffnete die Applikation und begann, eine Nachricht zu tippen.

›Was tust du?‹, fragte Jamie, aber Glenna tippte konzentriert weiter, bis sie mit der Nachricht zufrieden war und sie abschickte.

»Uns einen Schutzschild besorgen«, sagte sie und steckte das Telefon wieder ein. »Eventuell.«

Sie würde sich soeben vielleicht keine Freunde gemacht haben, aber das spielte keine Rolle. Falls überhaupt jemand ihren Tweet sehen würde.

Sie streifte sich ihren Mantel über und trat auf die Straße.

›Und vielleicht etwas deutlicher?‹

»Später«, sagte sie.

Zeit war essenziell. Alle ihre hypothetischen Pläne würden nichts nützen, wenn der Cusith Janet einholen würde, bevor sie auf dem Festgelände war.

Sie wollte bereits loseilen, als sie Janets Fahrrad an der Fassade unter dem Wohnzimmerfenster lehnen sah.

Es war Ewigkeiten her, seit sie Fahrrad gefahren war.

Die Worte des Púcas kamen ihr in den Sinn, und sie lächelte grimmig.

Sie umfasste den Lenker und wollte das Rad bereits auf die Straße schieben, als die ausgebleichte Regenabdeckung über dem Lenkerkorb sich plötzlich bewegte.

Glenna zuckte zurück. Auf den Biss eines aufgescheuchten Nagetiers konnte sie gerade verzichten.

Unter der Abdeckung erklangen eine Art Murmeln und ein gedämpftes Klirren.

Glenna hielt den Atem an, und mit einer ruckartigen Bewegung zerrte sie die Abdeckung weg.

Im Korb lag ein Kobold. Er hatte den Rücken zu ihr gedreht, die kleinen Arme eng um den Hals einer leeren Whiskyflasche geschlungen. Besonders verräterisch waren die Kekskrümel auf seinem roten Frack und das nur halb aufgegessene Brunsli, welches er als Kopfkissen missbrauchte.

»Hey«, sagte Glenna und stieß den Kobold an.

Dieser murmelte wieder und hob eine Hand, um ihren Finger wegzustoßen. Aber als Glenna nicht nachließ, drehte er sich zu ihr um und öffnete eines seiner Augen.

Ein schiefes Grinsen breitete sich auf seinem Gesicht aus.

»Boooooonie Bahoookie«, sang er noch immer verschlafen.

»Verfolgst du mich etwa?«, zischte Glenna und umfasste wieder den Lenker, um das Fahrrad auf die Straße zu schieben.

Der Cluricaun setzte sich im Korb auf und wischte sich die Krümel von den Kleidern.

»Nur solange es sich lohnt.«

»So lange, bis du etwas Neues zu trinken und zu essen findest, meinst du wohl.«

Er zuckte mit den Schultern, aber seine Äuglein begannen zu leuchten, als er den übrig gebliebenen Keks entdeckte.

Etwas unbeholfen stieg Glenna auf das Fahrrad. Als sie anfuhr, stellte sich der Kobold mit dem Keks in der einen Hand an den Rand des Korbs und glotzte das sich drehende Rad unter sich an.

»Dafür sind diese Dinger gemacht«, sagte er mit vollem Mund. »Das ist mal was anderes als der übliche Ritt.«

Glenna betätigte die Bremse, und der Kobold plumpste auf seinen Hintern.

»He!«, rief er aus. »Wertvolle Fracht.«

Bilder aus den Kinderbüchern ihrer Mutter tauchten vor Glennas innerem Auge auf. Kobolde, die in der Nacht auf verschreckten Schafen ritten. Oder auf gehetzten Hunden.

»Warum bist du noch hier?«, fragte sie langsam.

Der Cluricaun zuckte mit den Schultern. »Man muss auch mal schlafen.«

»Ich meine, bist du allein hier? Sind noch andere deiner Brüder und Schwestern da?«

Der Kobold wischte sich die Finger am Frack ab.

»Was weiß ich? Sicher ein paar.«

Glenna beugte sich über den Lenker zu ihm hinunter.

»Ich brauche eure Hilfe.«

Die Augen des Kobolds wurden groß, und er sprang auf die Füße.

»Nein, nein, nein, nein, nein«, quengelte er und hob abwehrend die Hände. »Wir haben dir schon geholfen.«

»Es geht nicht um die Wilde Jagd. Es geht um einen Cusith. Einen Feenhund.«

Der Kobold ließ die Hände sinken und musterte sie misstrauisch, aber gleichzeitig konnte er seine Neugierde nicht ganz verstecken.

»Der Cusith«, sagte er langsam. »Was ist mit ihm?«

»Es ist hier. Irgendwo auf den Feldern. Ihr müsst ihn ablenken. Er sucht jemanden, und ihr müsst mir etwas Zeit verschaffen.«

Der Cluricaun grinste und verschränkte seine Arme vor der Brust.

»Wir sollen mit dem Hündchen spielen? Was kriegen wir dafür?«

Glenna knirschte mit den Zähnen und blickte auf die Straße vor sich. Sie hatte keine Zeit für lange Verhandlungen.

»Gib zu, dass euch das sogar Spaß machen würde.«

Der Kobold kicherte.

»Vielleicht. Aber wenn wir es einfach so tun, schuldest du uns einen Gefallen. Willst du das?«

Glenna biss sich auf die Unterlippe. Händel mit dem Feenvolk waren tückisch genug. Sich auf eine derart schwammige Abmachung einzulassen, wäre geradezu fahrlässig. Glenna wusste ganz genau, dass sie das früher oder später in den Hintern beißen würde.

»Ich verschaffe euch Zugriff auf eine ganze Menge Alkohol. Ich weiß, wo ...«

Doch der Kobold unterbrach sie mit einer wegwerfenden Handbewegung. »Wir finden den Wein auch selbst, Bonnie Bahookie.«

Sie runzelte die Stirn.

»Warum seid ihr dann immer so versessen auf meinen Whisky?«

Das Grinsen des Kobolds wurde breiter.

»Es ist dein Whisky. Dein Besitz. Private Vorräte schmecken immer besser. Ganz besonders deiner.«

Glenna rieb sich den Nasenrücken und verscheuchte die Kopfschmerzen, die sich ankündigten.

»Was wollt ihr dann?«, fragte sie geschlagen. »Nenn mir deinen Preis.«

Der Kobold machte einen Hüpfer und kraxelte dann am Lenker hoch, bis er in der Mitte der Stange saß.

»Dein Haus«, sagte er triumphierend, und seine Augen leuchteten wieder wie Sterne.

Glenna runzelte die Stirn.

»Das Stewart-Haus? Ich habe euch bereits zugesagt, dass ihr dort ein und aus gehen könnt, wenn Gefahr droht.«

Der Kobold schüttelte den Kopf. »Wir wollen dort leben. Du darfst uns nicht aussperren.«

»Warum?« Mehr brachte Glenna nicht heraus.

Der Kobold schnalzte mit der Zunge, und eine Alkoholfahne schlug Glenna ins Gesicht.

»Menschlicher Besitz. Wir finden das Konzept ...« Er machte eine undeutliche Handbewegung. »... drollig.«

Glenna setzte den Fuß wieder aufs Pedal.

Sie hatte nach dem Preis gefragt, er hatte ihn genannt. Auch wenn sie sich nicht ganz genau über die Konsequenzen davon im Klaren war.

»Die Wohnung im obersten Stock ist davon ausgenommen, verstanden?«, sagte sie streng.

Der Cluricaun sprang mit einem Satz vom Fahrrad zu Boden und zog dabei den mottenzerfressenen Zylinder wie zum Gruß.

»Immer eine Freude mit dir ...«

Glenna trat in die Pedale.

Auch wenn sie Janet damit vielleicht etwas Zeit verschaffen konnte, konnte sie nicht weiter trödeln.

Bald radelte sie schon auf dem Trampelpfad Richtung Festgelände durch die Nacht.

Ihr war klar, dass sowohl der Twitter-Post wie auch die Kobolde nur für einen kleinen Aufschub sorgen konnten und dass das kaum genügen würde, damit der Cusith unverrichteter Dinge in die Anderswelt zurückkehrte. Aber vielleicht genügte es, ihn eine Nacht lang fernzuhalten. Alles andere wäre ein Problem für Glenna von morgen.

Während sie dahinfuhr, hielt sie Augen und Ohren offen. Sie vernahm nichts außer dem leisen Wind, der die letzten Blätter an den Bäumen rascheln ließ. Es gab hier draußen keine Straßenlaternen, aber der Mond schien hell genug, um den Weg für sie zu beleuchten.

Weder den Cusith noch die drei Spaziergänger konnte sie ausmachen.

Dann aber hörte sie plötzlich ein Klirren. Womöglich Metall, das aufeinanderschlug? Vermutlich war es der Wind, der die Ösen loser Zeltschnüre gegeneinanderprallen ließ.

Sie erreichte das Festgelände und ließ das Fahrrad liegen. Zwischen all den gespannten Zeltschnüren hatte sie zu Fuß schon genug Mühe voranzukommen.

Sie erreichte das Speisezelt und trat ein, als sie die ersten Stimmen vernahm.

»Hallo?«, drang es etwas skeptisch von außerhalb.

Das war schneller gegangen als erwartet.

»Moment!«, rief sie zur Antwort und trat hinter die Bar.

Die Kühlschränke waren ausgeschaltet, aber Glenna hoffte, die Nacht war frisch genug, dass das keine große Rolle spielte.

»Idiot«, herrschte sie die Gastgeberin in ihr an, als sie den ersten Kühlschrank öffnete.

Es spielte keine Rolle, ob das Bier warm war. Sie wollte die Leute ja nicht wirklich verköstigen.

Der Kühlschrank war vollgefüllt mit Bier und anderen Getränken, und sie waren zwar nicht kalt, aber doch immerhin frisch.

Glenna schloss den Kühlschrank wieder und eilte durch das Zelt.

Als sie die Zelttücher teilte und nach draußen trat, stand eine kleine Armee vor ihr, gekleidet in Kettenhemden und Plattenrüstung. Vor Schreck machte sie einen Schritt zurück und fasste sich ans Herz.

»Oh«, sagte der Mann vor ihr und trat mit ausgestreckter Hand auf sie zu. »Verzeihung. Wir wollten Sie nicht erschrecken.«

Glenna blinzelte, doch das gute Dutzend mittelalterlicher Kriegerinnen und Krieger verschwand nicht. Da erinnerte sie sich daran, die Gruppe schon einmal gesehen zu haben, und zwar während der Ritterspiele auf dem Markt.

»Oh«, sagte Glenna. »Nicht doch.«

Der vorderste junge Herr wirkte etwas peinlich berührt.

»Wir haben gerade noch in der Nähe trainiert, weil unser Bus erst morgen zurück nach Dublin fährt. Darum waren wir so schnell hier.«

»Die Aktion über Twitter ist ganz schön spontan«, sagte eine Frau in einem Kettenhemd neben ihm. »Aber ziemlich cool von der Organisation.«

Glenna lächelte freundlich und nickte. »Ja, das ist sie durchaus.«

»Sagen Sie vielen Dank von uns«, sagte ein Weiterer und grinste breit. »Also, wo ist denn jetzt das Bier, das leer getrunken werden muss?«

Janet würde sie umbringen, dessen war sich Glenna bewusst. Entweder sie oder die Herren und Damen Ritter vor ihr.

Sie trat zur Seite und wies in das Zelt. »Bitte, dahinten bei der Bar. Sie dürfen die Schränke ruhig nach draußen rollen und es sich hier bequem machen.«

»Klasse!«, sagte der Bärtige und trat an ihr vorbei in das Zelt.

Die anderen folgten auf dem Fuß.

Glenna hingegen bewegte sich weg und kramte dann wieder nach ihrem Mobiltelefon.

›Was in aller Welt tust du da?‹

Als sie das Display entsperrte, stach ihr sofort das rote Icon neben dem Twitter-Logo in die Augen, das eine kleine Dreiundfünfzig anzeigte.

»Oh«, machte sie. »Vielleicht bin ich gerade viral gegangen.«

›Entschuldigung?‹

»Unwichtig.« Sie öffnete das Telefonbuch und wählte Janets Nummer.

Es dauerte einen Moment, dann nahm sie tatsächlich ab.

»Glenna? Ist alles in Ordnung?«

Eine erste Erleichterungswelle wogte über Glenna hinweg.

»Ah«, sagte sie. »Ich bin nicht ganz sicher. Ich glaube, mir ist etwas fürchterlich Dummes passiert, Liebes.«

»Was denn?«, fragte Janet, und Glenna konnte die Unsicherheit in der Stimme hören.

»Ich glaube, jemand hat mein Twitter gehackt.« Solche Dinge passierten, das wusste sie auch ohne Aidans Nachhilfe. »Und jetzt hat jemand getwittert, dass es Freibier gäbe im Speisezelt auf dem verlassenen Festgelände. Ich weiß wirklich nicht, wie das passieren konnte, aber ich habe Angst, dass jemand das lesen könnte und es wirklich glaubt und sie dann ...«

»Glenna, stopp!«, unterbrach Janet ihre Redeflut. *»Kannst du das irgendwie löschen?«*

»Ich kann es versuchen, aber ich weiß nicht, ob ich mich noch anmelden kann.«

»Versuch es, Glenna, ja? Ich bin in der Nähe des Geländes und geh gleich mal hin und schau mir das an.«

»In Ordnung, bitte schau ...« Aber Janet hatte bereits aufgelegt.

Ein großer Knoten von schlechtem Gewissen formte sich in Glennas Bauch, aber was sein musste, musste sein.

Das war schon mal etwas. Sobald Janet hier war, wäre sie für den Moment sicher vor dem Cusith. Sofern Jamie recht damit hatte, dass der Feenhund nicht in einer Menschenmenge jagen durfte.

Nun musste sie nur noch herausfinden, wie sie die Töle zurück in die Anderswelt jagen konnte.

Kaltes Eisen

Sie lehnte sich gegen einen der leeren Ausstellertische und lauschte den Geräuschen aus dem Speisezelt. Die Gruppe hatte ihre Waffen draußen deponiert, und Glenna wurde auf einmal klar, was das Geräusch von Metall auf Metall gewesen war, das sie bei ihrer Fahrt hierher gehört hatte.

Sie kniff die Augen zusammen und stieß sich vom Tisch ab. Sie trat auf die Waffen zu und umgriff den Knauf eines der Schwerter. Sie waren schwer, und es gelang ihr nicht, es hochzuheben, ohne Gefahr zu laufen, es sich sofort auf die Füße fallen zu lassen. Sie fuhr mit der Hand über die flache Seite und befühlte die Beschaffenheit.

»Keine Angst, die sind nicht scharf«, sagte eine Stimme neben ihr.

Die Frau im Kettenhemd hatte ein Bier in der Hand und deutete damit auf die Schwerter. Mit der anderen strich sie sich die feuerroten Strähnen aus dem Gesicht, die sich aus ihrem mit Federn durchsetzten Zopf gelöst hatten.

»Ah, das hoffe ich doch«, sagte Glenna und ließ von der Waffe ab. »Das wäre auch zu gefährlich.«

»Wenn man sich dumm anstellt, bestimmt«, sagte die Frau amüsiert.

Glenna rieb ihre leise kribbelnden Fingerkuppen aneinander.

»Sag mal, Liebes. Aus welchem Material sind die denn?«

Die Frau trank einen Schluck und zuckte mit den Achseln.

»Unterschiedlich. Stahl und Eisen denke ich.«

»Eisen, hm?«, murmelte Glenna und spürte den warmen Flecken auf ihrem Rücken unruhig werden.

Sie ließ von der Waffe ab und schenkte der Frau ein Lächeln.

»In dem Fall wünsche ich euch allen noch viel Spaß heute Nacht. Ihr müsst euch nicht zurückhalten mit dem Lärm, hier draußen hört euch keiner.«

»Das ist wirklich sehr nett«, sagte sie und prostete ihr zu.

»Ich glaube, ich habe irgendwo sogar noch eine Flasche Whisky gesehen«, säuselte Glenna. »Ich schaue gleich mal, ob ich die finde.«

»Sie sind echt cool«, rief die junge Frau ihr hinterher, als Glenna ihren Rock raffte und davoneilte.

›Eisen, hm?‹, flüsterte Jamie in ihr Ohr.

»Eisen«, sagte Glenna, und ein etwas überschwänglicher Ton war aus ihrer Stimme herauszuhören. »Warum bin ich nicht früher darauf gekommen?«

Ihre Finger kribbelten noch immer und fühlten sich etwas taub an, aber es war erträglich. Es hatte ein paar Jahre gedauert, bis sie auf einmal damit begonnen hatte, auf kaltes Eisen zu reagieren, aber es hatte sie ab dem Zeitpunkt auch nicht weiter verwundert.

Das Feenvolk hasste Eisen. Es fügte ihnen unsägliche Schmerzen zu und konnte sie töten. Bei Glenna äußerte es sich nicht ganz so schlimm, aber sie trug wohl immerhin zu einem gewissen Teil etwas Feenhaftes in sich, seit der Púca ihr die Fähigkeiten vermacht hatte.

›Vorsicht, Bonnie. Du bewegst dich auf sehr dünnem Eis.‹

»Ich werde meine Magie nicht gegen den Cusith verwenden. Genauso wenig werde ich eines dieser Schwerter nehmen und mich ihm damit in den Weg stellen.«

Jamie rutschte von einer Seite ihrer Schulter zur anderen.

›Mir ist bewusst, dass die Wesen der Anderswelt ganz vernarrt sind in die semantischen Details ihrer Regeln, dennoch weiß ich nicht, ob du hier nicht zu sehr mit dem Feuer spielst, Bonnie.‹

»Mischkreaturen dürfen ihre Fähigkeiten auf kein echtes Wesen der Anderswelt wirken«, zitierte Glenna. »Das habe ich auch nicht vor.«

›Aber du setzt sie gegen ein Wesen ein.‹

Glenna tat so, als hätte sie ihn nicht gehört, und steuerte auf ein kleines Zelt in der Nähe zu. Auf dem Weg schnappte sie sich eine Wasserflasche, die auf einem der leeren Marktstände stand.

»Halt die Ohren offen, Jamie«, sagte sie ächzend, als sie sich auf dem feuchten Boden im leeren Zelt niederließ. »Gib Bescheid, wenn du den Cusith oder Janet nahen hörst.«

Er schickte nur einen kurzen warmen Impuls durch ihren Körper als Antwort.

Sie öffnete die Flasche und trank sie in langen Zügen leer. Dann umfasste sie sie mit einer Hand und steckte den Zeigefinger der anderen in die Öffnung.

Sie atmete tief durch. Und hielt inne.

›Was ist?‹

Leicht überrascht hob sie den Kopf und blinzelte.

»Ich …«, begann sie. »Ich weiß nicht, welche Erinnerung ich nehmen soll.«

›Du meinst, du weißt nicht, wie stark sie sein muss?‹

Sie schüttelte den Kopf.

»Ich weiß nicht, welche sich überhaupt anbietet dafür. Die stärkste Erinnerung, die ich noch ohne meine Tagebücher hatte, habe ich beim letzten Mal benutzt.«

Ein flaues Gefühl breitete sich in ihrem Magen aus. Judge war zwar kein Wesen der Anderswelt. Aber nicht zu wissen, gegen wen sie ihre Magie da genau eingesetzt hatte, nagte an ihr.

Sie schüttelte den Kopf erneut, energischer, um den Gedanken zu verdrängen. Jetzt war ganz bestimmt der falsche Zeitpunkt, um darüber nachzudenken.

Sie brauchte eine Erinnerung.

›Bonnie, du solltest dich beeilen.‹

»Ich weiß, ich weiß«, sagte sie und presste wieder die Augen zusammen.

Es musste doch etwas geben. Etwas, das ihr nahegegangen war und woran sie sich präzise erinnern konnte, ohne es in ihren Tagebüchern nachlesen zu müssen.

Ihr kamen Dinge in den Sinn. Erinnerungen an Dorothy, an ihre Reisen mit Létoile und Gabriel, an all die Menschen, die sie geliebt hatte. Nichts davon wollte sie opfern, und es schnürte ihr die Kehle zu, überhaupt mit dem Gedanken zu spielen.

Aber was blieb ihr für eine Wahl?

»Okay«, sagte sie hastig und schloss wieder die Augen.

»Merke dir den Frühling 1931.«

Sie kontrollierte ihre Atmung und ließ den Destillierprozess vonstattengehen.

Roter Wein

~~~

Sie vollführte eine Drehung, die seidenen Bänder an ihren Handgelenken flatterten, und sie hängte eine zweite Drehung an.

»Nein, nein, nein«, unterbrach sie Grande Madame, und Bonnie setzte beide Füße auf den Boden.

»Wie?«, fragte sie ungeduldig und verschränkte die Arme vor ihrer Brust.

»Das sieht nicht aus wie eine weiße Taube, Kindchen«, sagte Madame. »Es fehlt der Eindruck von ... schwingenden Flügeln. Raschelnden Federn. So wirkt es wie ein unsauber gerupftes Hühnchen.«

Bonnie atmete tief durch. Es war jedes Mal dasselbe. Sie faltete die Hände vor sich.

»Madame. Ich weiß, dass es zum Schluss genau so wirken wird, wie es soll. Vertrauen Sie mir.«

Grande Madame schnalzte mit der Zunge und schüttelte den Kopf. »Ich weiß, dass du das glaubst, Kindchen. Und ich weiß, dass du zu wahren Wundern fähig bist. Aber nicht jeder deiner Auftritte ist so stark, wie du glaubst.« Sie wedelte mit einem Zeigefinger vor ihrem Gesicht.

Aber auch nur, weil Sie nicht jeden Abend von meinem Whisky trinken, dachte sich Bonnie.

»Die Leute sind jedes Mal begeistert«, sagte sie stattdessen.
~~~

»Mag sein, aber ich will nicht Begeisterung, ich will Perfektion. Und auch du bist keine Ausnahme, meine Liebe. Jede meiner Künstlerinnen wird hier gleich behandelt.«

Bonnie seufzte ergeben und machte sich bereit, den Akt noch einmal von vorne zu beginnen, als sie eine Bewegung aus den Augenwinkeln wahrnahm. Zwischen den Vorhängen des leeren Cabarets schauten verstohlen zwei Gesichter in Richtung Bühne. Als ihre Blicke sich trafen, kicherten die beiden und winkten sie heran. Eine Hand schob sich durch den Vorhang, und sie hielt eine Flasche Rotwein in den Fingern. Bonnie grinste und wandte sich zu Grande Madame um, die ungeduldig mit dem Fuß auf den Boden tappte.

»Tut mir leid, Madame. Ich habe noch eine Verabredung«, sagte Bonnie und tänzelte leichtfüßig in Richtung des Vorhangs.

»Wie bitte?«, fragte Madame hinter ihr empört, aber Bonnie ignorierte sie.

Sie schlüpfte durch den Vorhang und wurde sofort links und rechts an den Armen gepackt und mitgezogen.

»Schnell, schnell«, flüsterte Létoile.

Sie kicherte, aber Bonnie wusste, dass sie es ernst meinte.

Gabriel drückte ihr einen langen Mantel in die Hand, und sie schlüpfte hinein, gerade noch bevor sie durch den Hintereingang nach draußen traten.

Das Wetter in Paris war feucht, aber warm, also störte es Bonnie nicht, in ihren offenen Schuhen mit den hohen Absätzen durch die Hintergassen zu huschen, halb nackt unter einem flatternden Mantel.

Sie erreichten Gabriels Bar rasch und landeten über die Treppe im hinteren Teil auf dem Dach des Gebäudes.

»Jetzt lasst mich mal durchschnaufen«, sagte Bonnie lachend und stützte sich an Gabriel ab.

»Ich habe dich nächtelang tanzen sehen. So schnell kommst du nicht außer Atem«, erwiderte er lachend mit seinem schweren spanischen Akzent. »Von anderen Dingen ganz zu schweigen.«

Sie kniff ihm in die Seite, woraufhin er sich zu ihr herunterbeugte und ihr einen feuchten Kuss auf die Lippen drückte.

Sie schob ihn von sich und setzte sich auf die ausgelegte Decke. Dann reckte sie sich nach der Flasche in Létoiles Händen. Als sie sie ihr reichte, umfasste Bonnie ihre Handgelenke und zog sie zu sich hinunter.

Zu dritt saßen sie aneinandergeschmiegt und tranken direkt aus der Flasche.

»Madame würde dich nicht auf die Straße setzen«, sagte Bonnie, während sie die Menschen unter ihnen auf der Straße beobachtete. »Du bist zu gut.«

Létoile seufzte. »Du kannst das so einfach sagen. Du bist DIE Bonnie Bahookie. Der Star des Lys Rouge.«

»Das Temperament der Highlands!«, zitierte Gabriel die Plakate.

Bonnie nahm einen Schluck aus der Flasche. »Schon möglich. Aber eine Tänzerin allein macht noch keine wochenlange Show. Du bist nicht so einfach zu ersetzen, wie du denkst.«

Létoile zuckte mit den Schultern, lächelte aber versonnen. »Wir werden sehen. Irgendwann hat sie genug von dem Schabernack, den wir treiben.«

»Quatsch«, sagte Bonnie bestimmt und strich Létoile eine Strähne aus dem Gesicht. »Sie wäre dumm, das schönste Gesicht von Paris auf die Straße zu setzen.«

Létoile seufzte.

»Das ist einfach gesagt, Bonnie. Du weißt, wie die Lage ist. Niemand will sich einen Fehltritt erlauben.«

Bonnie trank einen Schluck und blickte über die Dächer von Paris. In den zehn Jahren, die sie in der Stadt verbracht hatte, hatte sich nicht viel verändert am Gesamtbild, aber sie wusste, dass der Schein trog. Was andere Länder seit zwei Jahren heimsuchte, hatte auch Paris erreicht. Noch starben die Leute nicht auf den Straßen den Kälte- und Hungertod, aber wenn sie den Zeitungsberichten glauben sollte, dann war es nur eine Frage der Zeit, bis die Wirtschaftskrise auch hier seine grausame Fratze zeigte.

Ihr Blick blieb an den großen Leuchtbuchstaben des Citroën-Schriftzugs an der Seite des Eiffelturms hängen.

»Wie schlimm kann es der Wirtschaft denn wirklich gehen, wenn sie sich einen solchen Protz noch leisten können?«, fragte Gabriel mit einem Lachen, als er ihrem Blick folgte.

Doch Létoile zog die Beine nah an ihren Körper und lachte nicht. »Denkt ihr, es wird so schlimm, wie man sagt?«

Sie verfielen in nachdenkliches Schweigen. Bonnie glaubte nicht daran, aber sie war auch für ihren Optimismus bekannt. Sie konnte nicht abstreiten, dass das Quartier du Montparnasse früher belebter gewesen war und ihre Shows frequentierter. Schon lange hatte sie keine großen Namen mehr kennengelernt. Keine Picassos, keine Fitzgeralds, keine Coles. Selbst Hemingway hatte Paris verlassen und war in seine Heimat zurückgekehrt.

Die Leute kamen nicht mehr nach Paris, und wer noch da war, hütete seine Francs.

Bonnie selbst spürte seit einiger Zeit, wie Paris ihr langweilig geworden war und sie selbst träge.

»Lasst uns fortgehen«, entfuhren ihr die Worte, die sie schon eine Weile mit sich herumtrug.

Die beiden drehten ihr die Gesichter zu.

»Fortgehen? Wohin?«, fragte Gabriel skeptisch.

»Egal«, sagte Bonnie und hob die Schultern. »Zuerst Europa, dann Asien, dann die Staaten. Afrika vielleicht?«

Létoile lachte hell. »Du bist ein verrücktes Huhn, Bonnie.«

»Das ist besser als das, was Grande Madame heute zu mir gesagt hat«, erwiderte Bonnie und erstickte Létoiles Lachen mit einem Kuss.

»Die Bar hat schon mehr Umsatz erzielt«, gestand Gabriel.

Sie blickten sich alle für einen Moment an, als versuchten sie abzuschätzen, wie ernst es die anderen meinten.

»Fortgehen«, sagte Létoile langsam und mit großen Augen.

Bonnie sprang auf die Beine und lehnte sich an die Reling der Dachterrasse.

»Vielleicht hat Paris seine hellste Zeit hinter sich. Aber es gibt noch so vieles da draußen. Unzählige Orte, unendliche Möglichkeiten.«

Gabriel strahlte sie an. »Ich könnte euch meine Heimat zeigen.«

»Und ich euch meine!«, sprudelte es aus Bonnie heraus.

»Frankreich verlassen«, raunte Létoile, und Gabriel umfasste ihre zarten Finger.

»Das ist verrückt!«, rief er, lachte aber schallend.

Létoiles Augen glänzten, und ein Strahlen verwandelte das schönste Gesicht von Paris in das schönste Gesicht der Welt.

»Wohin wollt ihr als Erstes gehen?«, fragte Bonnie aufgeregt.

»Brügge«, sagte Létoile, ohne nachzudenken. »Nur die Reichen und Schönen reisen nach Brügge. Es muss märchenhaft sein.«

Gabriel legte seinen Arm um ihre Hüfte und zog sie an sich, was Létoile ein Quietschen entlockte.

»Schön sind wir schon mal. Das mit dem Reichsein schaffen wir auch irgendwie.«

Bonnie beobachtete die beiden, und ein warmer Schwall ergoss sich aus ihrem Herzen, der ihren ganzen Körper kribbeln ließ und ihr die Tränen in die Augen trieb.

Gerührt wandte sie sich ab und blickte erneut über die Dächer von Paris.

»Hier kommen wir, Welt«, flüsterte sie.

~~~

Glenna öffnete die Augen und beobachtete von Weitem, wie die Flasche die Runde machte. Gleichzeitig spannte ein Gefühl ihre Brust, das sie fast zu zerreißen drohte.

Entweder musste sie eine unendlich schöne oder eine grauenvolle Erinnerung geopfert haben. Erst seit sie ihre Fähigkeiten hatte, war ihr bewusst geworden, wie ähnlich der Körper auf solche Gegensätze reagieren konnte.

Inzwischen wusste sie auch, dass jede Erinnerung kostbar war und es verdient hatte, gehütet zu werden, egal ob schön oder grauenvoll.

Sie schluckte den Pfropfen herunter, der ihren Hals blockierte.

Niemand schien sich daran zu stören, Whisky aus einer Wasserflasche zu trinken und dass er viel wässriger war, als es selbst ein junger Macallan sein sollte. Glenna hatte nicht die Zeit gehabt, eine große Menge zu destil-
~~~

lieren, und sie hoffte stark, dass es genügen würde, um alle von ihnen empfänglich für ihre Magie zu machen.

Die Gruppe war angeheitert, aber noch nicht betrunken.

Glenna ließ sie trinken und wanderte zwischen den Zelten hindurch zum Ende des Festgeländes.

›Du willst diese hundsgewöhnlichen Menschen doch nicht ernsthaft in den Kampf gegen einen Cusith schicken?‹, fragte Jamie skeptisch. ›Sie mögen sich vielleicht für große Krieger halten, aber …‹

»Nein«, unterbrach sie ihn. »Sie sollen nur panisch schreien und seine Aufmerksamkeit erregen. Wenn er ihre Waffen aus Eisen sieht, wird er hoffentlich flüchten oder sich zumindest fernhalten. Lange genug, bis mir etwas einfällt, wie wir ihn endgültig loswerden.«

Sie müsste ihre Magie bald wirken lassen, damit der Effekt überhaupt anhielt, aber noch war nicht der richtige Zeitpunkt.

Wo steckte Janet?

Glenna holte ihr Mobiltelefon hervor und starrte es an, als könne es ihr die Antwort darauf liefern.

Sie verstaute es wieder und ließ den Blick über das Feld schweifen, bis sie glaubte, dass sie eine Gestalt ausmachen konnte, die sich näherte. Sie wartete noch einen Moment, bis sie sich sicher war, dass es Janet war. Ihre Körperhaltung war angespannt, und sie hielt zackigen Schrittes auf die Zelte zu.

Aber Janets Laune war Glennas geringstes Problem.

Hinter ihr leuchtete ein Paar hellgrüner Augen.

Wahre Helden

Noch waren beide im Sternenlicht schlecht zu erkennen, aber dennoch war deutlich, dass der Cusith nicht allein war. Immer wieder sprang er in die Höhe, machte einen Satz zur Seite oder schüttelte sich heftig.

Lag da ein fernes Gelächter in der Luft?

Auch mit der Ablenkung durch die Cluricauns würde es nicht lange dauern, bis der Cusith Janet eingeholt hätte.

Glenna wandte sich um und holte tief Luft.

»Hilfe!«, rief sie, so laut sie konnte. »Hilfe!«

Es dauerte nur einen Moment, da hörte sie das Schaben und Klimpern von Metall.

Als sie Bewegung zwischen den Zelten ausmachen konnte, sagte sie laut: »Da drüben! Ein Wolf!«

Warum dauerte das so lange?

»Hast du das organisiert, Thogar?« Die Frauenstimme klang belustigt.

Glenna starrte ungläubig in Richtung der Gruppe, die zwischen den Zelten stehen geblieben war.

»Was ist los mit euch?«, rief sie entgeistert und brauchte dabei nicht zu schauspielern. »Da ist ein Wolf. Und er verfolgt eine Frau.«

Ein gellender Schrei ließ sie alle zusammenfahren, und Glenna drehte sich um.

Janet war von ihrem Pfad in Richtung der Zelte abgekommen und rannte nun über das Feld in Richtung Dorf, so schnell sie konnte. Hinter ihr sprintete der Cusith voran, und Glenna konnte gerade noch erkennen, wie sich ein kleines in Rot gekleidetes Etwas von seinem Nacken löste und hinter ihm zu Boden purzelte.

Glenna fluchte, schloss die Augen und kratzte alle Konzentration zusammen, die sie finden konnte.

Sie rief sich das Bild des rennenden Cusiths vor Augen, dann begann sie, den Hund zu formen. Sie gab ihm eine längere Schnauze, spitzere Ohren und tauschte sein grünes Zottelfell gegen ein gleichmäßiges, kurzes graues Fell aus. Zum Schluss verwandelte sie den geflochtenen Schwanz in die gebogene Rute eines ...

»Wolf!«, keuchte ein stämmiger, bärtiger Krieger, der plötzlich neben Glenna stand, und ging in die Knie.

Seine Kumpane hatten ebenfalls aufgeschlossen, aber niemand bemerkte, wie der Bärtige bewusstlos seitlich umfiel und im Matsch liegen blieb.

Auf ihren Gesichtern lag der sanfte Schein von Glennas Whisky, und ihre Augen waren starr auf den Cusith geheftet, der gut fünfzig Meter vor ihnen über das Feld hetzte.

Hört auf zu glotzen und schreit!, wollte Glenna rufen, aber die Anstrengung der Magie forderte ihren Tribut, und sie schaffte es nur knapp, rasselnd Luft in ihre Lungen zu saugen. Schwarze Flecken tanzten vor ihren Augen.

»Verdammt, ein richtiger Wolf«, flüsterte die Rothaarige und umfasste Thogars Arm.

Dieser warf ihr einen kurzen Blick zu, dann kniff er die Augen zusammen und hob die Axt in die Luft.

»Angriff!«, brüllte er und machte einen Satz nach vorne.

Nur den Bruchteil einer Sekunde später fiel die Frau in das Geschrei mit ein, auch wenn ihre Stimme am Ende des Wortes brach.

Bevor Glenna reagieren konnte, rannte die ganze Gruppe unter fürchterlichem Gebrüll und mit erhobenen Waffen ins Feld hinaus. Glenna presste die Hände auf ihren Mund.

Sie sollten sich dem Cusith zeigen, sich nicht auf ihn stürzen!

Der Feenhund verharrte und blickte in die Richtung des Tumults, aber er machte keine Anstalten, die Flucht zu ergreifen.

Nein, nein, nein!, hallte es durch Glennas Schädel.

Sollte der Cusith sich dazu entscheiden zu kämpfen, genügte ein Schlag seiner Pranke oder ein Biss seines Kiefers, um Knochen zu brechen und Gewebe zu zerreißen.

Fast ohne ihr Zutun bewegten sich Glennas Beine vorwärts, zuerst langsam, dann immer schneller. Ihr Herz raste, und ihre Seite schmerzte, aber sie stolperte voran.

Der Cusith hatte die Ohren dicht an den Schädel gelegt und starrte die Kriegerinnen und Krieger an.

Thogar hatte den Cusith beinahe erreicht, als dieser den Kopf tief zwischen die Schultern zog und die Muskeln in seinen Hinterläufen anspannte.

Glenna wollte eine Warnung rufen, die Gruppe zurückhalten, aber sie brachte keinen Ton aus ihrer verkrampften Kehle.

Was hatte sie getan? Anstatt Janet Zeit zu verschaffen, ließ sie eine ganze Gruppe junger Menschen in den Tod rennen.

Heiße Tränen liefen über ihr Gesicht, und sie stolperte, riss die Arme nach vorn und schaffte es knapp, ihren Fall abzubremsen. Der Aufprall presste die letzte verbliebene Luft aus ihren Lungen, und sie konnte nichts weiter tun, als schwach den Kopf zu heben.

Der Cusith setzte zum Sprung an, doch Thogar bremste ab, setzte einen Fuß vor den anderen und rutschte über den matschigen Untergrund. Er duckte sich unter dem Feenhund hindurch und führte zeitgleich einen Schlag mit seiner Axt.

»Glenna!«

Plötzlich zerrten Hände an ihr und zwangen Glenna, sich abzuwenden.

Janets vor Schreck geweitete Augen starrten sie an.

»Es geht schon«, sagte Glenna gepresst und blinzelte die Tränen fort. »Geht schon.«

Sie stemmte sich mit zittrigen Armen hoch.

Ein ohrenbetäubendes Aufheulen ließ sie beide herumfahren. Janet packte sie so fest am Arm, dass es erneute Schmerzschübe durch Glennas Körper trieb.

Der Cusith und Thogar standen sich gegenüber und funkelten sich an. Glenna erkannte mit Genugtuung das im Mondlicht schimmernde Blut, das dem Feenhund an der Seite klebte. Sein Knurren drang zu ihnen hinüber und ließ förmlich die Luft vibrieren. Er machte sich erneut bereit zum Sprung, fuhr aber herum, da die rothaarige Kriegerin nur noch wenige Schritte entfernt war. Er hob die Pranke und schlug ihr das heransausende Schwert aus den Händen, nicht aber ohne ein unterdrücktes Jaulen hören zu lassen.

Bildete sich Glenna das ein, oder roch es plötzlich nach verbranntem Fleisch?

Die Frau verlor das Gleichgewicht und landete auf den Knien. Der Cusith riss das Maul auf und schnappte nach ihrem Nacken, doch blitzschnell ließ sie sich zur Seite fallen, sodass er in die Luft biss. Nun waren auch die anderen angekommen, und von allen Seiten führten sie

Hiebe und Schläge gegen den vermeintlichen Wolf aus. Er duckte sich und sprang zur Seite. Glenna konnte in dem Gemenge nichts Genaueres erkennen, aber es war unmöglich, dass der Cusith allen Attacken ausweichen konnte.

Zwei Krieger wurden zur Seite gestoßen und gingen zu Boden, als der Feenhund einen weiten Satz zwischen ihnen hindurch machte. In wenigen Sprüngen war er in Richtung Wald in die Dunkelheit verschwunden.

Für einen Moment war die Welt in tiefste Stille getaucht, und Glenna wagte nicht zu atmen, während sie und Janet sich an den Händen hielten.

Dann stieß jemand einen Siegesruf aus, und die anderen fielen mit ein. Sie drängten sich um Thogar und klopften ihm auf die Schultern. Dieser starrte nur perplex auf seine ungeschärfte Axt. Die Rothaarige drängte sich zwischen den anderen hindurch, umfasste Thogars Gesicht mit beiden Händen und presste ihm einen innigen Kuss auf die Lippen. Thogar ließ nach einer überrumpelten Sekunde die Axt fallen, schlang seine Arme um ihre Taille und presste sie fest an sich.

Schwere Schritte

»Glenna, mein Gott, ist alles in Ordnung?«

Glenna nickte hastig und riss den Blick von den Kämpfern los.

»Was ist mit dir? Geht es dir gut?«

Janets Gesicht war aschfahl und schweißnass, außerdem atmete sie heftig und unkontrolliert, aber auch sie nickte.

»Was war das für ein Biest?«, fragte sie und klang den Tränen nah.

»Ich weiß es nicht«, log Glenna. »Ein Wolf, glaube ich.«

»Ein Wolf?«, Janets Stimme klang schrill. »Hier gibt es doch längst keine Wölfe mehr.«

Glenna schüttelte nur den Kopf, drehte sich auf die Knie und stemmte sich dann gemeinsam mit Janet hoch auf die Beine.

»Und was in aller Welt ist das?«, fragte Janet mit einem Wink in Richtung der Kriegerinnen und Krieger, und in ihrer Stimme schwang eine Mischung aus Lachen und Verzweiflung mit.

»Das sind die Schaukämpfer von deinem Fest«, erklärte Glenna. »Sie betrinken sich dahinten im Speisezelt.«

Ein plötzliches Kichern schwoll über Janets Lippen. »Sie sollen sich betrinken, soviel sie wollen.«

Glenna konnte nicht anders, als in ihr Kichern einzusteigen. Sie ließ sich bereitwillig von Janet stützen, als sie in Richtung Lager wanderten, denn ihre Waden fühlten sich an wie Stein, und ihre Füße brannten.

Irgendwo stießen die Krieger zu ihnen und nahmen Janet ihre Last ab.

»Das ist wirklich lieb von euch«, sagte Glenna. Wann hatte sie sich zum letzten Mal so verausgabt, dass sie sich tatsächlich so alt fühlte, wie sie war?

»Was zur Hölle war denn da los?«, fragten drei, die offenbar zurückgeblieben waren.

»Wolf«, knurrte Thogar und machte dem Cusith damit beinahe Konkurrenz.

Die drei starrten sie an, und man konnte die Rädchen förmlich sehen, die sich hinter ihren Stirnen drehten.

Dann übernahm das angestaute Adrenalin der Kämpfer und Kämpferinnen die Kontrolle, und sie alle begannen gleichzeitig damit zu erzählen, was sie gesehen hatten.

Einen Wolf, ganz deutlich. Ein großer Wolf, aber so richtig wusste ja niemand, wie groß Wölfe in Wirklichkeit wurden.

Glenna stieß einen tiefen Seufzer aus, als sie sich auf einem Strohballen niederließ. Sie schloss die Augen, und langsam begann ihr Herz, das Blut wieder in angemessener Geschwindigkeit durch ihren Körper zu pumpen.

»Glenna, du zitterst. Wir sollten zurück ins Dorf«, sagte Janet besorgt.

Glenna öffnete die Augen und blickte auf ihre Hände, die in ihrem Schoß lagen. Es war zu dunkel, aber sie wusste auch so, dass sie noch bläulicher waren, als es die Hände einer alten Frau so oder so schon waren. Ihre vom Matsch durchnässten Kleider klebten an ihrer Haut, und das Zittern flaute auch nicht ab, als sich ihre Nerven langsam beruhigten.

»Ja, Liebes, das ist eine gute Idee«, sagte sie und ließ sich auf die Beine helfen.

»Warten Sie, wir begleiten Sie zurück«, sagte einer der jungen Männer, die zurückgeblieben waren. »Nicht dass der Wolf Sie noch holt.«

Sein Grinsen verriet, dass er die Geschichte noch nicht ganz abgekauft hatte.

Falls der Cusith sich noch nicht wieder in die Anderswelt zurückgezogen hatte, um seine Wunden zu lecken, so würde er sich heute Nacht zumindest hüten, sich noch einmal in die Nähe der Eisenwaffen zu begeben, hoffte Glenna.

»Sehr gerne«, sagte sie, und so machten sie und Janet sich auf den Weg, eskortiert von vier mittelalterlichen Kriegerinnen und Kriegern.

Als sie den halben Weg über den Trampelpfad zurückgelegt hatten, gellte plötzlich ein erneuter Schrei über das Feld.

Ihre Begleiter gingen sofort in Abwehrhaltung, und Glenna umfasste Janets Arm.

Aber es war nicht der Schrei eines Wolfes oder des Cusiths. Der Schrei war menschlich.

Der eines Kindes.

Glenna quetschte es ihr Herz.

»Aidan?«, rief Janet schrill und machte einen großen Schritt in die Richtung, woher der Schrei gekommen war.

»Aidan!«, rief Janet erneut und wand sich aus Glennas Griff.

Da zeichneten sich zwei Schemen im Dunkel ab. Einer etwas größer als der andere, aber beide zu klein, um zu einem Erwachsenen zu gehören.

Als sie näher kamen, erkannte Glenna Aidan. Er hielt die Arme um seinen Oberkörper geklammert, und sein Gesicht glänzte nass.

Etwas versetzt hinter ihm humpelte der Cusith.

Seine Augen blitzten wütend, und er hatte die Schnauze bedrohlich verzogen.

Sie blieben etwa fünfzehn Meter von ihnen entfernt stehen.

»Bei Odin«, hauchte einer der Männer, der vorhin gekniffen hatte.

Noch immer leuchtete die Haut ihrer Begleiter sanft im Mondlicht. Noch immer sahen sie den Wolf vor sich.

Die anderen zogen ihre Waffen, und eine der Frauen stellte sich vor Janet, sodass diese nicht gleich losstürmen konnte.

HALTE SIE ZURÜCK, BONNIE BAHOOKIE, bellte der Cusith in ihrem Kopf. *ODER ICH ZERFETZE DEN JUNGEN IN TAUSEND STÜCKE.*

Glenna schluckte schwer.

»Was?«, rief Janet schrill. »Es spricht!«

Die Krieger warfen sich unschlüssige Blicke zu.

»Er knurrt«, sagte einer von ihnen.

»Warum greift er den Jungen nicht an?«, flüsterte ein anderer.

»Bleibt zurück«, sagte Glenna. »Wenn er sich bedroht fühlt, wird er angreifen.«

GUT, sagte der Cusith und stieß Aidan mit seiner Schnauze an, was ihm einen spitzen Aufschrei entlockte.

»Aidan!«, rief Janet und machte einen Schritt voran, die Kämpferin hielt sie jedoch zurück.

»Sie hat recht«, sagte sie. »Wir dürfen ihn nicht provozieren.«

Ihre Hand lag auf dem Heft eines langen Messers oder Dolchs an ihrer Seite.

AUF MEINEN HANDEL WOLLTEST DU NICHT EINGEHEN, BONNIE BAHOOKIE. VIELLEICHT ABER AUF DIESEN HIER. ICH LASSE DAS MENSCHENKIND GEHEN, WENN DIE TRÄCHTIGE FRAU MICH BEGLEITET.

Janets Hände fuhren instinktiv zu ihrem Bauch.

»Begleiten? Wohin?«, keuchte Janet.

»Wir müssen angreifen«, sagte nun einer der Kämpfer. »Thogar hat ihn vorher verletzt. Wir können ihn vertreiben.«

SCHICK SIE WEG, grollte der Cusith. *DIE MIT DEM EISEN.*

Glenna warf einen Blick auf den Krieger. Er machte halbe Schritte vor und zurück, und seine Finger verkrampften sich um den Griff der Waffe und lösten sich wieder.

Glenna zweifelte keinen Moment daran, dass der Cusith Ernst machen würde.

Sie riss sich von dem Anblick los und zwang sich, die Augen zu schließen. Sie spürte den Whisky in den vier Menschen um sich herum, konnte das schwache Pulsieren der Magie wie eine Aura hinter den geschlossenen Lidern sehen.

Die Verwandlung des Cusiths in einen Wolf hatte glücklicherweise nicht alle magische Energie verbraucht, aber allzu viel war nicht mehr übrig.

Glenna rief die Dunkelheit herbei, ließ aber zu, dass eine dünne Spur aus Licht zurück zu den Zelten führte.

»Was?«, keuchte der Krieger neben ihr auf, und sein Schwert fiel in den Schlamm, als er die Hände zu seinem Gesicht hob.

»Ich kann nichts sehen!«, rief nun auch der andere.

»Ich ... ich auch nicht«, stammelte die Kämpferin und tastete in der Luft herum.

»Es ist alles in Ordnung«, sagte Glenna. »Folgt der silbernen Spur.«

Alle sprachen wild durcheinander.

»Was ist mit dem Wolf?«

»Wo seid ihr?«

»Ich bin blind!«

Glenna legte den beiden Männern die Hände ins Kreuz und schob sie sachte in Richtung Zelte.

Zögernd setzten sie einen Fuß vor den anderen.

»Da vorn! Da ist Licht!«, rief die Frau und ging voran, rempelte dabei aber Janet an. Diese fing sie auf und schob sie dann an den Hüften ebenfalls in Richtung der anderen.

Dann steckte sie ihre Hände überkreuzt unter ihre Jacke, als müsse sie sich wärmen.

»Was ist hier los?«, forderte sie mit schwankender Stimme. »Was ist das für ein Monster?«

»Mum«, schluchzte Aidan, und Janet machte wieder einen Schritt auf ihn zu.

Dieses Mal hielt sie niemand auf.

»Was willst du?«, fragte sie hilflos.

DICH, knurrte der Cusith. *DU KOMMST MIT MIR, UND DAS MENSCHENKIND LEBT.*

»Janet«, flüsterte Glenna und trat neben sie.

Doch sie sog scharf die Luft ein, als der Fleck auf ihrem Rücken auf einen Schlag heiß wurde.

Jede Faser in ihr verlangte danach, Janet zu sagen, womit sie es zu tun hatte. Ihr zu erklären, was der Cusith war und was er wollte. Aber sie presste den Kiefer zusammen und schwieg. Eine Erklärung wäre nur ein kleiner Schritt davon entfernt, eine der Regeln zu brechen. Janet durfte nicht wissen, was Glenna in Wirklichkeit war.

Sie schluckte schwer.

»Einverstanden«, sagte Janet, ohne auf Glenna zu achten. »Ich begleite dich, wohin auch immer du willst.«

Der Cusith leckte sich über die Schnauze.

IN DIE ANDERSWELT, WIE IHR SIE NENNT. DU WIRST GEBÄREN UND DIE KINDER DER SIDHE MIT DEINER MILCH SÄUGEN.

Ein Schaudern fuhr durch Glennas Körper, und sie legte die Hand auf Janets Arm. Doch diese entwand sich dem Griff und machte weitere Schritte auf den Cusith zu.

Ertappte Lügen

»Lass den Jungen gehen«, rief Glenna dem Cusith zu.

Sie konnte Janet nicht zurückhalten. Aber sie konnte dafür sorgen, dass Aidan nichts geschah.

WIR HALTEN UNSER WORT, knurrte der Cusith zur Antwort.

»Das ist mir egal«, bestand Glenna. »Schick ihn her.«

Für einen Moment lieferten sie sich ein Duell mit Blicken, währenddessen Janet immer näher an ihn herantrat.

Glennas Gedanken und ihr Herz rasten.

Es musste eine andere Lösung geben!

Der Cusith knurrte, stieß Aidan dann aber mit seiner Schnauze an, was ihm wieder einen Aufschrei entlockte.

»Komm her, Aidan«, rief ihm Glenna zu. »Keine Angst. Er wird dir nichts tun.«

Aidan setzte einen zittrigen Fuß vor den anderen, und Glenna machte bereits einen Schritt auf ihn zu, als der Cusith mit einem Satz wieder neben dem Jungen stand.

DU BLEIBST, WO DU BIST, bellte er, und Glenna verharrte.

Aidan schluchzte unkontrolliert und blieb stehen.

»Aidan«, sagte Glenna, und etwas Strenge lag in ihrer Stimme.

»Aidan, geh zu Glenna, ja?«, sagte Janet mit zittriger Stimme. »Es wird alles gut. Ich verspreche es.«

Glenna streckte die Arme aus, und Aidan setzte sich wieder in Bewegung.

Schmerzhaft langsam bewegten sich Mutter und Sohn über das Feld. Als sie auf gleicher Höhe waren und sie nur wenige Schritte voneinander trennten, drehte sich Aidan zu seiner Mutter und streckte die Arme nach ihr aus.

WEITERGEHEN!, bellte der Cusith, und Aidan wurde erneut von einem Heulkrampf geschüttelt.

Auch Janet weinte, aber sie ging weiter, ohne langsamer zu werden.

Als Aidan in Greifnähe war, fasste Glenna nach seinem Jackenärmel und zog ihn an sich heran. Sie presste seinen Kopf an ihre Brust und hielt ihn, so fest sie konnte. Sein Körper bebte, und seine Arme hingen schlaff an seinen Seiten herab.

Janet hatte den Cusith erreicht, und sie starrten sich regungslos in die Augen. Die Sekunden zogen sich dahin, und Glenna fragte sich, was für eine Konversation zwischen den beiden wohl stattfand, in welche Glenna nicht miteinbezogen wurde.

Schlussendlich ließ Janet die Schultern hängen und ging weiter in Richtung Waldrand. Auch der Cusith wandte sich ab und ging langsam, noch immer humpelnd neben ihr her.

Mit einem Herzen, das zu zerreißen drohte, beobachtete Glenna, wie die beiden sich immer weiter entfernten. Ihre Gedanken rasten. Sie musste etwas tun. Irgendetwas.

»Cusith!«, rief sie, und das Tier hielt im Schritt inne.

WAS WILLST DU NOCH, BONNIE BAHOOKIE? DER HANDEL IST BESCHLOSSEN, sagte er laut, aber ohne die Wut von zuvor.

»Du wolltest wissen, warum ich meine Meinung geändert habe.« Ihre Stimme zitterte. Ob vor Verzweiflung, Wut oder Furcht vermochte sie selbst nicht zu sagen. »Ich habe dir nicht die Wahrheit gesagt.«

Der Cusith hob den Schädel und wandte sich tatsächlich noch einmal in ihre Richtung.

Im gleichen Moment zog Janet den langen Dolch der Kriegerin unter ihrer Jacke hervor.

Der Cusith fuhr herum, doch es war zu spät.

Mit einem Schrei warf sich Janet auf ihn, die Klinge fest mit beiden Händen umklammert. Der Cusith brüllte, als sie sie mit aller Kraft in seinem Nacken versenkte. Jaulend ging er zu Boden. Er versuchte hochzukommen, doch Janet warf sich erneut mit ihrem ganzen Gewicht auf ihn.

Glenna stieß Aidan von sich, um Janet zu Hilfe zu eilen.

Aber als sie sie erreichte, hatte das markerschütternde Heulen bereits aufgehört, und der grüne Körper unter Janet lag schlaff und regungslos im Schlamm.

»Janet«, keuchte Glenna und half ihr auf die Beine.

Die Frau nickte nur schwer atmend und ließ sich helfen.

Dann lagen sie sich in den Armen und starrten auf den leblosen Körper des Cusiths.

»Was war das für ein Ding?«, flüsterte Janet, und Glenna schüttelte den Kopf.

»Ich weiß es nicht«, log Glenna erneut.

Janets Kopf fuhr zu ihr herum, und Glenna wich zurück, als sie den harten Blick sah.

»Lüg mich nicht an, Glenna. Es hat mit dir gesprochen. Du hast es beim Namen genannt.«

Glenna wusste nicht, was sie darauf erwidern sollte, und öffnete nur wortlos den Mund.

Als Aidan herangestürmt kam und sich in die Arme seiner Mutter warf, verschwand der düstere Ausdruck von Janets Gesicht, und sie knieten beide eng umschlungen und weinend im Gras.

Glenna warf einen letzten Blick auf den toten Cusith, dann zog sie sich ungehört zurück.

Zwei Geständnisse

Glenna drehte das Glas vor ihren Augen und ließ die goldbraune Flüssigkeit darin hin und her schwappen. Der Duft nach Torf und Rauch drang in ihre Nase, und sie inhalierte ihn tief.

›Willst du ihn nur ansehen oder auch davon trinken?‹, fragte Jamie amüsiert von ihrem unbedeckten Dekolleté aus.

Sie seufzte schwer.

»Gewisse Dinge brauchen Zeit, Jamie.«

›Das ist ein fünfundzwanzigjähriger Laphroaig. Der hatte Zeit.‹

Sie schmunzelte und trank dann genüsslich einen kleinen Schluck.

›Wie fühlst du dich?‹

Sie ließ sich Zeit mit einer Antwort.

Sie blickte auf das Poster an der Tür, die vollen Rundungen, die straffe Haut. Es stimmte sie nicht mehr so nostalgisch wie noch vor einigen Tagen.

»Erleichtert«, antwortete sie schließlich. »Es ist alles gut gegangen.«

›Aidan lebt, und Janet ist glücklich hier in der Menschenwelt‹, bestätigte Jamie.

Es klang nicht so, als hätte er damit abgeschlossen.

»Was ist?«

›Nichts.‹

»Spuck es aus.«

Der warme Fleck bewegte sich etwas, blieb aber auf ihrer Brust sitzen.

›Du wirkst zufrieden, Bonnie.‹

Sie lachte. »Natürlich bin ich zufrieden. Du hast gerade selbst gesagt, warum.«

›Das meinte ich nicht. Du wirkst zufrieden mit dir selbst.‹

»Hm«, machte sie und dachte über die Aussage nach. Ihr war klar, worauf er hinauswollte. In erster Linie war sie einfach nur froh, dass Janet und Aidan in Sicherheit waren. Aber sie musste sich eingestehen, dass sie sich selbst auch besser fühlte als noch vor einigen Tagen. Sie mochte müde sein, jeder Muskel schmerzte, und sie war gerade zu nichts anderem fähig, als hier zu sitzen und ihren Whisky zu genießen. Aber sie fühlte sich nicht mehr innerlich ausgelaugt und leer. Die letzten Tage hatten ihr gezeigt, dass doch noch ein Funken Energie in ihr steckte und dass sie ihn mobilisieren konnte, wenn es sein musste.

»Vielleicht«, sagte sie langsam und nahm einen weiteren Schluck. »Vielleicht musst du mich noch eine Weile länger ertragen.«

›Denkst du?‹

Er wirkte nicht amüsiert oder besserwisserisch, sondern ehrlich erleichtert.

Sie zuckte mit den Schultern.

»Ich bin alt, daran gibt es nichts zu rütteln.« Sie legte die flache Hand auf ihren Brustkorb, auch wenn sie ihn so nicht wirklich verstummen lassen konnte. »Das ist keine Ansichtssache, das ist die Wahrheit. Aber wenn nicht einmal der Púca weiß, wann ich sterben werde, hat es nicht viel Sinn, darüber zu sinnieren.«

›Also machst du weiter wie bisher?‹

Sie atmete den torfigen Duft ein.

»Ich weiß es nicht.«

Sie fuhr mit der Hand über die abgewetzte Armlehne ihres Sessels, befühlte das aufgeraute Leder und die Risse darin. Sie konnte sich schlecht vorstellen, wie es ohne Dorothy hier wäre. Es blieb das Stewart-Haus, und es fühlte sich anders an ohne eine Stewart. Falsch und viel zu kalt ohne Dorothys Gastfreundlichkeit. Ganz abgesehen von den Kobolden, die nun hier lebten und ihr die Arbeit ganz sicher nicht leichter machen würden. Auch wenn sie ihr grundsätzlich erlaubten, das B&B ganz normal weiterzuführen.

Und dann war da noch Janet.

Glenna hatte es geschafft, ihr bisher aus dem Weg zu gehen, und Janet hatte sie nicht aufgesucht. Aber Glenna freute sich nicht auf die nächste Begegnung. Janet hatte Fragen. Und Fragen zur Anderswelt waren gefährlich für alle Beteiligten.

Sie dachte daran zurück, wie oft sie Létoile und Gabriel belogen hatte während ihrer Zeit in Paris und später. Wie sehr sie sich danach gesehnt hatte, ihr Geheimnis mit den beiden Menschen zu teilen, die sie liebte.

Aber es war die erste der drei Regeln. Kein Sterblicher durfte von ihren Fähigkeiten erfahren.

»Ich gebe zu, Jamie, es gab Zeiten, in denen ich verfluchte, diese Fähigkeiten zu haben«, sagte sie langsam.

›Tatsächlich?‹

»Ich habe den Púca dafür gehasst, dass er mir das Angebot gemacht hat. Und ich habe mich dafür gehasst, dass ich es angenommen habe.« Sie schob das Bild von Létoiles überraschter Miene von sich und seufzte. »Aber eigentlich bin ich selbst schuld, weißt du. Ich habe es mir selbst zuzuschreiben.«

›Wie meinst du das?‹

Glenna nahm einen Schluck und ließ den Whisky durch ihre Kehle rinnen. Sie lehnte sich zurück und blickte wieder das Poster an.

»Ich habe dir die Geschichte von dieser Nacht noch nie richtig erzählt«, sagte sie, fragte sich aber im gleichen Moment, ob sie wirklich so weit gehen wollte.

Doch irgendwie hatte sie das Gefühl, dass sie es Jamie schuldig war. Ohne seine Hilfe würde sie sich womöglich nach wie vor in Selbstmitleid suhlen, während sie die Welt nur noch durch schwarze Vogelfedern hindurch sehen würde.

›Hast du nicht‹, bestätigte Jamie ohne Wertung.

»Es war nicht ganz so, wie ich immer gesagt habe. Der Púca ist mir nicht eines Nachts in London erschienen und hat mir aus dem Nichts das Angebot gemacht.«

›Sondern?‹

»Er lebte in dem Theater, in welchem ich damals getanzt habe, und er hat sich mir eines Tages gezeigt. Irgendwie wurden wir Freunde. Ich kannte nicht viele Leute in London zu der Zeit und war glücklich, jemanden zu haben, der zuhörte.«

Im Nachhinein hörte sich diese Geschichte völlig absurd an, viel zu sehr nach dem Phantom der Oper. Es war die erste Erinnerung, die sie in ihren Tagebüchern festgehalten hatte, aber sie hatte sie nie gelesen. Zum einen, weil sie sie nach wie vor völlig klar vor sich hatte, zum andern aus Angst, dass Jamie oder sonst jemand mitlas. Sie hatte die Geschichte mit niemandem teilen wollen. Zu persönlich schien sie ihr. Zu intim.

»Ich wusste, wozu die Wesen der Anderswelt fähig sind. Meine Mutter hat mir unzählige Geschichten darüber erzählt.« Glenna biss sich auf die Unterlippe. »Ich habe ihn dazu gedrängt, mir diese Fähigkeiten zu geben. Ich wollte so sehr ein Star werden. Er wollte nicht darauf eingehen, aber ich habe so lange auf ihn eingeredet, bis er nachgegeben hat.«

Jamie schwieg, und Glenna zögerte einen Moment. Würde die Geschichte Jamies Meinung über sie ändern? Sie atmete einmal durch die Nase ein. Wenn, dann hätte sie es wohl verdient.

»Ich habe mir das Ganze also selbst eingebrockt. Vermutlich wusste er, dass so etwas mit Kosten verbunden war, und zögerte deshalb. Meinetwegen.«

Nun seufzte Jamie theatralisch.

›Gegen die Liebe ist nun mal niemand gefeit. Auch kein Wesen der Anderswelt.‹

Glenna nickte zuerst, dann runzelte sie die Stirn.

»Ich habe nichts von Liebe gesagt«, sagte sie und lehnte sich leicht nach vorn.

Jamie schwieg, und Glenna spürte, wie sich das Tattoo in Bewegung setzte. Sie senkte den Blick und sah, wie sich der Drache unruhig um sich selbst wand.

»Jamie?«, fragte sie.

›Das war naheliegend bei der Geschichte.‹

Glenna suchte sein Gesicht, aber die Bewegungen ließen sie schwindeln, und sie blickte wieder geradeaus.

»Was war naheliegend? Wovon sprichst du?«

Wieder schwieg er, und Hunderte Gedanken rauschten durch Glennas Verstand.

Das Glas rutschte aus ihren Fingern, und sie konnte es nur knapp auffangen, bevor es auf dem Boden zerschellte. Der Whisky schwappte über und benetzte ihre Hand.

Glenna fluchte, hielt sich aber nicht damit auf, sondern strich sich die Finger an ihrem Rock ab.

»Jamie, sprich mit mir«, sagte sie streng.

Ihr ganzer Körper bebte vor Anspannung. Nach einigen schmerzhaft langen Sekunden erklang ein ergebener Seufzer von ihrer Brust.

›Ich habe dir auch nicht immer alles gesagt, Bonnie‹, gestand er.

Der unruhige Fleck kam zur Ruhe, und Glenna senkte erneut den Blick.

»Woher weißt du, dass der Púca mich liebte?«, fragte sie gepresst.

Die sonst schwarzen Augen des Drachen leuchteten golden und erwiderten ihren Blick.

›Darauf bist du bereits selbst gekommen.‹

Gute Gesundheit

Glenna sprang auf die Beine und verschüttete den Rest des Whiskys. Mit zittrigen Händen stellte sie das Glas auf das Beistelltischchen und starrte sich dann ins Dekolleté.

Jamie wand sich wieder und machte Anstalten, über ihre Schulter auf den Rücken zu verschwinden.

»Hiergeblieben!«, bellte Glenna, dabei wurde ihr aber bereits wieder schwindlig, sodass sie sich an der Tür abstützen musste.

»Jamie«, keuchte sie, während sie die Hand über die Augen legte und wartete, bis der Schwindel sich legte. Der Fleck auf ihrer Schulter brannte heiß.

Als die hellen Punkte nicht verschwinden wollten, zwang sie sich, ihren Atem zu beruhigen.

»Bonnie«, sprach eine dunkle heisere Stimme hinter ihr, und sie zuckte zusammen.

Sie ließ ihre Hand sinken, die andere hielt sie an der Tür, um sich zu stabilisieren.

»Jamie«, sagte sie, so fest sie konnte. »Jamie, bist du hier?«

Keine Antwort.

Eine schwere, warme Hand legte sich vorsichtig auf ihre Schulter, und sie saugte scharf die Luft ein.

Sie nahm all ihren Mut zusammen, wischte die Hand von ihrer Schulter und drehte sich um.

Der Púca machte vorsichtig einen halben Schritt zurück.

»Was tust du hier?«, sagte Glenna, und dieses Mal gelang es ihr, die Schärfe in ihre Stimme zu legen, die sie wollte.

Der Púca legte den Kopf schief und versuchte sich an einem unsicheren Lächeln.

»Ich dachte, du wolltest mir vielleicht ins Gesicht sehen, ohne dass dir schwindlig wird.«

Der Raum begann, sich zu drehen, aber Glenna blieb aufrecht stehen und starrte den Púca an.

»Das ist wirklich dein Ernst?«, fragte sie.

Das Lächeln verschwand von seinem Gesicht, und er breitete die Arme aus, ohne etwas zu sagen.

Sie musterte ihn von Kopf bis Fuß. Es war der Púca, daran bestand kein Zweifel. Der Anzug saß über seinen gekrümmten Ziegenbeinen, der Gehstock lag in seiner Hand, und die Haare zwischen seinen Hörnern waren glatt nach hinten gekämmt, genauso wie immer schon. Sie sah in seine goldenen Augen und versuchte, darin zu lesen, entdeckte aber nur ihr jüngeres Spiegelbild.

Sie büßte etwas von ihrer aufrechten Haltung ein, als ihr Rücken zu schmerzen begann.

»Du bist Jamie«, sagte sie matt. »Warst es von Anfang an?«

Der Púca nickte und machte einen vorsichtigen Schritt auf sie zu. Als sie nicht zurückwich, machte er einen weiteren, bis sie dicht voreinander standen. Er hob erneut die breite Pranke und legte die Finger sanft an ihre Wange. Das grobe Fell kitzelte an ihrer Haut.

Sie hob ihre Hand, um die seine wegzuschieben, verharrte aber, als sie seine Haut berührte.

»Ich habe dich nie wirklich verlassen, seit ich dir deine Fähigkeiten gegeben habe. Nicht, als du nach Paris zogst, um erfolgreich zu werden. Nicht, als du Frankreich verlassen hast zusammen mit Létoile und Gabriel, und erst recht nicht, nachdem eure Wege sich trennten und du dir das Tattoo stechen ließest. Ich bin dir um die ganze Welt gefolgt.«

»Warum?«, hauchte sie.

»Weil es mir gut gelegen kam. Ein Tattoo, dem eine Seele eingehaucht wird? Wie konnte ich da widerstehen?«, sagte er und setzte das charmante Lächeln auf, das sie von ihm von früher kannte.

»Das meine ich nicht«, sagte sie.

Sie umfasste sein Handgelenk und zog die Hand von ihr weg, ließ ihn aber nicht los.

»Warum bist du mir gefolgt? Warum hast du dich nie zu erkennen gegeben?«

Er seufzte schwer, und die Luft stob laut aus seinen Nüstern.

»Ich konnte dich nicht einfach so gehen lassen, Bonnie. Du hast mich damals ausgenutzt. Mich um den Finger gewickelt, damit ich dir gebe, was du willst.«

Glenna biss sich auf die Wange und hoffte, dass er ihr laut schlagendes Herz nicht hören konnte.

»Ich war gekränkt, aber ich wusste, worauf ich mich einließ. Ich wusste von dem Tag an, als du mich darum gebeten hast, dir die Fähigkeiten zu geben, dass du mich nicht wirklich liebst. Aber es änderte nichts an meinen Gefühlen für dich.« Er zuckte mit den Achseln und sah betreten an ihr vorbei. »Ich wollte nicht, dass dir etwas zustößt, darum bin ich dir gefolgt. Außerdem trage ich eine gewisse Verantwortung für dich, Bonnie. Ich habe dich zu einer Mischkreatur gemacht, also muss ich dafür sorgen, dass du verantwortungsvoll mit deinen Fähigkeiten umgehst.«

»Die drei Regeln«, murmelte Glenna und spürte, wie ihr das Blut in die Wangen schoss.

»Genau.«

Sie hatte das Thema angesprochen, um nicht über den anderen Teil sprechen zu müssen, aber sie spürte, dass der Púca es durchschaute.

»Du verfolgst mich seit fünfundneunzig Jahren, nur um zu sehen, wie ich eine alte Frau werde«, sagte sie bitter. »Warum? Hättest du mich nicht einfacher überwachen können?«

Nun lächelte der Púca wieder, und er legte seine freie Hand auf ihre Finger, die immer noch an seinem Handgelenk lagen.

»Das habe ich dir gesagt. Du bist immer noch wunderschön, Bonnie. Und ich mag es, Zeit mit dir zu verbringen.«

Ihr Herz zog sich zusammen, und ihr Mund wurde trocken. Betreten blickte sie auf den Boden.

»Du ... liebst mich immer noch? Nach allem, was ich getan habe?«

Seine Hand fuhr an ihr Kinn, und er zwang sie, den Kopf zu heben. Für einen Moment starrten sie sich in die Augen, dann schnaubte er.

»Bewahre, nein.«

Glenna blinzelte verwirrt, und er lachte leise.

»Nicht auf dieselbe Art wie damals. Ich liebe dich so, wie Jamie dich liebt und du ihn.«

Sie reckte trotzig das Kinn. »Ich liebe Jamie nicht.«

»Quatsch«, sagte er mit einem verschmitzten Grinsen. »Natürlich liebst du ihn. Und du hasst ihn. Und ich liebe dich genau so, wie ich dich ab und zu hasse.«

Sie konnte nicht abstreiten, dass sie genau verstand, was er meinte.

Jamie war wie ein Teil von ihr. Nun, physisch gesehen war er das auch tatsächlich.

»Es tut mir leid«, sagte sie und merkte in dem Moment, wie ihr ein großer Brocken vom Herzen fiel.

»Was tut dir leid?«, fragte er.

Sie atmete tief durch.

»Dass ich dir damals etwas vorgespielt habe. Dass ich dich ausgenutzt habe.«

Er nickte. »Ich nehme die Entschuldigung an.«

Sie kniff die Augen zusammen. »Einfach so?«

»Einfach so. Außerdem wurdest du bereits bestraft, und ich finde, das genügt.«

»Wie meinst du das?«

Er schwieg, dann wandte er sich ab und trat an das Büchergestell heran, wo er den Blick über die Jahreszahlen schweifen ließ.

»Der Preis, der deine Magie kostet«, sagte er. »Ich hätte ihn beliebig festlegen können. Aber ich wollte damals, dass du unseren Handel irgendwann bereust. Ich wollte, dass es schmerzt, wenn du deine Magie einsetzt. Erinnerungen sind etwas äußerst Wertvolles, und du solltest nie vergessen, wie du mich behandelt hast.« Er lachte leise. »Es fühlt sich an, als wäre diese Nacht schon manche eurer Lebzeiten lang her. Vieles hat sich seither geändert. Uns beide eingeschlossen.«

Sie musterte seinen breiten Rücken und nickte, obschon er es nicht sehen konnte.

»Ich wusste nicht, dass du mich bereits durchschaut hattest, als du mir die Fähigkeiten gegeben hast«, sagte sie leise.

»Ah. So blind vor Liebe war ich dann doch nicht.«

»Es tut mir leid«, wiederholte Glenna.

Er drehte sich zu ihr um, und auf seinen Lippen stand ein gütiges Lächeln.

»Es tut mir leid, dich angelogen zu haben. Jamie hat nie seine Zeit in der Zwischenwelt zwischen Leben und Tod verbracht. Er war nicht einmal ein Mensch.«

Nun war sie es, die lächelte. »Weißt du, ab und zu erinnerte er mich tatsächlich an dich. Ich glaube, es hat mir am Anfang geholfen, mich an ihn ... an dich zu gewöhnen.«

Er trat wieder an sie heran und sah ernst auf sie hinunter.

»Ich kann gehen, wenn du willst.«

Sie schüttelte sofort den Kopf – und war selbst überrascht über die Vehemenz ihres Einspruchs.

Jamie war ihr oft auf die Nerven gegangen, aber dennoch konnte sie sich ein Leben ohne ihn nicht mehr vorstellen.

»Nein«, sagte sie. »Ich würde dich vermissen.«

»Gut«, sagte der Púca und wirkte erleichtert.

Dann legte er den Kopf schief und zwinkerte schelmisch. »Und wenn du es dir nochmals überlegst mit dem heißblütigen Liebhaber ...« Er machte eine ausschweifende Bewegung über seinen Körper.

Glenna lachte laut und schüttelte den Kopf.

»Ich werde daran denken.« Sie biss sich auf die Lippen, weil sie nicht wollte, dass die nächste Frage falsche Erwartungen weckte. »Nur so rein theoretisch ... Wie leicht fällt es dir, dich aus der Tätowierung in diese Form zu wandeln?«

»Ah«, sagte er mit einem schweren Seufzer. »Nicht ganz so leicht, befürchte ich. Es verlangt mir einiges an Energie ab, die mir fehlt, sobald ich diese Form angenommen habe. Es fällt mir leichter an Orten oder zu Zeiten, an denen die Grenze zur Anderswelt dünner ist. Übrigens stecke ich auch nicht in jeder schwarzen Ziege, die du siehst.«

Glenna rollte mit den Augen. »Das weiß ich.«

Sie blickte sich im Raum um. »Ich würde dir gerne einen Platz und etwas zu trinken anbieten, aber der Raum ist nicht gerade für Gesellschaft ausgelegt.«

Er ließ sich an Ort und Stelle im Schneidersitz nieder und schlackerte mit den Ohren.

»Gegen einen Whisky hätte ich nichts einzuwenden.«

Sie war etwas überrumpelt davon, dass er tatsächlich bleiben wollte, aber sie nickte und holte ein neues Glas und die Flasche Laphroaig aus der Küche.

Dann setzte sie sich in den Sessel und ließ zu, dass er ihnen beiden einschenkte.

»Slàinte mhath«, sagte er, als sie miteinander anstießen.

»Slàinte«, erwiderte sie und trank einen Schluck.

Auf gute Gesundheit. In ihrem Alter konnte man durchaus auf so etwas trinken.

»Und nun?«, fragte der Púca, und Glenna musste wieder lachen.

»Was?«, fragte er verwirrt.

»Du bist tatsächlich Jamie«, sagte sie. »Nur er stellt mir diese unsägliche Frage.«

Er lächelte wieder. »Bonnie, pack deinen Koffer und gehe fort. Du hast bemerkt, wie viel du erreichen kannst, dass du noch lange nicht am Ende bist. Warum hierbleiben, wo die Leute sich schon bald fragen werden, weshalb du so jung bleibst?«

»Ansichtssache«, äffte sie ihn nach, versank dann aber in ihren Gedanken über seine Worte. »Ich überlege es mir.«

Die Ereignisse in den letzten Tagen hatten durchaus etwas in ihr bewirkt. Auch wenn sie ihre Magie hie und da eingesetzt hatte über die letzten Jahre hinweg, nie war sie so ausschlaggebend gewesen wie dieses Mal. Es hatte sich gut angefühlt, gebraucht zu werden. Gleichzeitig fühlte sie sich schlecht dabei, das zu denken. Ein Menschenleben hatte auf dem Spiel gestanden, und noch viel lieber, als dass Janet und Aidan das hatten durchmachen müssen, wäre ihr gewesen, wenn alle einfach nur ein schönes Fest hätten erleben dürfen. Aber es war nun mal, wie es war.

Sie ließ den Whisky im Glas hin und her schwappen.

Ein unangenehmes Schrillen drang durch die Wohnung, und Glenna seufzte schwer.

»Können sich nicht deine neuen Mitbewohner darum kümmern?«, fragte der Púca mit einem Augenzwinkern.

Sie stemmte sich schwer seufzend aus dem Sessel.

»Leider nein. Was auch immer sie mit diesem Haus wollen, meine Arbeit übernehmen ist es zumindest nicht.«

Für einen kurzen Moment überlegte sich Glenna, ob sie wirklich nach unten gehen sollte. Schlussendlich siegte aber das schlechte Gewissen.

»Bin gleich wieder da.«

Gebrochene Regeln

Momentan waren alle Zimmer frei, und es war auch niemand angekündigt für die nächste Zeit. Glenna hatte sich insgeheim auf ein paar ruhige Tage gefreut. Trotzdem wäre es unsäglich unhöflich, wenn sie die Klingel einfach ignorieren würde.

Doch als sie im Erdgeschoss angekommen war, stand niemand am Rezeptionstresen.

Glenna warf einen Blick in den angrenzenden Speisesaal, doch auch dieser war leer. Auf dem Tresen lag jedoch ein auffälliger hellgrüner Umschlag.

Glenna runzelte die Stirn, als sie den Umschlag in die Finger nahm, ließ ihn aber sogleich fallen, als sie die geschwungenen Lettern darauf las.

Bonnie Bahookie

Sie presste die Finger auf den Mund und starrte den Umschlag für eine Weile an, als wäre er eine Spinne, die sie gleich anspringen würde.

Dann machte sie einige lange Schritte zur Haustür und riss sie auf. Sie warf einen Blick in alle Richtungen, aber die Leute, die sie auf der Straße sah, erkannte sie alle als Nachbarn. Keiner von ihnen wusste von ihrem Bühnennamen.

Sie zog die Tür hinter sich zu, dann hob sie den Umschlag vom Boden auf und trug ihn in den Speisesaal.

»Hallo?«, rief sie einmal laut, nur um sicherzugehen, dass tatsächlich niemand hier war.

»Was ist?«, erklang eine Stimme über ihr.

Über Glennas Kopf hatte es sich ein Cluricaun im Kronleuchter bequem gemacht. Er hatte seinen Zylinder ins Gesicht hinabgezogen und hob ihn nun mit einer Hand hoch, um zu Glenna hinunterzuspitzen.

»Wer war das?«, fragte sie und fuchtelte mit dem Umschlag in seine Richtung. »Wer war gerade hier und hat den Brief abgegeben?«

Der Kobold zuckte mit den Schultern und zog den Hut wieder ins Gesicht. »Hab nicht hingesehen.«

Glenna atmete einmal tief durch die Nase ein und aus und legte den Umschlag vor sich auf den Tisch.

›Was ist los?‹

Die Tätowierung erwärmte leicht ihre Brust.

»Jamie?«, fragte sie etwas abwesend.

›Wer sollte ich sonst sein?‹

Sie ging nicht darauf ein, sondern öffnete den Umschlag mit zittrigen Fingern.

Gedanken an Hunderte von Leuten rasten ihr durch den Kopf. Leute, die sie unter diesem Namen kannten. Die wenigsten von ihnen konnten noch am Leben sein, oder?

Im Umschlag steckte ein ebenso grünes Papier, und Glenna entfaltete es vorsichtig.

Bonnie Bahookie
Anzahl gebrochener Regeln: 1

Glenna sog scharf Luft ein und presste die Hand erneut vor den Mund.

»Was bedeutet das?«

›Ich weiß es nicht.‹

»Stammt es vom ...« Glenna schaffte es nicht, den Gedanken auszusprechen.

›Vom Hohen Gericht? Kaum. Die schicken keine nette Erinnerung per Post. Steht da noch mehr?‹

Glenna drehte das Papier einmal um, doch die Rückseite war leer. Erst als sie es erneut umdrehte, fielen ihr zwei kleine Zeichen in der unteren Ecke auf.

»W. J.«, las sie vor.

›Kennst du jemanden mit den Initialen?‹

Glenna dachte nach. Sie hatte in ihrem Leben viel zu viele Leute gekannt, und die Arbeit in einem B&B machte das nicht einfacher.

Da wusste sie plötzlich, wem diese Initialen gehörten.

»William Judge«, sagte sie matt.

›Der Typ mit dem Messer? Der nicht Aidans Vater war?‹

Wie hatte sie ihn vergessen können?

»O Gott, Jamie. Wenn er zum Hohen Gericht gehört? Ich habe meine Magie gegen ihn eingesetzt!«

›Nein‹, sagte Jamie bestimmt. ›Das Gericht spricht keine Warnungen aus. Wenn du die Regeln gebrochen hast, gibt es eine Verhandlung und Schluss. Der Kerl war ein Mensch. Allerhöchstens ein Mischwesen.‹

Glenna sprang auf die Füße und begann, auf und ab zu gehen.

»Was hat es dann zu bedeuten?«

›Ich weiß es nicht.‹

»Vielleicht der Cusith? Meine Magie hatte seinen Tod zur Folge. Aber ich habe sie nicht direkt gegen ihn verwendet. Die Regel besagt, dass ich die Magie nicht auf ein echtes Wesen der Anderswelt wirken darf, oder?«

Sie hatte gewusst, dass sie mit dem Feuer spielte, als sie sich mit dem Feenhund angelegt hatte. Aber die Regeln waren klar.

Oder nicht?

›Bonnie.‹

»Was?«

›Spielt es eine Rolle?‹

Sie wollte schon etwas erwidern, dann verharrte sie.

Er hatte nicht unrecht.

Wenn sie die Regeln gebrochen hatte und das Hohe Gericht davon erfuhr, gab es nichts, was sie dagegen tun konnte. Falls dieser William Judge jedoch kein Wesen der Anderswelt war, was hatte er schon gegen sie in der Hand? Eine Behauptung, nichts weiter.

Sie straffte die Schultern.

»Du hast recht.«

Sie nahm den Brief vom Tisch und eilte die Treppe hoch in ihre Bibliothek. Der Raum war leer, wie sie erwartet hatte. Aber die beiden Whiskygläser und die halb leere Flasche standen am Boden, also hatte sie den Besuch nicht geträumt.

Sie glaubte sogar, den Geruch nach frischem Gras wahrzunehmen, der den Púca immer umgab, und sie schwelgte für einen kurzen Moment in der Erinnerung an das Gespräch, das sie hatten unterbrechen müssen.

Was nun?

Sie hatte die letzten sechsundzwanzig Jahre hier in Southbank verbracht und ein ruhiges, zurückhaltendes Leben geführt, wo sie allen Feenwesen, so gut es ging, aus dem Weg gegangen war und ihre Magie nur für alltägliche Kleinigkeiten eingesetzt hatte.

Trotzdem stand sie nun an dem Punkt, dass sie eventuell die Regeln verletzt hatte, und falls das auch die Meinung des Hohen Gerichts war, wäre es vermutlich nur eine Frage der Zeit, bis sie dafür bestraft würde.

Als ihr Blick auf die Wand mit den Büchern fiel, fasste sie eine Entscheidung.

»Jamie, wie alt bist du eigentlich?«

›Was denkst du?‹, fragte er neckisch.

Sie schnaubte. »Als ob ich das beurteilen könnte.«

Der warme Fleck bewegte sich von ihrer Brust zwischen ihren Brüsten hindurch in Richtung Bauch und machte Anstalten tiefer zu sinken.

»He!«, rief Glenna empört aus und presste ihre Hände gegen die Stelle, wo sich die Tätowierung nun befand.

›Sagen wir es so‹, sagte er, während er sich wieder auf ihre Brust zurückzog, ›für jemanden wie mich sind hundertsiebzehn Jahre immer noch das beste Alter.‹

»So alt?«, fragte Glenna überrascht.

›So jung, meinst du wohl.‹

Sie schmunzelte, erwiderte aber nichts darauf.

Vielleicht hatte er ja recht.

Vielleicht war Alter reine Ansichtssache.

Neue Erinnerungen

Southbridge, 2. Dezember 2017

Ma chére Létoile,
Zeit schien mir schon immer ein äußerst paradoxes Konstrukt. Ab und zu kann sie nicht schnell genug vergehen, dann wieder rast sie nur so dahin.
In den letzten Wochen ist viel passiert. Meine Tochter Dorothy ist dahingeschieden. Sie wurde einundneunzig Jahre alt und hat ein gutes, erfülltes Leben geführt. Nicht viele können das von sich behaupten, und nicht alle brauchen gleich viel Zeit, ihre Erfüllung im Leben zu finden.
Mir selbst ist während der Vorbereitungen zur Beisetzung und dem Abschiednehmen klar geworden, das ich noch nicht bereit bin, mein Leben als erfüllt anzusehen.
Ich habe viel erlebt, viel gesehen und habe inniger geliebt, als es die meisten Menschen jemals werden, aber dennoch fühle ich, dass meine Zeit noch nicht reif ist.
Dorothy hat mir ihr Erspartes vermacht und mir das Haus überschrieben. Es ist kein Vermögen, aber das brauchten wir damals auch nicht, nicht wahr? Es genügt, um von einem Ort an den anderen zu gelangen, und das ist es, was ich tun werde. Und das Haus … nun ja. Dafür hat sich eine Lösung gefunden. Ich hätte

es nicht über mich gebracht, es zu verkaufen. So habe ich die Möglichkeit zurückzukehren. Irgendwann vielleicht. Aber für den Moment brauche ich kein Zuhause. Mein Zuhause ist die Welt, wie sie es früher war. Es gibt vieles, das ich noch nicht gesehen habe, aber als ich meine Reise plante, merkte ich, dass sich mein Herz nicht nach diesen neuen Orten sehnt. Es zerreißt sich nach den Erinnerungen. Die Erinnerungen mit dir und Gabriel. Ich werde nach Brügge reisen. Krakau, Malta, Sankt Petersburg … Es gibt so viele Orte, an denen wir waren und an denen wir uns liebten, und ich werde sie alle wiedersehen und an euch denken.

Ich sehne mich nach dir und Gabriel und freue mich auf den Tag, an dem wir wieder vereint sein werden. Wie weit entfernt dieser auch sein mag.

Auf immer dein

Bonnie

Glenna legte den Füllfederhalter ab und wartete, bis die Schrift getrocknet war. Dann faltete sie das Papier zusammen und steckte es in den vorbereiteten Umschlag.

Sie öffnete die breite Schublade unter der Tischplatte und ließ den Blick über die Hunderte von Briefen schweifen, die dort drin lagen. Alle beschriftet in ihrer simplen Handschrift mit dem Namen *Létoile* und Daten, die mit Létoiles Todestag begannen.

Sie erinnerte sich nicht daran, was in all den Briefen stand, aber das spielte keine Rolle. Es waren nicht empirisch genaue Erinnerungen wie in ihren Tagebüchern. Es waren Nachrichten vom Herzen.

Sie legte den neuen Brief dazu und schloss die Schublade.

Die Bewegung hatte etwas Abschließendes, und es ließ ihr Herz gleichermaßen schwer werden, wie auch aufjauchzen.

Mit einem Lächeln ließ sie den Blick über das Bücherregal schweifen.

Zeit für neue Abenteuer.

Sie wandte sich ab und trat an die geöffnete Tür der Bibliothek. Fast zärtlich strich sie über das Plakat, bevor sie in den Gang trat und den Raum hinter sich abschloss.

»So«, sagte sie und fasste nach dem großen Koffer und ihrer Handtasche.

›So?‹

»So.«

›Alles dabei?‹

Mit etwas Mühe wuchtete sie den Koffer ins Treppenhaus und seufzte.

Alter ist Ansichtssache, sagte sie zu sich selbst wie ein Mantra, als sie die steilen Stufen begutachtete.

»Ich glaube schon.«

›Flachmann?‹

»Dabei.«

›Computer?‹

»Dabei.«

›Ersatzakku?‹

»Dabei.«

›Externe Festplatte?‹

»Dabei, Jamie. Dabei.«

Die letzten Wochen hatte sie vor allem mit Besuchen im Copyshop verbracht, wo sie digitale Kopien all ihrer Tagebücher anlegen ließ. Sie waren jetzt in der Cloud gespeichert, hatte sie gelernt. Trotzdem hatte sie sämtliche Daten zusätzlich auf einem persönlichen Datenträger gespeichert. Sicher war sicher.

Die Wochen nach dem Samhain-Fest war in Southbank die Hölle los gewesen. Die Geschichte über den vermeintlichen Wolf hatte schnell die Runde gemacht, und sowohl die Schaukampfgruppe wie auch Janet und Aidan waren geradezu belagert worden. Als Janet der Trubel zu viel wurde, war sie vorübergehend mit Aidan in Sebastians Wohnung in Galway gezogen.

Das hatte den Vorteil, dass sie noch keine Zeit gefunden hatte, Glenna mit irgendwas zu konfrontieren. Es hieß aber auch, dass Glenna sich nicht von ihr oder Aidan verabschieden konnte. Zumindest nicht persönlich.

Vor ein paar Tagen hatte sie ein Paket ohne Absender erhalten mit einer Dose Shortbread und einer Flasche Whisky. Der Whisky war nur halb voll, und Glenna vermutete, dass er wohl ohne Janets oder Sebastians Wissen aus ihrer persönlichen Sammlung stibitzt worden war. Auf der Dose klebte ein Zettel mit der Notiz: ›Nicht halb so gut wie deine‹.

Irgendwann, hatte Glenna beschlossen, würde sie Janet anrufen. Wenn so viel Zeit ins Land gegangen war, dass niemand sich mehr für die Geschichte interessierte, wenn Aidan so alt war, um die Sache als Albtraum abzutun, und Janet vielleicht selbst nicht mehr ganz sicher wäre, was überhaupt in dieser Nacht geschehen war. Dann würden sie reden und so tun, als wäre nie etwas geschehen, und Janet würde ihr Vorwürfe machen, dass sie sich nie meldete, und Glenna würde schwören, dass sie bald nach Southbank zurückkehrte.

Auch wenn dieser Tag nur in Glennas Vorstellung existieren mochte, so freute sie sich heute schon darauf.

Im Erdgeschoss angekommen, verschnaufte sie erst mal.

Ihr Blick fuhr automatisch zur Rezeption. Seit der grüne Umschlag angekommen war, erwartete sie unterbewusst täglich weitere Post von William Judge. Briefe, die erklärten, wer er war und was er von ihr wollte. Aber es war bei dem einen geblieben.

Sie schüttelte den Kopf und schob den Gedanken von sich.

Die Einrichtung sah so aus wie immer, und vom Einfluss der Cluricauns war nicht viel zu spüren. Aber sie waren da, und auf eine absurde Weise hatte Glenna das Gefühl, dass das Stewart-Haus in guten Händen war. Auf eine ebenso absurde Weise fiel es Glenna sogar leichter, das Haus zurückzulassen, im Wissen, dass es bewohnt und belebt wurde und nicht nur stumm und kalt darauf wartete, bis sie möglicherweise irgendwann zurückkehrte.

Mit einem tiefen Seufzer trat Glenna durch die Haustür.

Auf der Straße stand bereits das Taxi, welches sie bestellt hatte.

»Warten Sie, ich helfe Ihnen«, sagte der Chauffeur rasch und nahm ihr den Koffer ab.

Sie drehte sich noch einmal zu dem Haus um und versuchte, sich an den Tag zu erinnern, als sie zum ersten Mal davorgestanden hatte.

Ein Zwitschern ließ sie aufhorchen. Direkt neben ihr auf dem abgeschabten Zaun saß ein kleiner Vogel.

»Ein Grünfink«, stieß Glenna überrascht aus, und der Vogel stob davon.

Sie blickte ihm nach.

»Auf Wiedersehen auch dir«, flüsterte sie und tupfte die Träne aus ihrem Augenwinkel.

Dann räusperte sie sich und kramte ihr Mobiltelefon aus der Handtasche.

Sie öffnete die Foto-App und richtete das Gerät auf das Häuschen, um eine letzte Aufnahme zu machen.

»Sind Sie bereit?«, fragte der Fahrer, der bereits wieder im Fahrersitz saß.

»Natürlich«, sagte sie und nahm auf der hinteren Bank Platz.

Während sie das Dorf verließen, öffnete Glenna Twitter und lud das Foto auf ihr frisch angelegtes Profil hoch.

@neueErinnerungen: Auf Wiedersehen, Southbank. Hier komme ich, Welt!

Bonnies Brunsli-Rezept (mit Geheimzutat)

Menge für 1 Blech

250g geriebene Mandeln
200g Zucker
100g geriebene, schwarze Schokolade
10g Kakaopulver
4g Vanillezucker
2 Eiweiss
0.5 cl Whisky (nach Belieben)

Mandeln, Zucker, Schokolade, Kakao, Vanillezucker verrühren
Eiweiss und Whisky hinzufügen und zu Teigkugel formen
Teigkugel in Folie wickeln und ca. 1 Stunde kühl stellen

Küchenoberfläche mit Zucker bestreuen, Teig 1cm darauf auswallen (Achtung klebrig! Backpapier benutzen)
Brunsli ausstechen (klassische Formen: Herz/Blume/Stern)
mit Zuckerseite nach oben auf Blech legen
Blech über Nacht stehen lassen (Zimmertemperatur)

Ofen 240° vorheizen, Brunsli im oberen Teil 5 Minuten backen, danach auskühlen lassen

Danksagung

Kennt ihr das, wenn einfach die Luft draußen ist und es den Anschein macht, dass so gar nichts klappen will? An diesem Punkt war ich vor zwei Jahren. Ursprünglich plante ich, dass 2019 mein Schreibjahr wird. Ich hatte ambitionierte Projekte am Start, habe diese gepitcht und eingereicht, wo ich konnte, und habe mich für diverse Stipendien und Writing Retreats beworben. Nur um eine Absage nach der anderen einzufahren. Ich war frustriert und habe das Schreiben in die Ecke gestellt. Ich wusste nicht, wie lange diese Pause anhalten sollte. Und ob es überhaupt nur eine Pause sein würde.

2021 war dann auch die Luft bei meinem Job draußen und innerhalb kürzester Zeit habe ich beschlossen, zu kündigen und ein Sabbatical einzulegen. Vielleicht nicht der beste Zeitpunkt mitten in einer Pandemie, aber es musste sein. Und es war die beste Entscheidung, die ich hätte treffen können. Nicht nur konnte ich neu Luft holen, auf einmal gerieten auch die seltsamsten Dinge in Bewegung. Und somit geschah es, dass ich im November 2021 völlig unverhofft den Vertrag bei Piper unterschrieb und »Die Aventüren der Bonnie Bahookie« nur ein halbes Jahr später veröffentlicht in meinen Händen liegt.

Bonnie wird somit für mich immer zwangsläufig mit meiner Auszeit verbunden sein, auch wenn ich während der Zeit gar nicht daran gearbeitet habe. Darum möchte ich die Gelegenheit nutzen, allen Leuten zu danken, die mir in den letzten beiden Jahren zur Seite gestanden sind.

Danke an Alex, der mir den letzten Tritt in den Hintern versetzte, dass ich die Kündigung und das Sabbatical auch wirklich durchziehe.

Danke ans Party-Zimmer, das mich voll unterstützte, auch wenn ich sie am Arbeitsplatz im Stich ließ.

Danke an Mirabelle, Lulu, Greta und all die anderen grandiosen Frauen der Burlesque-Szene, die meinem Selbstbewusstsein besser tun, als sie vielleicht wissen.

Danke an Pia und Magnus, an Andi und das Explora-Team, an Victoria, Siva und all die anderen Menschen, die mir während des Sabbaticals Einblick in ihr Leben und ihre Arbeit gegeben haben oder mich sonst irgendwie begeistert haben.

Danke an alle, die mir vor, während und auch nach meiner Auszeit den Rücken stärkten und das immer noch tun.

Danke aber auch insbesondere an Yvonne, dank der Bonnie Bahookie überhaupt entstanden ist. Auf viele weitere Bierideen, egal wie erfolglos sie vielleicht auch sein mögen!

Danke an Lucie, dass du mit mir zusammen FlashFiction.ch wieder Leben einhauchst.

Danke an Tamara, deren Blog irgendwie immer ins Schwarze trifft.

Danke an den Tintenzirkel, der auch nach all der Zeit immer noch die Quelle aller Schreibquellen für mich ist.

Danke an den Verein Schweizer Phantastikautor:innen, von dem ich neu auch als ganz normales Mitglied so wunderbar profitieren kann.

Danke, danke, danke.